suhrkamp nova

Ida Jessen
Das Erste, woran ich denke

Roman

Aus dem Dänischen von
Angelika Gundlach

Suhrkamp

Die Originalausgabe erschien 2006 unter dem Titel
Det første jeg tænker på

„Dieses Projekt wurde mit Unterstützung des
Programms Kultur (2007-2013) der Europäischen Kommission finanziert.
Die Verantwortung für den Inhalt dieser Veröffentlichung
trägt allein der Verfasser; die Kommission haftet nicht für
die weitere Verwendung der darin enthaltenen Angaben."

GD Bildung und Kultur

Kultur

Programm „Kultur" (2007-2013)
Förderbereich 1.2.2. Literarische Übersetzungen

suhrkamp taschenbuch 4195
Erste Auflage 2011
Deutsche Erstausgabe

Druck: CPI – Ebner & Spiegel, Ulm
Printed in Germany
Umschlag: Göllner, Michels
ISBN 978-3-518-46195-2

1 2 3 4 5 6 – 16 15 14 13 12 11

Das Erste, woran ich denke

ERSTER TEIL

1.

Das Erste, woran ich denke, ist Schnee.

Aber was ich dir erzählen will, beginnt in einer ganz anderen Zeit.

° ° °

Hvium liegt am Rande des Limfjords da, wo er in einem kurzen, rundlichen Arm nach unten abbiegt und die Strömung fast nicht festzustellen ist. Als ich auf der Hauptverkehrsstraße von Viborg angefahren komme, ist dieser Arm das erste, was ich vom Fjord sehe. Vom Auto aus ähnelt er einem großen, stehenden See hinter den rotbraunen Strandwiesen. Hier weiden Schafe, und ein Stück weiter nach Westen ist eine Koppel, auf der zehn, zwölf Islandpferde weiden. Ich fahre an die Seite und steige aus dem Auto und trinke Wasser. Die Sonne brennt auf den Asphalt und das Autodach. Es ist fast vier und so gut wie kein Verkehr. Die Landschaft ist flach und braungelb, wie von der Sonne versengt, obwohl es den größten Teil des Juli kalt gewesen ist. Die Pferde kommen näher. Sie sind neugierig, aber als ich Gras abreiße und es ihnen hinhalte, wagt sich keines vor. »Schöne Pferde«, locke ich, »kommt und nehmt, herrliches, saftiges Gras.« Sie prusten laut und stampfen, um die Bremsen zu vertreiben, und als eines von ihnen sich vorwagt, folgen die anderen nach. Wir bleiben lange stehen, uns gegenseitig gewissermaßen belauschend. Da ist dieser schnaubende Laut in ihren Nüstern, es ist lange her, daß ich ihn gehört habe.

Fast übersehe ich das Schild nach Hvium. Die Straße ist unansehnlich und schmal und führt an gemähten Rapsfeldern und hier und da einem Hof vorbei. Dann plötzlich liegen weiter vorn Häuser. Ich fahre über einen Eisenbahnübergang, wo ein Haltepunkt und ein Wartehäuschen sind, und komme hinunter an eine Kreuzung. Auf der gegenüberliegenden Seite gibt es einen Konsum und ein rotes Ziegelhaus. Rechts liegt eine Schule, links eine Shell-Tankstelle. Lisa hat mir genau erzählt, wie ich zum Pfarrhof finde, aber ich habe die Beschreibung zu Hause vergessen, und so biege ich nach links ab und komme auf eine ziemlich breite Hauptstraße mit niedrigen, etwas geduckten Häusern mit kleinen, dürftigen Vorgärten. Mehrere von ihnen liegen unter Straßenniveau. Alles macht einen ärmlichen Eindruck. Es gibt nicht viel Schmuck hier, keine Balkone, Gesimse oder Erker, als wäre alles dafür gemacht, scharfen Winden zu trotzen. Ehe ich's mich versehe, bin ich unten an einem kleinen Hafen, wo ein paar flachbodige Prahme und ein paar Freizeitboote vertäut liegen. Hier, an einer Telefonzelle und einem Holzschuppen, endet die Straße.

Ich wende und fahre in der anderen Richtung durch die Stadt, weiter hinaus an der Schule und der Kirche und einem gelb gestrichenen Pflegeheim vorbei. Erst als die Bebauung wieder lichter wird, fällt mir ein, daß der Pfarrhof gar nicht in Hvium liegt, sondern in der Nachbargemeinde Peterslund und daß es an der Kreuzung beim Konsum bestimmt einen Wegweiser dorthin gab. Ich wende wieder und biege in eine schmale Straße mit Makadambelag ein und bin bald außerhalb von Hvium.

Jetzt wird die Landschaft abwechslungsreicher. Die Straße geht aufwärts, immer aufwärts. Linker Hand fallen große Gerstenfelder zum Fjord hin ab, der an dieser Stelle sehr breit ist. Man kann hinüber zur anderen Seite sehen, zu einer Reihe von Windmühlen, die auf einer Anhöhe dort drüben stehen. Das Wasser ist erstaunlich dunkel, viel dunkler als der Himmel, dessen Spiegel es sonst doch ist. Wieder taucht eine Ansammlung von Häusern vor mir auf, und ein Schild gibt an, daß dies Peterslund ist. Insgesamt handelt es sich um zehn, fünfzehn Häuser und kleine Höfe, aber da ist keine Kirche und nichts, das an einen Pfarrhof erinnert, deshalb fahre ich weiter, vorbei an mehreren langen Eichengehölzen und einer seltsamen Ansammlung von Hünengräbern, die da plötzlich auftauchen, wie Beulen auf der Erdoberfläche. Es müssen zwanzig, dreißig oder noch mehr sein, ich fange erst gar nicht an zu zählen. Sie sehen nicht aus wie etwas von Menschenhand Geschaffenes, sondern erinnern an ein geologisches Phänomen wie die falschen Vulkane am Mývatn in Island, und ich nehme mir vor, hierher zu fahren und sie zu fotografieren, bevor ich nach Hause zurückkehre.

Die Straße klettert wieder aufwärts, durch eine lange, ungestutzte Pappelallee, die so schmal ist, daß ich vor einem entgegenkommenden Wagen bis auf den Seitenstreifen ausweichen muß. Mir fällt auf, daß dies das erste Auto ist, dem ich begegnet bin, seit ich Hvium hinter mir gelassen habe. Vor dem Hügelkamm endet die Allee, und hier liegt an einer Kreuzung die Kirche.

Ich biege hinter der Kapelle auf einen Kiesplatz ein, parke und steige aus. Von hier aus kann man an drei Seiten das Wasser sehen, auch wenn man im Osten nur einen vagen Streifen wahrnimmt. Aber es ist da. Die Straßen verlaufen wie schmale graue Bänder durch die gelbe Landschaft. Irgendwo in der Nähe knallt eine Tür zu, und ich gehe dem Geräusch nach um den Kirchengiebel herum und stehe dann in der Einfahrt zum Pfarrhof.

Er besteht aus zwei Flügeln, blendend weiß gekalkt. Mitten auf dem Hofplatz sitzt ein kleines Mädchen auf einem Spielzeugtraktor. Neben ihr, auf einem Brunnendeckel, liegt eine schwarze Katze schlaff und langgestreckt in der Wärme. Ich bleibe kurz stehen und überlege, ob ich zurückgehen und das Auto holen soll, kann mich aber nicht entscheiden, als die Haustür aufgeht und Lisa in Shorts und weißen Holzschuhen auf der Treppe steht.

»Bist du es?« ruft sie freudestrahlend und kommt mit langen Schritten auf mich zu. »Willkommen in Peterslund.«

Sie hat eine Brille bekommen, seit ich sie das letzte Mal gesehen habe, und ihre Haare sind dunkler, ihr Gesicht ist immer noch zart und glatt. Sie ist noch eine junge Frau. Aber ihre Schenkel und Unterschenkel sind voller Krampfadern und Besenreiser. Sie faßt mich um die Schultern und sieht mir forschend ins Gesicht. »Du siehst wie immer unverschämt gut aus«, sagt sie und berührt leicht meine Wange. »Strahlend wie immer. Man sieht es dir nicht an, daß so viel Zeit vergangen ist. Komm mit«, sagt sie, »ich habe hinten im Garten den Teetisch für uns gedeckt. Ich habe mich so darauf gefreut, dich zu sehen.«

◦ ◦ ◦

Frederik und Gustav sind nicht zu Hause, erzählt sie, Gustav ist bei einem Spielkameraden, und Frederik muß etwas im Institut erledigen, aber er wird zum Abendessen zu Hause sein, und er freut sich so darauf, mich zu sehen. Aber jetzt soll ich auf jeden Fall Marie begrüßen. Sie ruft mehrere Male nach dem Mädchen auf dem Spielzeugtraktor, ohne Reaktion, dann dreht sie sich nach mir um und sagt mit einem kleinen Lächeln: »Sie genießt.«

»Laß sie doch«, sage ich. »Wir sollten sie nicht stören.«

»Oh, Marie läßt sich nicht so leicht stören«, antwortet Lisa und biegt vor mir um die Giebelecke. Wir kommen in einen großen, abfallenden Garten, angelegt mit Rasen, Wegen, Beeten, Büschen und ganz unten einer Lindenallee. Unter einer Blutbuche steht ein Tisch mit einem hellblauen Tischtuch, dessen Ecken von Klammern festgehalten werden. Da steht Tee unter einer Haube und eine Platte mit Gurkensandwiches. Es ist für zwei gedeckt.

»Ein phantastischer Platz, den ihr hier bekommen habt«, sage ich, und Lisa sagt, während sie ihre Holzschuhe auszieht und Gras aus ihnen schüttelt, daß sie sich darüber auch freuen. »Aber heute sieht es auch so aus, als hätten alle Beteiligten all ihre Kräfte aufgeboten, um dich willkommen zu heißen«, sagt sie. »Das Wetter zum Beispiel.«

Sie schenkt Tee ein und hält mir die Platte hin und bietet mir ein Sandwich an, und ich erkenne ihre Art, die Dinge anzufassen, wieder. Es sieht so merkwürdig lose und flatterig aus, als hätte sie keine Kraft in ihren Händen oder als wäre es ihr einfach nicht wichtig. Aber ich habe sie nie etwas fallen lassen sehen. Sie nimmt einen Bissen und streckt sich auf dem Stuhl aus, die nackten weißen Füße vor sich im Gras gespreizt. »Ich bin fertig mit der Predigt für morgen«, sagt sie. »Der Rest des Tages gehört also uns.« Sie beugt sich plötzlich vor und umfaßt hart mein Knie. »Ich hoffe, du bleibst richtig lange. Du hast doch Arbeit mitgenommen? Woran arbeitest du zur Zeit?«

Noch bevor ich antworten kann, sind im Kies hinten am Giebel Schritte zu hören, und als ich mich umdrehe, kommt ein junges Mädchen mit Marie an der Hand über den Rasen.

Sie ist groß und blond und hat eine schöne Figur, in ihrem Nabel blinkt ein kleiner Stein. Trotz der Wärme trägt sie einen langärmeligen Pulli, der weit über die Handgelenke reicht, und eine äußerst zerzauste Weste aus etwas, das wie Fuchspelz aussieht. Sie gibt mir die Hand und sagt, daß sie Manne heißt und daß sie das Kindermädchen der Familie ist. Nachdem sie sich drinnen eine Tasse für sich und ein Glas Saft für Marie geholt hat, läßt sie sich am Tisch nieder, und sie und Lisa fangen ein längeres Gespräch an, das sich um Dinge dreht, mit denen ich nichts zu tun habe. Ich versuche statt dessen, mit Marie, die auf dem Stuhl neben mir sitzt, in Kontakt zu kommen. Ich erzähle ihr, daß ich Birgitte heiße und daß ich ein paar Tage bei ihnen sein werde, und ich frage sie, ob es ihre Miezekatze gewesen sei, die da draußen im Garten lag. Aber es ist gar nicht so leicht. Marie antwortet, indem sie ihr schwappendes Glas Saft ans Tischende schiebt und schweigend auf Mannes Schoß klettert, von wo aus sie mir einen finsteren Blick zuwirft, bevor sie den Kopf an Mannes Hals versteckt. Es ist ein Gefühl, als hätte ich mich ganz leicht verbrannt. Ich warte auf eine Pause im Gespräch und frage dann, ob jemand etwas dagegen hat, wenn ich aufstehe. Ich möchte gern meine Sachen einräumen. Lisa schickt sich an, mich hinaufzuführen, aber ich sage, ich kann mich gut allein zurechtfinden. Sie muß mir nur den Weg sagen.

Mein Zimmer ist oben, im Giebel, der zum Garten hin liegt. Um dorthin zu kommen, muß man durch einen Dachboden, in dem eine einfache Birne an einer Schnur von der Decke hängt und Schränke und Eßtische unter den Hahnenbalken stehen, sicher Hinterlassenschaften von Lisas Vorgängern. Das Zimmer ist klein und sehr hell, mit einem Handwaschbecken in der Ecke. Lisa hat einen Strauß Erbsenblüten auf den Nachttisch gestellt, und auf der Glasplatte unter dem Spiegel stehen zwei Flaschen Sodawasser.

Ich bekomme das Gefühl, daß ich hier vielleicht arbeiten könnte. Ich lege den Koffer aufs Bett und öffne ihn, nehme aber nichts heraus. Das Fenster steht offen, und ab und zu werden die Stimmen aus dem Garten mit einem Lufthauch hereingetragen. Nach einiger Zeit höre ich ein Auto auf den Hofplatz einbiegen und kurz darauf Schritte im Kies und eine hohe Kinderstimme. Das müssen Frederik und Gustav sein, die nach Hause gekommen sind. Ich wasche mir die Hände und gehe, nachdem ich mir vor dem Spiegel in beide Wangen gekniffen habe, hinunter.

In den Zimmern ist niemand. Ich durchquere zwei und komme in das dritte, ein Gartenzimmer mit einer Glastür, und als ich auf die Terrasse hinaustrete, werde ich von der Sonne beinah geblendet und bleibe stehen. Jetzt sitzt niemand am Tisch. Frederik und Lisa stehen an der Pforte und reden mit einer älteren Dame. Manne und Marie sind nicht zu sehen, aber über den Rasen kommt in vollem Tempo ein kleiner Junge angelaufen, der etwas in der ausgestreckten Hand hält. »Das ist ein Grobian!« ruft er. »Paß auf, der ist gefährlich.«

Direkt vor mir bleibt er stehen und lacht. »Du hast daran geglaubt, was?« sagt er und lacht laut. »Das ist nur mein Pikachu.« Seine Haare sind kreideweiß von der Sonne und sehr kurz geschnitten, und es ist, als ob alles aus ihm strömt und funkelt.

»Ich zeige dir meine Höhle, wenn du willst«, sagt er, jetzt ganz ernst, »aber die stinkt ganz furchtbar.«

Er zieht mich ganz nach unten in den Garten, durch die Allee und über eine kleine Treppe zwischen zwei Bäumen auf einen niedrigen Wall, unterhalb liegen die Felder und die Hünengräber. Er nimmt meine Hand, und wir bahnen uns einen Weg unter niedrighängenden Ästen und durch Kleingebüsch.

»Geh einfach rein«, sagt er stolz. »Da ist sie!« Die Höhle ist aus einer umgekippten Tanne gebaut, an die er Äste gelegt hat. Er ist schon darin verschwunden, und jetzt ruft er nach mir. Ich stecke den Kopf in das Dunkel. Die weißen Haare leuchten darin, ebenso wie seine Augen, als er kurz den Kopf dreht und mich ansieht. Es riecht tatsächlich faulig.

»Hast du sie selbst gebaut?« frage ich.

»Ja, und Asmund hat mir geholfen«, sagt er, er kniet, mit dem Rücken zu mir, in seiner Höhle.

»Wer ist Asmund?« frage ich.

»Das ist mein Freund.«

»Wie toll die ist«, sage ich.

»Willst du ein Geheimnis hören?« fragt er plötzlich, und ich nicke. Dann setzt er eine pfiffige Miene auf. »Haha. Du darfst es gern hören – aber jetzt noch nicht. Du mußt warten …«, er überlegt kurz, »bis übermorgen. Bis zu meinem Geburtstag.« Er schweigt einen Augenblick, dann fügt er mit ausgelassen gezierter Stimme hinzu: »Es ist *absolut* göttlich.«

○ ○ ○

Ich bin gespannt darauf, Lisas Mann wiederzusehen. Frederik. Unsere Bekanntschaft basiert auf wenigen und kurzen Begegnungen, denn wir haben uns nicht sehr oft gesehen, seit die beiden ihre Kinder bekommen haben. Aber ich mag ihn. Er hat eine sanfte, zurückhaltende Art von Humor und wirkt entspannt und unkompliziert, ganz anders als die Männer, mit denen ich gewöhnlich umgehe. Jedesmal, wenn ich ihn treffe, durchzuckt es mich vor Freude und Wohlgefühl, und wir haben immer etwas gefunden, worüber wir lachen können, kaum daß wir uns sehen. Als wir zu Tisch gehen, sorgt er dafür, daß wir nebeneinandersitzen. Lisa hat Lammkeule gemacht mit kleinen, weißen Kartoffeln dazu, und zum Dessert gibt es Obstgrütze. Ich wundere mich darüber, wie sie die Zeit gefunden hat, all das zu machen, mitten in Predigten und all dem anderen, aber sie zuckt nur die Achseln. »Das ist nichts«, sagt sie.

Aber Frederik wirkt müde. Es ist nicht derselbe Schwung in ihm wie sonst. Ich merke, daß er sich anstrengt, um freundlich zu sein, und ich tue es ihm gleich. Ich frage ihn nach seinem Job und nach Dingen, von denen ich annehme, daß sie ihn interessieren, aber erst gegen Ende der Mahlzeit finden wir langsam einen gemeinsamen Ton. Beim Abwasch reden wir von dem großen schwedischen Nachkriegsmodernisten Peder Sjögren, den zu lesen er mir einmal geraten hat, und das versetzt uns beide in gute Stimmung. »Wie geht es eigentlich mit *deinem* Job?« will er wissen. Ich erkläre ihm, daß ich gerade in der Anfangsphase eines Buches bin, und damit gibt er sich zufrieden. Er ist nicht der Typ, der nachbohrt. »Dann ist eine Luftveränderung gut«, sagt er freundlich, und ich sauge seine Worte in mich ein. So einfach läßt es sich ja ausdrücken. Es ist nur eine Frage der Augen, die sehen, und im Augenblick leihe ich gern die von anderen.

Nach dem Abwasch gehen Lisa und ich in das mittlere Zimmer. Die Türen stehen zum Garten hin offen, aber man spürt, daß es August ist. Sobald die Schatten kommen, verschwindet die Wärme, und keiner von uns hat Lust, draußen zu sitzen. Ich frage sie nach Frederik, ob er sehr viel zu tun hat und so weiter, aber Lisa zuckt die Achseln. Er hat immer viel zu tun, sagt sie, aber er kümmert sich so gut um die Kinder, wenn er zu Hause ist, und sie will nicht klagen. Ich weiß, daß ich, wenn ich richtig frage, auch eine richtige Antwort bekomme, aber dazu habe ich keine Lust. Ich denke, ich werde mich in den wenigen Tagen, die ich hier sein werde, bedeckt halten. Ich werde jeden Tag ordentliche Spaziergänge machen, lesen und es ruhig angehen lassen.

»Was für ein lustiger Junge Gustav ist«, sage ich statt dessen. »So lebhaft und voller Worte. Es sprudelt aus ihm.«

»Ja, er ist ein Schatz«, sagt Lisa, während Stolz in ihrem Gesicht aufleuchtet. »Das sagen sie auch in der Schule. Aber jetzt haben sie ihre Mühe mit ihm.«

»Inwiefern?«

»Er langweilt sich. Er konnte lesen, bevor er in die Vorschulklasse kam, und jetzt habe ich manchmal Angst, daß er die anderen stört.« Aber vermutlich ist die Angst doch nicht so groß, denn sie lacht, während sie das sagt.

Ich frage auch nach Manne, dem Kindermädchen, die hier wie zu Hause ist. Ja, sie ist Gold wert, sagt Lisa, man kann es nur genießen, solange sie da ist. Manne hat ein Sabbatjahr genommen, aber sobald sie weiß, was sie wirklich will, werden sie wohl nicht länger mit ihr rechnen können, und dann wird es schwer. Die Kinder sind so eng mit ihr, besonders Marie, die es sonst nicht immer leicht hat.

»Sie hätte eigentlich nach den Sommerferien mit der Schule anfangen sollen, aber uns wurde geraten, sie noch ein Jahr im Kindergarten zu lassen«, erklärt sie. »Damit sie noch Zeit zum Wachsen hat.«

»Das passiert sicher bei vielen Kindern«, deute ich vorsichtig an.

»Ja, ja«, Lisa schüttelt den Kopf. »Ich weiß, ich habe nur das Gefühl, daß sich hier nichts herauswächst.«

»Stimmt etwas nicht bei ihr?«

»Nein. Nein. Nein, das glaube ich nicht. Sie spricht nicht ganz sauber.« Lisa runzelt die Brauen. »Die Pädagogen sagen, sie ist viel zuviel für sich. Die anderen Kinder werden ungeduldig. Aber sie sagen, daß Marie offensichtlich wirklich am liebsten für sich sein will. Und das kann ich nicht verstehen. Kinder wollen doch miteinander spielen. Oder nicht? So lernt man das doch. Oder nicht? Aber Marie, die kennt kaum den Unterschied zwischen gestern und heute. Darüber reden wir normalerweise nicht«, sagt sie schnell. »Wir wollen sie nicht abstempeln. Sie soll so viele Chancen haben wie möglich.«

»Ich finde, Marie wirkt völlig normal«, sage ich langsam. »Sie ist vielleicht ein bißchen phlegmatisch. Aber sind Kinder das nicht oft? So verträumt, ohne Bezug nach außen, nicht an anderen interessiert. Ich meine, das war bei mir auch so, ich wollte auch in Ruhe gelassen werden und allein sein.«

»Du«, lacht sie freudlos. »Du warst ein Wind.« Hier unterbricht sie sich. »Ich weiß nicht, warum ich plötzlich hier sitze und das alles erzähle«, sagt sie, sich beinah zurechtweisend. »Es wird ja sicher alles gutgehen. Aber wenn ich dich sehe, quillt es einfach aus mir heraus. Vergiß es. Vergiß alles, was ich gesagt habe. Willst du?«

»Du bist vielleicht müde«, sage ich.

»Was ist mit dir?« fragt sie und sieht mich von der Seite an. »Bist du müde?«

»Ein bißchen«, räume ich ein.

»Kannst du arbeiten?«

Ich schüttle den Kopf, und Lisa wird still. Die Sache ist die, daß ich seit mehreren Monaten meine Gedanken nicht habe sammeln können. Ob ich mich an den Schreibtisch setze oder umhergehe und andere Dinge tue, meine Gedanken stürzen in alle Richtungen davon. Von einer meiner Freundinnen, die auch findet, daß ich zu dünn geworden bin, habe ich gehört, daß das Anzeichen von Depressionen sind. Ich habe versucht, mich selbst zu überreden und unter Druck zu setzen, ja, irgendwann habe ich sogar eine Stoppuhr gekauft, um mich zu zwingen, mich mindestens eine Stunde am Stück zu konzentrieren. Aber nicht einmal das hat gewirkt. Ich weiß nicht, was das heißt, aber ich spüre, wie amputiert und hoffnungslos das Dasein wird, wenn man nicht arbeitet.

»Was ist mit dir, kleiner Furz?« sagt sie schließlich. So haben wir einander von klein auf genannt. Zunächst war das sicher als Schimpfwort gemeint, aber so klingt es nicht mehr. Mir steigen Tränen in die Augen.

»Ich mache im Augenblick alles kaputt«, sage ich. »Gestern morgen war es mein Küchenschrank, der ist runtergefallen. Alle Gläser sind zerbrochen. Vor drei Tagen habe ich die Waschmaschine ruiniert. Ich habe auch Löcher in mein neues Sofa gebrannt. Alles, was ich anrühre, geht kaputt.«

»Ich habe es dir angesehen«, sagt sie mitfühlend. »Und der Brief, den du mir geschickt hast, da warst du wohl auch nicht ganz auf der Höhe. Es ist gut, daß du rübergekommen bist.«

Ich antworte nicht.

»Kannst du nicht bleiben? Wer sagt, daß du in zwei Tagen wieder nach Hause mußt?«

»Das ist nicht mein Zuhause«, sage ich. »Es ist eures. Es ist anstrengend, Gäste zu haben.«

»Du bist kein Gast«, sagt sie, und ich lache.

»Nein, ich meine es ernst. Es könnte so gemütlich sein.« Sie beugt sich vor und legt ihre große, weiche Hand auf mein Knie. »Ich brauche dich hier. Dann hätten wir Zeit zum Reden. Ich habe dich in den letzten vier, fünf, sechs Jahren ja kaum gesehen.«

»Ich könnte vielleicht auch etwas mithelfen«, schlage ich zögernd vor, und Lisa kichert.

»Willst du hier Hausmädchen sein?« fragt sie. »Nein, wirklich, Birgitte! An so was sollst du gar nicht denken.« Sie schweigt kurz, überlegt. »Du kannst in die alte Küsterwohnung auf der anderen Straßenseite ziehen.«

»Das kann ich nicht.«

»Doch, das kannst du. Sie ist tipptopp in Schuß, sie ist möbliert, und da wohnt keiner. Wir benutzen sie oft, wenn Leute kommen. Und ich habe den Schlüssel hier.« Sie fängt an, in der Schublade zu wühlen. »Ich muß nur mit Hans-Morten reden. Aber er hat nie etwas dagegen.«

Allmählich reißt sie mich mit. Der Gedanke ist vielleicht nicht so dumm. Sie hat ja recht. Ich brauche eine Luftveränderung. In alten Zeiten nahm man Liebeskummer ernst. Die, die es sich leisten konnten, verreisten monatelang, um sich zu erholen. Ich kann es mir nicht leisten zu verreisen, aber ich verfüge zumindest über meine eigene Zeit. Warum so eilig zurück nach Kopenhagen und zu all den Orten, die mich an das, was passiert ist, erinnern? Warum eigentlich nicht einfach hierbleiben?

Als ich später am Abend die Treppe zum Dachboden hinaufgehe, ist alles verabredet. Morgen werde ich in die Küsterwohnung ziehen.

◦ ◦ ◦

2.

Wir sind in Ådalen außerhalb von Vejle auf zwei Nachbarhöfen aufgewachsen, deren Felder aneinandergrenzten. Zu dieser Zeit gab es in den Landkommunen keine Kindergärten. Unsere Mütter waren Hausfrauen, und wir waren immer zusammen, entweder auf dem einen Hof oder auf dem anderen. Ich war ein Jahr, oder richtiger, neun Monate älter als Lisa, und das war immer klar zwischen uns. Ich war die Große, und sie war die Kleine. Allein das konnte sie zum Heulen bringen, denn damals, bevor sie in die Schule und in die ersten Klassen ging, war sie unglaublich hitzköpfig. Sie konnte ihre Arme rotieren lassen wie Windmühlenflügel, vor lauter Wut, ein richtiger kleiner Teufel war sie. Ich glaube, es war ebensoviel Haß wie Liebe zwischen uns, aber wir hielten trotzdem zusammen wie Kletten. Wir kratzten einander täglich die Augen aus. Unsere schrillen Stimmen gellten in den Häusern und draußen über die Felder. Wir hatten jede ein Pony, ihres hieß Trunte, und meines hieß Trut, auf denen wir in der Baumschule ihres Vaters zwischen den jungen Tannen herumritten. Im Sommer hatten wir nackte Füße und ritten ohne Sattel und hielten uns an den schwarzen, struppigen Mähnen der Tiere fest. Im Winter trugen wir Gummistiefel und Veloursjogginghosen und grüne Parkas. Wenn wir groß wären, würden wir eine Band gründen, die Two Horses heißen sollte, da waren wir uns einig. Wir standen vor dem Spiegel in unserer schlecht beleuchteten Diele und sangen in die Griffe unseres Springseils, sie war die blonde Agnetha, ich die dunkle Anni-Frid.

Ganz hinten in unserem Garten stand ein rotes Spielhaus. Es gehörte meiner toten Schwester. Wie der neunmonatige

Altersunterschied war das etwas, woran wir viel dachten, auch wenn es jede auf ihre Weise verarbeitete. Wir hatten sie nicht gekannt, denn sie war an Meningitis gestorben, als ich erst zwei Jahre alt war. Ich erinnere mich an nichts von ihr, aber an der Wand in unserem Wohnzimmer hing ein Bild, das in dem Jahr aufgenommen worden war, in dem sie sechs wurde. Alle Gäste, die ins Wohnzimmer kamen, glaubten, daß ich es sei, die da hing, so ähnlich sahen wir einander. Sie sah in die Kamera, den Kopf etwas schräg, mit einem strahlenden Lächeln, als wüßte sie, wie man sich fotografieren läßt. Das ließ mich annehmen, daß sie von Dingen wußte, von deren Existenz ich keine Ahnung hatte. Lisa konnte auch vor dem Bild stehen und in Gedanken versinken. Wenn ich aus dem Badezimmer kam oder in der Küche gewesen war, um ein Glas Milch zu holen, stand sie da, den Kopf auf genau die gleiche Weise schräg gelegt. »Ist das nicht merkwürdig?« fragte sie mehrere Male.

»Was ist merkwürdig?« fragte ich.

»Eine Schwester zu haben, die tot ist.«

Ich antwortete abwechselnd Ja oder Nein, aber ich merkte genau, daß es sie absolut nicht befriedigte. Dabei erlebte sie etwas Vergleichbares. Sie hatte nämlich zwei Brüder, die viel älter waren als sie und von denen wir selten etwas sahen. Der eine lebte ein fernes Leben an der Technischen Hochschule in Vejle, der andere ging aufs Gymnasium. Ab und zu riefen sie uns ein mürrisches »Drecksgören« zu. Manchmal sah ich sie über den Hofplatz gehen, die Hände in den Taschen und mit gesenktem Kopf, diesen scharfen Knick im Nacken, wo der Knochen herausragte, während sie nach jedem einzelnen lokkeren Stein und jeder Schraube, auf die sie trafen, traten. Aber sie waren Gespenster, ebenso durchsichtig und ungreifbar wie meine Schwester.

Es waren nicht meine Sachen, die im Spielhaus standen. Alles darin, vom Tisch zu den Bänken bis zum Puppenservice, gehörte ihr. Linda. Einmal, als wir im Küchengarten in der Erde gruben, fanden wir eine Puppentasse aus Porzellan mit einer gelben Margerite darauf. Sie sah aus wie die, die im Spielhaus standen. Also hatte sie an derselben Stelle gespielt, genau dort in der Erde gegraben. Lisa wurde erregt und still. Sie wusch sorgfältig die gesprungene Tasse ab, an der der Dreck nach den Jahren in der Erde sich in den Rissen festgesetzt hatte, und stellte sie ins Spielhaus, wo sie sie lange betrachtete. Aber als sie gegen Ende des Nachmittags nach Hause mußte, fragte sie, ob sie sie nicht haben könne. Sie war es ja, die sie gefunden hatte. »Ja«, sagte ich. »Du kannst alles haben.«

»Das ganze Puppenservice?« fragte sie mit großen Augen.

»Ja, alles, was du haben möchtest.«

Ich half ihr, es in eine Tüte zu stecken. Ich hatte das Gefühl, daß es meiner Mutter nicht gefallen würde, also passierte es im verborgenen. Klappernd und klirrend verließ mich Lisa. Ihr ganzes rundes Gesicht strahlte vor Freude. Ich glaubte, in ihr lesen zu können wie in einem offenen Buch, ja, ich glaubte, daß ich jedes einzelne Gefühl verstand, das sie durchlief. Aber ich sah nie das Puppenservice in ihrem Zimmer. Was sie damit gemacht hat, weiß ich nicht, und ich habe auch nicht gefragt.

Wenn wir in der Schule waren, ignorierten wir einander. Es war eine stillschweigende Vereinbarung, wir haben nie darüber gesprochen. Ich war eine Klasse über ihr und fast einen Kopf größer als sie. Wir gingen nachmittags auch nicht zusammen nach Hause, sondern mit genug Abstand hintereinander her. Zu Hause warfen wir die Tasche in eine Ecke und aßen jede in ihrer Küche einen Stapel Brotschnitten und trafen uns erst dann wieder.

Wir verbrachten lange Sommernachmittage damit, Stachelbeeren zu essen. Wir versuchten, Feuer zu machen, ohne Streichhölzer zu benutzen. Wir brieten Kartoffeln in der Asche von den Feuern unserer Väter an den Feldrainen. Wir halfen mit, nach dem Frühjahrspflügen Steine einzusammeln, und verdienten Geld damit. Wir hackten Rüben und verdienten Geld damit. Wir hingen herum, wir trieben uns herum, wir langweilten uns. Als wir größer wurden, stiegen wir manchmal in den Bus, der viermal am Tag durch Ådalen nach Vejle fuhr, und fuhren in die Stadt und guckten in Geschäfte. Das Geld, das Lisa verdient hatte, brannte in ihrer Tasche, aber sie brachte es nicht über sich, etwas auszugeben, und deshalb entstand in mir immer der Drang, mit meinem um mich zu werfen, damals war unsere Wirkung aufeinander so. Aber das war selbstverständlich nichts, worüber wir redeten.

So vergingen die Jahre.

◦ ◦ ◦

Als ich aufs Gymnasium sollte, kam ich ans Rosberg, das von allen, mit denen ich zu tun hatte, für das einzige anständige Gymnasium gehalten wurde. Hier waren alle Schüler Mitglieder der SFU oder dachten mindestens daran, es zu werden, wogegen Rødkilde, das andere Gymnasium, eine Brutanstalt für Konservative und Jungchen in blauen Blazern war. Undenkbar, seinen Fuß dorthin zu setzen.

Im ersten Jahr hatte ich viel zu tun, und Lisa und ich sahen uns nicht sehr oft. Sie hielt sich auf Distanz, und ich glaubte, sie wollte nicht stören. Ich dachte wohl nicht viel an sie, aber ab und zu kam es vor, daß ich sie anrief. »Kommst du rüber?« Dann machte ich Tee, und wir saßen in meinem Zimmer auf der Matratze auf dem Fußboden. Es herrschte Herbst- und dann Winterdunkel. Der Wind zerrte an der Kastanie draußen, und ich redete und redete, denn mit dem Schulwechsel und den neuen Lehrern und Kameraden hatte ich Bekanntschaft mit einer Indignation gemacht, die mir so einleuchtend vorkam, daß ich wollte, daß sie daran teilhatte. Lisa sagte nicht sehr viel. Darum kümmerte ich mich nicht, ich stellte mir vielleicht vor, daß das, was ich erzählte, sie ebensosehr beschäftigte wie mich selbst.

Aber wenn ich aufmerksam gewesen wäre, hätte ich vielleicht etwas anderes gesehen. Ich hätte vielleicht ein Mädchen gesehen, das angefangen hatte, seine eigenen Wege zu gehen. Während ich eine stürmische Entwicklung durchmachte, tat sie in meinem Windschatten das gleiche.

Am Ende des Frühjahrs hörte ich, daß sie aufs Rødkilde gekommen war. Erst da ging mir auf, daß nicht alles so war, wie ich glaubte. Es war ein regelrechter Schock, und ein paar Jahre lang verloren wir einander fast aus den Augen. Am Anfang vermißte ich sie, das tat ich. All die Abende allein im Zimmer, wenn das Geräusch der Unterhaltungsprogramme durch drei geschlossene Türen zu mir hereinhallte, da war es weit zur Gemeinschaft am Rosberg, und dann fehlte mir Lisa. Aber ich rief sie nicht an, und sie rief mich nicht an. Jeden Morgen nahmen wir den Bus unten an der Landstraße. Lisa kam rechtzeitig, während ich immer in der letzten Sekunde ankam, auf dem Fahrrad den abfallenden Weg hinunterrasend, daß Steine und Staub vom Hinterreifen aufspritzten. Ich konnte das Fahrrad gerade noch in das Versteck im Gebüsch legen, die Trittbretter hinaufsteigen und dem Fahrer zunikken, bevor die Türen zuschlugen und wir fuhren. Dann saß sie längst auf ihrem Platz ganz vorn, die Nase in einem Buch. Ihr rundes Gesicht spiegelte sich in der Fensterscheibe. Wir sagten Hallo zueinander, und ich verschwand nach hinten zu den Kartenspielern in den beiden hintersten Reihen.

Diese Grüße waren alles, was wir austauschten. Das Band war abgeschnitten worden. Am Anfang war das sehr schmerzlich, aber nach und nach gewöhnte ich mich daran, so wie man sich an alles gewöhnt.

Ab und zu hörten wir selbstverständlich voneinander, in der Regel durch unsere Mütter. Zum Beispiel weiß ich, daß sie in der 2g eine Beziehung mit einem Pastorensohn aus Lindved einging.

Ich kannte ihn ein wenig vom Sehen, er sah bemerkenswert gut aus und war aus einem ganz anderen Holz als Lisa, die mit ihren runden Locken und roten Wangen und ihrem eifrigen, etwas flachen Gesicht niedlich und gewöhnlich und propper aussah. Am Anfang habe ich nicht daran geglaubt. Mutter mußte etwas mißverstanden haben. Aber dann fing ich an, sie nachmittags zusammen zu sehen, wenn sie den Bach entlanggingen, so vertieft ins Gespräch, daß ihr Weg die seltsamsten Bögen und Schleifen nahm. Ich sah sie einander nie küssen, aber es war trotzdem unverkennbar. Mutter hatte recht. Das wunderte und beschäftigte mich, und Jahre später, als sie Frederik kennenlernte, kehrte meine Verwunderung zurück, denn damals war Frederik absolut phantastisch. Groß und schön und voller Vitalität.

Was hatte Lisa zu bieten, dem diese schönen Männer nicht widerstehen konnten?

Auf jeden Fall tauchte damals, als sie in der 2g war, zum ersten Mal das Silberkreuz um ihren Hals auf. Es war groß und sehr rustikal. Es fing die Sonnenstrahlen und blitzte und blinkte auf ihrer Haut. Selbst vom hintersten Platz im Bus aus konnte ich, wenn ich mich weit zur Scheibe beugte, ihren Nacken und Hinterkopf da vorne sehen, ihre Hand unter der Wange und den Silberfaden um den Hals. Sie hatte etwas Unnahbares bekommen. Sie war nicht mehr empört über meine knallroten Haare und die löcherige Armyjacke. Selbst ihre kurzgefaßten Begrüßungen und die Art, wie sie Hej sagte, veränderten sich und bekamen einen Ausdruck von Sicherheit, die ich zerschlagen wollte. Sie verwirrte mich, und ich spürte, daß sie es mit Absicht tat, um mich zu treffen. Es dauerte einige Zeit, bis mir aufging, daß sie sich ganz einfach nicht mehr für mich interessierte. Sie hatte inzwischen an anderes zu denken.

Später, als ich nach Kopenhagen gezogen war und sie nach Århus und die Konkurrenz zwischen uns aufgehört hatte und wir wieder angefangen hatten, uns zu sehen, erzählte sie mir von dem offenen Haus, so ganz anders als ihr eigenes, das sie dort auf dem Pfarrhof in Lindved kennengelernt hatte. Es war so voller Leben, sagte sie. Es war absolut nicht ungewöhnlich, abends zu zehnt oder zwölft um den Eßtisch zu sitzen. Leute kamen einfach vorbei und ließen sich nieder. Alle, sagte sie, vom Landstreicher bis zum Nachbarn oder Gemeindekirchenratsvorsteher, fanden sich ein und blieben. Es wurden einfach noch ein weiterer Korb Brot und eine extra Kanne Wasser auf den Tisch gestellt. Alles lief so ruhig und heiter ab. Es war eine musikalische Familie, und irgendwann im Laufe des Abends endete es in der Regel damit, daß die Volkshochschulgesangbücher herausgenommen wurden. Zum Pfarrhof gehörte ein riesengroßer Garten, der am Rande der Stadt zu den platten Feldern hin lag. An Sommerabenden haben sie Feuer angezündet, und weißt du was, sagte sie, wir haben im Garten gespielt, Kinder und Erwachsene. »Was habt ihr gespielt?« fragte ich. »Oh, solche Gesellschaftsspiele«, antwortete sie. »Aber das Beste war das Singen, das Reden, das Zusammensein.« Sie schwieg kurz. »Es war phantastisch«, fügte sie hinzu, »als mir aufging, daß man auch so leben kann.«

»Wie meinst du?« fragte ich.

»So offen«, sagte sie, »und liebevoll. So entspannt.«

In der 3g ging es zwischen ihr und dem Pastorensohn zu Ende, aber da hatte sich Lisa schon entschieden. Als wir lange später darüber sprachen, erklärte sie mir, daß Glaube nichts sei, das man auszog wie einen Mantel. Der Glaube sei etwas, das man ständig mit sich trug. Man sehe alles durch seinen Glauben, sagte sie. »Alles?« fragte ich. »Ja, alles«, antwortete sie.

Ich interessierte mich für die Liebesgeschichte und wollte mehr hören. »Wir haben undramatisch Schluß gemacht«, sagte sie und zuckte die Achseln. Sie sprach mit Wärme von dem Pastorensohn, aber eigentlich nicht in Wendungen, die man für einen Geliebten benutzt.

»Hast du dich aufgrund ihres offenen Hauses dafür entschieden, Theologie zu studieren?« fragte ich, und sie lächelte ein wenig, als hätte ich etwas leicht Unpassendes gesagt.

»Vielleicht nicht direkt deshalb«, antwortete sie. Das war das einzige, was ich dazu aus ihr herausbekam.

◦ ◦ ◦

3.

Ich wache Schlag sieben, als die Glocken im Kirchturm zu läuten beginnen, auf. Das Geräusch wird in den leeren Raum zwischen dem Turm und meinem Zimmer im Giebel eingesogen. Füllt ihn aus. Ich bleibe kurz im Bett liegen, unter dem schrägen Licht, das auf die Bettdecke fällt, aber als ich hinunterkomme, wird mir klar, daß die Familie schon lange auf und in Bewegung ist. Auf dem Eßtisch steht noch das Geschirr mit den Überbleibseln vom Frühstück, der Küchenfußboden ist voller Spielsachen, und Lisa ist im Büro beschäftigt, während Frederik, hinter der Zeitung verschanzt, im mittleren Zimmer sitzt.

Lisa hat um neun den ersten Gottesdienst unten in Hvium, und ich bleibe zu Hause und erledige den Abwasch und räume zusammen mit Frederik auf, während die Kinder fernsehen. »Willst du hier ein bißchen Landluft schnuppern?« neckt er.

»Hast du was dagegen?«

»Was? Nein, nein, überhaupt nicht.«

»Weißt du nicht, daß sich viele Männer von den Freundinnen ihrer Frauen bedroht fühlen?«

»Stimmt das?« fragt er interessiert.

Ich bekomme langsam das Gefühl, das sich einstellt, wenn man vor einem Neuanfang steht.

Als Lisa kurz vor zehn nach Hause kommt, gehe ich mit ihr hinüber zur Kirche zum nächsten Gottesdienst. Ich habe sie noch nie predigen gehört, und ich bin verblüfft über ihre Sicherheit. Es ist nicht einmal fremd, sie im Talar zu sehen. Sie kann es wirklich! Ich weiß nicht, was ich mir vorgestellt hatte, vielleicht, daß sie dieselbe kleine Lisa ist wie die vor fünfundzwanzig Jahren. Von der ist jedenfalls nichts übrig.

Aber ich höre auch Dinge, die mir nicht gefallen. Ihr Ton ist zu innig für meinen Geschmack, sie lehnt sich zu weit über den Rand der Kanzel und betont die Worte auf eine besonders eindringliche Weise, und irgendwann geht es mir so, daß ich kaum aufzusehen wage, sondern, den Blick starr auf das Gesangbuch geheftet, mit gekrümmten Zehen dasitze. Aber es hat nicht den Anschein, daß es noch andere gibt, denen es so geht. Anscheinend hören alle zu, froh und zufrieden, nur ich kann es nicht lassen, mir meinen Teil zu denken.

Es sind zehn bis fünfzehn Leute aufgetaucht, und als der Gottesdienst vorbei ist, nimmt mich Lisa bei der Hand und stellt mich den meisten von ihnen vor, dabei lacht und redet sie die ganze Zeit. Es herrscht ein besonders jovialer Ton. Sie scheint die Kirchgänger sehr gut zu kennen und fragt detailliert nach ihrem Leben und Treiben, und die Leute antworten bereitwillig auf alles. Ich begrüße den Organisten und den Küster und mehrere ältere Menschen, von denen ich mich danach nur an eine Person erinnern kann, eine Frau mit einem Hörgerät. Ellen heißt sie, und sie erzählt, daß sie in einer Art Nachbarschaft zum Pfarrhof lebt und daß ihr Hof an der Straße nach Lundsager liegt. Ihre Stimme ist angenehm, trokken und luftig, mit einem ziemlich tiefen Gurren darin, das ab und zu bricht, wie bei einer Katze, die schnurrt. Sie lädt mich ein, einen Tag, wenn es paßt, zu kommen und ihren Garten anzusehen, und ich nehme an, denn ich mag sie sofort. Danach erzählt sie mir, daß sie auch mit auf Gustavs Geburtstag soll. »Dann sehen wir uns morgen«, sage ich fröhlich, ich fühle, daß ich hier schon etwas habe, das auch mir gehört. Zum Schluß kommt auch der Gemeindekirchenratsvorsteher, der der Hans-Morten ist, den Lisa am Abend zuvor erwähnt hat und den zu beobachten ich während des Gottesdienstes reichlich Gelegenheit gehabt habe, denn er saß in der Kirche zwei

Reihen vor mir, groß und schwer und rot im Nacken und beide Arme über die Rückenlehne der Kirchenbank ausgebreitet, und jedesmal, wenn die Gemeinde aufstand, wippte er auf den Fußsohlen und warf mit stolzer, beinah jungenhafter Miene Blicke nach hinten, die ich da, bevor er mir vorgestellt wurde, nicht hatte deuten können, denn es sah aus, als wolle er sowohl die Kirche als auch Lisa vorführen. Tolle Kirche, nicht? Süße Pastorin, nicht? Du böses, skeptisches Herz, flüsterte mir Lisa einmal scherzhaft zu, mußt immer fragen warum, warum.

»So, das ist das kleine Mädchen, das sich eine Weile hier bei uns niederlassen will?« sagt Hans-Morten und hält lange meine Hand in seiner. Ohne mich loszulassen, sieht er zu Lisa hin, die gleich daneben steht. »Aber ja, das darf sie dann auch, finde ich. Von süßen Mädchen können wir hier doch nie genug kriegen?« Er blinzelt ihr zu, aber sie blinzelt nicht zurück.

◦ ◦ ◦

Nach dem Mittagessen fahren Frederik und Manne und die Kinder im Auto weg. Ich begreife nicht ganz, was sie vorhaben, aber Lisa und ich sind selbst mit dem Schlüssel zur Küsterwohnung unterwegs. Im selben Augenblick klingelt im Büro das Telefon, und Lisa geht hinein und hebt ab. Die Tür läßt sie offenstehen, so daß ihre helle Stimme ungehindert in die Diele dringt. Ich verstehe, daß etwas passiert ist, sie klingt so ernst, und gleich darauf kommt sie heraus und erzählt, daß ein Unglück passiert ist, ein Todesfall, und daß sie sich sofort auf den Weg machen muß. Ich biete an, sie zu fahren, und dafür ist sie fast zu dankbar.

Unterwegs erzählt sie mir, daß eine junge Frau angerufen hat. Sie kennt sie nicht, hat sie nie in kirchlichen Zusammenhängen gesehen oder im Straßenbild von Hvium bemerkt. Es ist tatsächlich selten, daß sie das erlebt, sagt sie, sie hat von den meisten hier in den Gemeinden zumindest einen Eindruck. Die Frau klang am Telefon sehr aufgeregt. Lisa hat nicht einmal ihren Namen richtig verstanden, aber sie meint, er klinge wie Ninette. Ich frage, was passiert sei, aber sie weiß es nicht. Sie dirigiert mich durch Hvium und über den Eisenbahnübergang und auf einer kleineren Nebenstraße hinaus. Wir fahren zu weit und müssen umkehren. Schließlich finden wir den richtigen Weg, einen Kiesweg, knochentrocken und beinah weiß wie Mehl. Der Staub wirbelt hinter dem Auto auf, und jedesmal, wenn ich in den Rückspiegel sehe, ist da nichts anderes als eine große, weißgelbe Pulverwolke. Wir fahren über mehrere Viehsperren und kommen an einigen Islandpferden auf einer Wiese vorbei. Mir fällt ein, daß es vielleicht dieselben sind, die ich gestern gesehen habe, und ganz recht, weit draußen rechts sehe ich die Hauptverkehrsstraße nach Viborg mit ihren wenigen Autos.

Der Kiesweg endet auf einem Hofplatz vor einem stillgelegten Kleinbauernhof. Die Tür zum Wohnhaus steht weit offen. Ich halte den Wagen an, und Lisa steigt aus. »Ich weiß nicht, wann ich wiederkomme«, sagt sie.

»Soll ich nicht mitgehen?« frage ich.

»Nein«, sagt sie und verschwindet.

Ich bleibe im Auto sitzen und rauche, während beide Fenster offenstehen, eine Zigarette. Es ist überall still. Die Nebengebäude sind leicht verfallen und sehen leer aus, aber an das Haus selbst wurden kürzlich zwei Glaserker angebaut, und auf das neue schwarze Dach ist eine Gaube aus Glas aufgesetzt worden. Ich stehe da und drücke meine Zigarette aus und gehe auf dem Hofplatz ein wenig auf und ab, und als ich entdecke, daß die Gartenpforte offensteht, gehe ich dort hinein und um die Ecke zur Rückseite des Hauses.

Der Garten ist nicht besonders groß, aber sehr ungepflegt. Der Rasen ist uneben und den ganzen Sommer nicht gemäht worden, und die Beete unter der Dachtraufe sind voller Podagrakraut. Hinten an der Flaggenstange steht ein blauer Kinderwagen mit aufgeschlagenem Verdeck und einer Stoffwindel, die vor der Öffnung hängt, als Schutz gegen die Sonne. Eine kleine Hand fuchtelt mit einem Spielzeug. Ich nähere mich vorsichtig. Ich will das Kind nicht erschrecken, aber ich bin neugierig. »Hallo«, sage ich und mache auch andere Laute, bevor ich das Tuch zur Seite schiebe und zu dem Kleinen hinuntergucke. Es ist ein Junge von einem halben Jahr, und bei dem unerwarteten Anblick von mir zuckt er zusammen und fängt an zu reden und zu lallen. Seine Augen strahlen mich an, und ich antworte ihm mit allem, was zu so einem kleinen Kind zu sagen mir einfällt, während ich den Wagen auf und ab fahre. Nach einiger Zeit hebe ich ihn vorsichtig heraus. Er ist trocken und warm und streckt sich, die beiden kleinen geballten Fäuste über dem Kopf. Ich sehe hinauf zum Haus. Das Badezimmerfenster trieft vor Nässe. Ich gehe mit dem Jungen in den Armen im Gras auf und ab, bis er einschläft. Aus irgendeinem Grund empfinde ich das als Vertrauenserklärung. Zögernd lege ich ihn in den Kinderwagen und hänge das Tuch auf und gehe um die Ecke auf den Hofplatz und fange wieder an zu warten.

Nach einiger Zeit verliere ich die Geduld und gehe die Treppe hinauf und in den Flur. Er ist überraschend hell und lang und mündet in eine große Küche. Niemand ist hier, aber aus dem Wohnzimmer sind Schluchzen und Stimmen zu hören. Eine fremde Stimme sagt: »Das ist einfach nicht gerecht.« Und darauf Lisa, mit warmer Stimme: »Aber nichts ist gerecht.« Dann kehre ich um und trete auf die Treppe hinaus, wo ich sehe, wie ein Polizeiwagen langsam die Einfahrt heraufgefahren kommt. Er hält neben meinem Auto, und ein Beamter steigt aus.

»Bist du die, die angerufen hat?« fragt er und gibt mir die Hand. Er sieht alt und verbraucht aus, mit großen Tränensäkken unter den Augen, aber er guckt mich so freundlich und besorgt an, daß er eine Saite in mir berührt.

»Nein«, sage ich. »Sie sind drinnen.«

Ich warte wieder. Es vergehen einige Minuten, dann kommt Lisa heraus. Auf dem Weg zurück erzählt sie mir, was passiert ist.

Die junge Frau hatte gestern abend Besuch von ihrer Mutter bekommen, die eine Brustoperation und gerade eine harte Chemotherapie hinter sich hatte und sich jetzt bei ihrer Tochter ausruhen sollte. Weil die Mutter so spät kam und sie alle müde waren, gingen sie einfach ins Bett, ohne miteinander zu sprechen. Erst gegen halb zwölf heute vormittag rührte sie sich. Die Tochter wollte ihr etwas Gutes tun und ließ Wasser in die Badewanne ein, rief sie und sagte, es werde nach dem Bad Mittagessen geben. Die Mutter schloß sich im Badezimmer ein, und die Tochter fing an, den Kleinen zu stillen. Irgendwann hörte sie, daß der Wasserhahn aufgedreht wurde. Sie legte das Kind zum Schlafen hin und jätete Unkraut im Garten, und als sie wieder hereinkam, lief das Wasser immer noch. Sie hielt das nicht für merkwürdig. Die Mutter konnte ja den Hahn auf- und zudrehen, wie sie wollte, aber als sie auf die Uhr sah, entdeckte sie, daß es halb eins war und daß ihre Mutter jetzt seit bald einer Stunde in der Badewanne saß, und deshalb ging sie zum Badezimmer und rief sie. Niemand antwortete. Sie drückte die Türklinke hinunter, die Tür war abgeschlossen, sie rief noch einmal und riß an der Klinke, aber keine Antwort. Sie konnte hören, wie es drinnen in den Rohren rauschte. Warum antwortete ihre Mutter nicht? Sie lief um die Ecke an die Rückseite des Hauses und sah, daß das Fenster einen Spalt breit offenstand, und lief zurück, um eine Leiter zu holen. Sie konnte wegen des Dampfes, der herausquoll, kaum etwas sehen. Sie bekam das Fenster auf, es saß ziemlich hoch, und schob sich hinein und landete auf dem Fußboden. Dann sah sie einen Arm ihrer Mutter, der über dem Wannenrand hing, und erst jetzt begriff sie so richtig, daß etwas nicht stimmte.

Ich erkundige mich, wie sie es trägt. »Schlecht«, sagt Lisa.

»Hat sie dich deshalb angerufen?« frage ich.

»Nachdem der Krankenwagen da war, ist ihr kein anderer mehr eingefallen«, antwortet Lisa. »Sie hat gesagt, sie hätte gehört, ich sei tüchtig.«

»Hat sie keinen Mann?«

»Der ist nicht zu Hause.«

Es wird einen Augenblick still im Auto.

»Es gibt nicht so viele, zu denen man in Hvium gehen kann«, erklärt Lisa. »Wenn etwas passiert, meine ich. Dann fällt den Leuten die Pastorin ein.« Sie fängt an, in der Tasche zu wühlen, und findet ein Päckchen Kaugummi, das sie mir hinhält. »Du ahnst nicht, was ich hier alles erlebe«, sagt sie. »Bitte sehr. Möchtest du einen?«

◦ ◦ ◦

Es wird drei, bis wir in die Küsterwohnung kommen. Die Tür klemmt, als Lisa aufschließt, und der rohe, leimartige Geruch frischer Farbe schlägt uns entgegen. Es ist ein ziemlich kleines Haus mit Wohnzimmer und Küche unten und einer Kammer oben. Die Wände sind weiß gestrichen, die Fußleisten grau, Linoleum auf den Böden. Im Wohnzimmer stehen ein Tisch und ein paar Gartenstühle mit dicken Kissen, und oben ist ein Bett. Das ist alles.

»Wir haben es ab und zu für Gäste benutzt. Glaubst du, du kannst es hier aushalten?« sagt Lisa, und ich glaube, daß ich das kann, auch wenn ich zugeben muß, daß es nicht ganz das ist, was ich mir vorgestellt habe. Wir drehen das Wasser auf und stellen den Strom an und lüften und holen mehrere Armvoll Rainfarn und blaue Lupinen, die jetzt kurz vor dem Verblühen sind, aus dem kleinen, zugewachsenen Garten. Lisa öffnet die Küchenschränke und zeigt mir, wo Kaffee und Tee sind. Wir stellen den Kühlschrank an, und sie nimmt mich mit in den Schuppen, wo ein altes Herrenfahrrad steht, das ich benutzen kann. Es muß nur noch aufgepumpt werden.

Während sie mich herumführt, spüre ich, wie eine Erwartung in mir geweckt wird. Vielleicht werde ich jetzt wirklich arbeiten können, hier, so weit draußen auf dem Land, wo ich keine Post bekomme, wo niemand vorbeikommen kann, wo ich, kurz gesagt, nicht darauf warten werde, von jemandem zu hören, und wo mein Herz nicht rast vor Unruhe, sobald das Telefon klingelt oder der Briefeinwurf draußen in der Diele klappert. Nachdem Lisa wieder zu sich hinübergegangen ist, nehme ich das Notebook heraus und stelle es auf den Tisch.

Zehn Minuten später bringe ich es hinaus in den Garten, unter einen alten Victoriapflaumenbaum mitten auf dem Rasen. Niemand hat unter den Pflaumen ausgedünnt, und die Äste sind schwer von Früchten. Viele sind schon heruntergefallen und liegen in dem hohen Gras, klein und rotlila, mit matter Schale. Von hier aus kann man zum Pfarrhof hinübersehen. Dies muß der höchste Punkt der Gegend sein. So hat man früher Kirchen plaziert, auf dem fruchtbarsten Boden, daneben den Pfarrhof. Die Sonne scheint, und die Wespen summen bei den Pflaumen im Gras. Das Geräusch einer Tür, die da drüben zuknallt, wird durch die Luft getragen, sonst ist nichts. Aber jetzt kriecht eine Unruhe in mich hinein. Zunächst nur als ein kleines Kitzeln. Ich habe das schon erlebt und bin sofort auf der Hut. Fange ich jetzt wieder an? Ich ermahne mich selbst. Gib dir eine Chance, sage ich laut. Hab keine Angst.

Aber ich habe Angst. Ich mache mich schwer im Körper, denn ich will sitzen bleiben, trotzdem stehe ich auf und gehe in den Schuppen und hole das Fahrrad heraus.

◦ ◦ ◦

Ich radle eine schmale, asphaltierte Nebenstraße entlang, vorbei an mehreren Kornfeldern und hier und da einer Wiese mit Vieh. Überall sind dunkelgrüne Feldraine und tiefe Gräben mit kräftigem Gras, als ob es hier den größten Teil des Jahres sehr feucht ist. An einer altmodischen Windpumpe, die sich stark nach einer Seite neigt, sehe ich eine Frau in Rock und Pulli, die den Elektrozaun repariert, und als ich an ihr vorbeiradle, sehe ich, daß es Ellen ist, und halte an. Plötzlich ist die Unruhe verschwunden, ja, es ist, als wäre sie nur ein schlechter Einfall von mir gewesen, als hätte sie gar nicht existiert. Wir reden ein wenig über Wind und Wetter, und es endet damit, daß sie mich zu sich nach Hause auf eine Tasse Kaffee einlädt.

Unterwegs reden wir nicht miteinander. Sie hat mich vor ihrer Taubheit gewarnt, und sie geht und sticht mit einem spitzen Stock in die Erde, während ich das Fahrrad neben ihr herschiebe. »Wir müssen hier rauf«, sagt sie und zeigt mit dem Stock eine lange Kastanienallee hinauf. In der Schutzbepflanzung zwischen dem Garten und der Allee laufen Hühner herum, und auf der Wiese weidet Vieh. Alle Kastanienkronen sind in derselben Höhe abgeschnitten, wie mit dem Lineal. Aber als ich die Gattertür erreiche, sehe ich, daß der Betrieb verkauft worden sein muß, denn abgesehen vom Wohnhaus sind die Gebäude leer. Hinten am Ende des Stalls sind zwei große Isolierfenster in die alte Knechtkammer eingesetzt. Sie sind nackt und schwarz, aber ich meine dennoch eine Thermoskanne und einen Blumentopf auf der Fensterbank zu sehen.

Während Ellen Kaffee kocht und am Küchentisch Wecken schmiert, geht die Tür zum Kücheneingang auf, und ein Mann in meinem Alter steht in blauem Overall und Strumpfsocken auf der Schwelle.

Er ist halb kahl und unwahrscheinlich hellhaarig, mit tiefen, waagerechten Falten auf der Stirn, sein Gesicht ist dunkelbraun. Aber er sieht mich nicht an. Er will wissen, wo Ellen den Taschenrechner gelassen hat. Inzwischen steht er da und reibt mit einer großen, breiten Hand seinen Hinterkopf. Ich sehe ihn auch nicht an, denn ich habe das Gefühl, daß er behandelt werden muß wie ein fremder Hund, an dem man das erste Mal vorbeigeht. Ohne Streicheln und ohne freundliche Worte.

Es kommt zu keiner Vorstellung, aber als sich die Tür wieder hinter ihm geschlossen hat, erklärt mir Ellen auf meine Nachfrage hin, daß er ihr Sohn ist, Gert. Er wohnt eigentlich drüben in der alten Knechtkammer, und er arbeitet hier, auf dem Hof. Ich habe mich also geirrt. Ich werde neugierig, aber sie ist nicht besonders mitteilsam, und etwas an ihrer Art läßt mich verstehen, daß es nicht taktvoll ist zu fragen, denn obwohl er ihr Sohn ist, ist er auch ein Mann, der sein eigenes Leben lebt. Sie will am liebsten nicht über ihn reden. Aber ich finde doch noch heraus, daß er früher mit einer Frau und deren beiden Kindern zusammen war, aber jetzt wohnt er hier. Er ist früher auch selbständiger Mechaniker gewesen. Aber jetzt arbeitet er hier, auf den Feldern, sagt Ellen.

Sie sagt auch nicht viel über sich selbst. Nichts über ihre

Zeit auf dem Hof oder ihren verstorbenen Mann, falls es einen gegeben hat. Statt dessen führt sie mich auf die Terrasse und setzt mich in eine Hängematte. Genau wie auf dem Pfarrhof steht eine große Blutbuche mitten auf dem Rasen, sichtbare Reste der alten Grundvigschen Erweckung, die während der zweiten Hälfte des neunzehnten Jahrhunderts über die Gegend gezogen ist, sagt sie.

Sie serviert Kaffee in dünnen, cremefarbenen Tassen, und danach nimmt sie mich mit in ihren schönen Küchengarten, wo Erbsenblüten und Ringelblumen und Kapuzinerkresse Seite an Seite mit Porree, Schwarzen Johannisbeeren, Kohl, Rhabarber und einer grünen, kräftigen krausen Petersilie stehen, von der ich einen großen Strauß mitbekomme, als ich gehe.

◦ ◦ ◦

Es klingt fast so, als gäbe es auf dem Pfarrhof eine Gesellschaft. Selbst von weitem kann man durch die Schutzbepflanzung Gelächter und laute Stimmen hören, und als ich mich mit der Petersilie hineinschleichen will, fängt Lisa mich ab und zieht mich mit hinaus zu den anderen. Es sind in Wirklichkeit nicht mehr als vier Leute, zwei alte Konfirmandinnen, Zwillinge, und ihre Eltern, die aus der Gegend weggezogen und auf ihrem Sonntagsausflug vorbeigekommen sind, um guten Tag zu sagen. Aber sie werden mit Kaffee und Kuchen bewirtet, der in der Mikrowelle schnell aufgetaut wird, denn Lisa erzählt später, als wir in der Küche vor der Spülmaschine stehen, die Zwillinge kämen aus ihrer ersten Konfirmandengruppe hier und das seien die besten Konfirmanden gewesen, die sie je gehabt habe. Sie ist blaß und ihr Gesicht verzerrt, sie hat nicht sehr gut geschlafen, vertraut sie mir an, aber etwas später, als

Frederik zu uns kommt, hellt sich ihr Gesicht auf, sie dreht sich mit einem strahlenden Lächeln zu ihrem schönen Mann um, der an den Türrahmen gelehnt dasteht und uns beobachtet, und fragt, ob er Hunger habe. Es gibt bald Essen, sagt sie. Und in diesem Augenblick sieht es wirklich nicht so aus, als sei auch nur noch ein Fünkchen der Müdigkeit da. Noch einmal wird mir klar, daß ich eigentlich nichts über sie und ihre Ehe und über ihr Leben im übrigen weiß und daß der Schluß, den ich gestern abend ziehen wollte, falsch war. Ihre Müdigkeit sitzt nicht tief, sie läßt sich mit meiner absolut nicht vergleichen.

Auch die Kinder kommen zu uns in die Küche. Marie klettert auf den Küchentisch und sitzt schwer und resolut da und schabt unendlich lange an einer Mohrrübe, während ihr Bruder im Raum auf und ab galoppiert, ununterbrochen vom morgigen Geburtstag redend, der in den »Bergen« gefeiert werden soll, wie jedesmal am fünften August.

○ ○ ○

4.

Der fünfte August. Das ist die Zeit, in der die Kreuzotter ihre Jungen zur Welt bringt.

Ich wache sehr früh auf und bleibe im Bett liegen, denn ich kann mich nicht dazu bequemen, aufzustehen und in das halbleere Haus hinunterzugehen. Früh am Tag oder spät in der Nacht gibt es eine Art, wie man aus seinem Körper Bewegung ausschließen und sich damit zufriedengeben kann, nur unter der Bettdecke zu liegen, während die Zeit vergeht, bis es fast zu spät ist. Man wird unschlüssig, wenn es sehr lange gedauert hat.

Ich stehe auf, als ich auf der anderen Seite der Straße das Auto durch die Gattertür herausfahren höre, und gehe ins Badezimmer und bleibe da lange, stehe in Gedanken versunken vor meinem nichtlächelnden Gesicht im Spiegel. Aber als ich die Tür aufstoße, ist immer noch Tau im Gras. Ein leichter Dunst liegt über den Feldern, und drüben im Pfarrhofgarten ist die Flagge gehißt. Ich nehme meinen Kaffee und setze mich auf die Türschwelle, die Bettdecke um die Schultern. Die Vögel singen nicht mehr. Es ist still in der Luft, abgesehen von einem schwachen Säuseln, das die Augusttage immer begleitet. Es ist, als ob das Getreide singt, aber es sind die Ähren, die aneinanderreiben, wenn die vollen Spelzen herunterhängen. Alles strebt auf die Erde zu, Getreide, Kartoffeln und Rüben, die braunen Rapsstengel, die kreuz und quer umgefallen sind, während der Himmel höher und blauer wird. Goldener. Dann höre ich im Kies vor dem Haus Schritte, und Lisa taucht auf.

»Sitzt du hier und genießt das Leben?« fragt sie mit einem Lächeln und plumpst neben mir auf die Stufe. »Das hast du auch verdient.«

Ich hole ihr eine Tasse Kaffee, und wir sitzen eine Zeitlang schweigend nebeneinander, so dicht, daß unsere Schultern zusammenstoßen. Es ist ihr freier Tag, und ich weiß, daß sie drüben das Geburtstagsfest vorbereiten muß und daß bald Hochbetrieb sein wird und daß ich ihr anbieten werde mitzuhelfen, das weiß ich, aber wir zögern es ein bißchen hinaus.

»Warum bist du nicht einfach losgegangen und hast dir Mann und Kinder zugelegt?« fragt sie plötzlich, auf einen Punkt in der Ferne starrend. Ihre Stimme ist träumerisch und ganz ohne Spitze. Ich überlege, denn ich will ihr eine ordentliche Antwort geben.

»Vielleicht kannst du mir darauf antworten«, sage ich schließlich.

»Du magst Kinder.«

»Ich verstehe nichts von ihnen«, antworte ich.

»Aber du magst sie.«

»Ich kenne sie nicht. Es sind fremde Wesen. Sie machen mich verlegen.«

»Ich habe mich nie so sehr gehaßt wie du dich«, sagt sie. Ich antworte nicht. Die Ruhe zwischen uns hält an. Ein Auto fährt draußen auf der Straße vorbei, dann wird es wieder still. Lisa guckt auf ihre bloßen Zehen und stellt die Füße dicht zusammen, als wollte sie sie messen. »Es ist ja noch nicht zu spät«, sagt sie schließlich, tröstend.

»Wann?« frage ich, und sie dreht den Kopf und sieht mich an.

»Wann es zu spät ist, meinst du?« Sie lacht. »Haha. Das kann ich nicht beantworten.«

»Man altert jedesmal zehn Jahre, weißt du das?« sage ich und kneife sie in die Seite. »Was ist denn das hier? Das ist totes Fleisch, Lisa. Die pure Erschlaffung.« Ich zwicke sie an mehreren Stellen, und sie versucht, sich zu wehren, kann es aber nicht. »Und was ist das hier, was, Lisa? Was, Lisa?«

»Hör auf«, schreit sie.

Da höre ich auf.

◦ ◦ ◦

Das Geburtstagsgeschenk von Lisa und Frederik ist ein funkelnagelneues blaues Fahrrad, und jetzt, als die Gesellschaft bereit ist, sich in die Berge zu begeben, steht Gustav in der Einfahrt und will es mitnehmen. Und selbstverständlich soll er radeln, da sind sich alle einig. Es endet damit, daß wir alle den kurzen Weg den Hang hinunterradeln, Lisa mit Marie hintendrauf, zwar hat sie ihr eigenes Fahrrad, hat aber noch nicht gelernt, damit zu fahren. Sie ist schwer, und es ist mühsam, sie in den Sitz zu bekommen. »Wir sollten zusehen, daß sie es lernt«, sagt Lisa, während sie dasteht und drückt und preßt, als glaubte sie, daß Marie sie nicht hört. »Aber wir haben uns ja fast daran gewöhnt, ein übergroßes Baby im Haus zu haben. Stimmt's, Marie?« Sie schwingt sich auf den Sattel und reicht eine Hand nach hinten, und Marie ergreift sie sofort. »Du hast so ein feines, warmes Händchen, Marie«, sagt sie liebevoll, und eine stille Zufriedenheit senkt sich über die beiden.

Nach ihr kommt Gustav angerast, auf den Pedalen stehend, leuchtend vor Begeisterung über das wilde Tier und seine eigene Fähigkeit, sich während des Ritts festzuhalten, danach Frederik, gemächlich und entspannt, in einem hellen, knitterigen Leinensakko mit nur einer Hand am Lenker, und zuletzt ich selbst mit einem Fahrradanhänger voller Kuchen, Wecken, Saft und einer Thermoskanne mit Kakao.

Die anderen stoßen am Fuß der Anhöhe zu uns, und wir

begeben uns über das Feld in Richtung Hünengräber, jeder Tüten und Körbe, Ballons und Flaggen tragend. Die Luft ist diesig und drückend, als ob es vor dem Abend noch regnen könnte. Außer uns sind da Ellen, und Manne natürlich, in einem langärmeligen, sehr kurzen Sommerkleid und der Fuchsweste vom Tag zuvor, und Gustavs Freund Asmund und seine Mutter mit einem kleinen Kind auf dem Arm. Sie reicht mir ernst die Hand und sagt, sie heiße Doris. Sie ist groß und schön, mit dunklen Haaren und einem langen, schmalen Gesicht mit markanten Augenbrauen und einer Haut, die so weiß ist, daß es aussieht, als leuchte irgendwo von innen ein Licht. Sie ist keine Dänin, das ist deutlich zu hören, und als ich frage und sie erzählt, daß sie aus der Gegend um München kommt, dämmert mir etwas. »Aber dann bist du es, die diese phantastischen Handschuhe verkauft, oder?« sage ich.

Das stimmt genau, und mir wird klar, daß es Passagen aus Lisas langen Weihnachtsbriefen geben muß, die in meinem Gedächtnis überwintert haben. Sie ist sehr anmutig, setzt sich mit dem Kleinen im Gras auf eine Decke und lädt mich ein, mich neben sie zu setzen. »Wir sind so froh über Lisa«, erklärt sie gleich. »Sie ist wie eine richtige Pastorin.« Sie betont das Wort »richtige« sehr kräftig, und ich nicke. Sie erzählt mir von ihrem kleinen Importunternehmen von florentinischen Handschuhen und wie sie versucht, die Kopenhagener Kaufhäuser für ihre Waren zu interessieren, während sie selbst mit Mann und zwei kleinen Kindern in Hvium sitzt. Sie weiß auch Dinge von mir, sie erzählt, daß sie eines meiner Bücher von Lisa geliehen hat. »Das mit den Interviews«, sagt sie. Sie fragt, ob es nicht schwer ist, sich so in andere Menschen einzufühlen, und ich antworte, nein, im Gegenteil. Es ist leicht, sage ich, es gibt einem das Gefühl, daß man mehrere Leben hat. Man kann nach Belieben von einem zum anderen wechseln. In einem Augenblick ist man man selbst, im nächsten der, der zu sein man sich vorstellt. Das ist ebenso schön wie lügen, erkläre ich. Das macht sie stumm, und danach schleicht sich eine gewisse Distanz zwischen uns ein. Ich freue mich, als Frederik kommt und mir ein Stück Kuchen reicht und sich im Gras niederläßt.

Das ist das erste Mal, seit ich gekommen bin, daß er sich mir ganz zuwendet. Aber jetzt ist er entspannt und fühlt sich wohl, er hat eine kleine Flagge ins Knopfloch seines Sakkos gesteckt, und wir sitzen da und necken einander und genießen die Sonne, hier oben auf einer der mittleren Anhöhen, mit einem Zauntritt im Rücken. Ich war es immer gewöhnt, in einer Gesellschaft die gefährliche Frau zu sein, die, die die Männer suchen und die Frauen scheuen. Aber das ist vorbei. Ich weiß fast auf den Tag genau, seit wann. Männer mögen keine Frauen, die wegen eines anderen Mannes trauern, wogegen sie die Frau lieben, die von einem anderen geliebt wird. Die Kinder laufen die Anhöhen hinauf und hinab, bald sind sie weg, bald wieder da, und wenn man hinhört, kann man die ganze Zeit ihre Stimmen und Rufe hören. Aber nicht die kleine Marie mit ihrem runden Gesicht. Sie sitzt schweigend zwischen Mannes Beinen, mit Mannes Arm sicher um ihren Leib und einem Stück Kuchen in den Händen und sieht uns ernst an, erst Frederik, dann mich, während wir reden, reden und lachen. Irgendwann fischt sie aus dem Korb ihrer Mutter eine Tüte mit Tieren vom Bauernhof. Die stellt sie familienweise auf und läßt sie freundlich aneinander schnuppern, während sie grasen und mit verschiedenen Stimmen reden. Wir anderen singen das Geburtstagslied, es gibt keine Konflikte zwischen den Lauten und den Ruhigen, und Frederik sagt von der ganzen Gesellschaft: »Das hier, das ist unsere Familie.« Nichts in seiner Stimme verrät, ob er darüber froh ist oder nicht.

Schon gegen halb fünf kommt es zum Aufbruch. Frederik ist der erste, der verschwindet. Er habe am Vormittag nicht sehr lange am Institut sein können und deshalb müsse er leider wieder los, sagt er, fängt Gustav und hebt ihn hoch und schüttelt ihn ein wenig, so daß die braunen Jungenbeine baumeln, und der Junge lacht und windet sich, um wieder abgesetzt zu werden, dann küßt er Lisa und ruft uns anderen Tschüs zu.

Die nächste, die verschwindet, ist Ellen und kurz nach ihr Manne. Man kann sehen, wie sie zwischen den Anhöhen hinunter zur Landstraße gehen. Sie werden kleiner und kleiner, verschwinden hinter einer Anhöhe und kommen dann wieder zum Vorschein. Manne geht schnell, das dünne Kleid dicht um die Beine gehüllt, die langen, blonden Haare hängen ihr über den Rücken. Ellen geht etwas langsamer, in ihren braunen, fußgerechten Schuhen. Ich denke immer noch an ihre Stimme. Sie hat mir erzählt, daß der Ort eine Ansammlung von Hünengräbern aus der Bronzezeit sei. Bemerkenswert, daß er 3000 Jahre langes Anhäufen von Erde überlebt hat.

Die Decken, auf denen wir saßen, haben platte Flecken im Gras hinterlassen, und die schmutzigen Teller haben wir auf den Hünengräbern gestapelt. Eine längliche, graue Wolke zieht vor die Sonne, und plötzlich spüre ich eine Kälte von unten, wie ein unterirdischer Zug aus einer Luke, die offensteht. Ich komme auf die Beine, klopfe mich hinten ab und helfe Lisa beim Zusammenpacken. Doris setzt dem Baby eine rote Mütze auf, und dann kommen Gustav und Asmund angelaufen.

Gustav will mit Asmund nach Hause gehen, erklärt er, und später allein nach Hause zum Pfarrhof radeln. »Auf dem neuen Fahrrad, Mama. Das kann ich doch, Mama. Und Asmund sagt, daß er ein andermal auch zu mir radeln darf, das darf er,

Mama.« Die helle Stimme schwankt zwischen Hoffnung und Trotz, er steht da, die Hände in den Seiten, sprühend vor Energie und Leben, und Lisa denkt kurz nach, denn sie hat sicher nicht die Gewohnheit, etwas zu verbieten, ohne daß sie es gut überlegt hat. Inzwischen mischt sich auch Doris ein.

»Wir begleiten ihn zur Straße«, sagt sie. »Von da an ist es ja nur noch ein Kilometer bis Peterslund.«

»Er soll pünktlich um halb sieben fahren«, sagt Lisa schließlich, und Doris verspricht, dafür zu sorgen. Dann gehen sie. Ein Windstoß trifft uns in den Nacken. Auch wir gehen hinunter, Lisa, Marie und ich, es ist Montag, der fünfte August, in den Bergen.

◦ ◦ ◦

5.

Ich weiß nicht alles. Was ich weiß, ist:

Daß, während wir die Fahrräder mit Sack und Pack den Hang hinaufziehen, betäubt von dem süßen Kuchen und vom Spätsommernachmittag, von der Sonne, die wie eine weiße, überraschend vollendete Scheibe hinter dicker werdendem Dunst hängt, daß, während wir da so langsam gehen, Gustav und Asmund ein paar Legoschwerter herausnehmen und hinaus auf den Hofplatz gehen, der zu dem stillgelegten Kleinbauernhof in Peterslund gehört, wo Asmund und seine Familie wohnen, und sich dort ein Duell liefern. Doris hört von weitem ihr Brüllen und lächelt dem Baby zu, das sie in den hohen Stuhl am Küchentisch gesetzt hat, zeigt ihm den gerundeten Hornlöffel und das Glas mit dem Gemüsebrei. »Jetzt machen wir's uns ganz schön, wir zwei, ganz für uns allein«, flüstert sie ihr auf bayrisch zu und freut sich darüber, ihre eigene Sprache zu hören. »Wenn die Lümmel nur ordentlich lange draußen bleiben.« Sie setzt sich und rückt den Stuhl zu der Kleinen, bindet ihr eine saubere Windel um den Hals und will ihr gerade einen ersten Löffel geben, als Gustav auf der Schwelle auftaucht und erklärt, er und Asmund hätten sich gestritten und er wolle nach Hause.

»Ja, aber das geht doch nicht«, sagt sie hilflos, den gefüllten Löffel in der Hand. »Ihr müßt euch wieder vertragen.« Wenn sie angestrengt ist, wird die kleine Melodie in ihrer Stimme stärker und kantiger, als kapituliere sie, selbst gegenüber der Sprache. »Legt die Schwerter weg. Es ist nicht gut, sich zu schlagen.«

»Daran liegt es nicht«, sagt Gustav finster.

»Was ist es dann?« fragt Doris, aber damit will Gustav nicht rausrücken. Er bleibt einfach da auf der Schwelle stehen, düster und fordernd in seinem Schweigen, und das macht sie schnell mürbe. »Na gut«, sagt sie, »geh rein und ruf deine Mutter an.«

Wir hören es im Lautsprecher am Giebel klingeln, als wir an der Kirche um die Ecke biegen. »Wir beeilen uns trotzdem nicht«, sagt Lisa. Aber es klingelt weiter. Sie schließt auf und streift sich die Schuhe ab und geht ins Wohnzimmer.

»Nein, aber nicht schon jetzt«, höre ich sie sagen, sehr ärgerlich. Sie ist einen Augenblick still. »Das will ich überhaupt nicht hören«, sagt sie dann. »Wir haben eine Verabredung getroffen, und die ändert man nicht so einfach. Jetzt bleibst du bis halb sieben da unten. Du wolltest doch so gern allein nach Hause radeln, oder? Oder soll ich vielleicht kommen und dich abholen.« Letzteres wird in einem leicht drohenden Ton gesagt. Gustav sagt etwas. »Nein, ich komme dich jetzt nicht abholen«, antwortet Lisa. »Wir müssen uns an das halten, was wir verabredet haben.« Es werden noch ein paar Bemerkungen ausgetauscht, der Hörer wird aufgelegt, und Lisa kommt in die Küche zu mir, wo ich gerade die Kuchenreste wegpakke. Sie ist jetzt ganz hellwach, und sie lächelt fast stolz, ein bißchen geheimnisvoll, und ich denke, ich will nicht fragen, aber dann frage ich doch.

»Wollte er nach Hause?« frage ich.

»Ja, aber das nützt ihm nichts.« Sie wiederholt, was sie am Telefon gesagt hat, und ich begreife, daß ihr Stolz darauf beruht, daß sie hart geblieben ist und daß ihre Liebe sie nicht nachgiebig macht und sie ihre Urteilskraft verlieren läßt. Es ist immer eine Leistung, die Liebe zu besiegen, fast als glaubte man, daß man so in den Augen der Leute und in den eigenen Augen zuverlässig wird. Vielleicht vor allem in den eigenen.

»Ich kann ihn doch holen«, sage ich. »Ich wollte sowieso

eine kleine Autotour machen. Ich kann das Fahrrad in den Kofferraum legen.«

»Nein, jetzt bleibt es dabei«, sagt Lisa bestimmt, und dann bleibt es auch dabei. Sie lädt mich zu einer Tasse Tee ein, aber ich finde eine Ausrede und gehe hinüber auf die andere Seite der Straße und setze mich ins Auto. Ich habe das Bedürfnis, für mich allein zu sein. Ich bin es nicht gewöhnt, mit vielen Menschen zusammenzusein. Die allermeisten Tage verbringe ich allein, und ich habe vor langer Zeit erkannt, daß ich nur auf diese Weise richtig existieren kann. Vielleicht ist das der wirkliche Grund dafür, daß ich die Arbeit gewählt habe, die ich habe, weil man dabei allein sein kann, ohne daß Leute das mit Fragezeichen versehen.

Ich fahre nach Norden, an Lundsager vorbei und weiter hinunter zum Fjord. Als ich sehe, daß die Straße jäh endet, stelle ich das Auto auf einem Pfad ab und setze den Weg zu Fuß fort, bis ich hinunter zu einem flachen Strandgürtel komme, wo angespülter Tang und Beifuß einen breiten Streifen vor dem Wasser bilden. Weiter weg, auf einer Anhöhe, liegt ein großes, gelbes Haus mit Flachdach, teuer und luxuriös und ganz anders als Hviums übrige Bebauung, aber es ist niemand zu sehen, und nachdem ich eine Hand ins Wasser gesteckt habe, ziehe ich mich aus und wate ins Wasser hinaus. Es ist frisch und klar, aber nachdem ich eine Zeitlang geschwommen bin, fühlt es sich warm und weich an. Doch selbst das deprimiert mich. Mein Körper ist dafür geschaffen, für einen anderen zu existieren. Ich kann nichts genießen, wenn ich allein bin. Ich muß geliebt werden. Ich muß berührt werden. All die Tage, an denen die Funken sprühen, die Morgen, an denen man so warm und durchliebt aus dem Bett kommt, daß man es noch einen Tag später spürt, dieses gespannte Verlangen nach einem Mann, der seinen Abdruck in meinen

Körper setzt. Ach, komm und mach Liebe mit mir. Laß nicht zu viel Zeit vergehen. Ich sehe auf meinen Körper hinunter. Die Haut ist weiß und rot vor Kälte. Alles ist immer noch vollkommen. Noch kann nur ich selbst sehen, was im Verborgenen passiert ist, unter den Haaren, die grau geworden sind, mit meinem Körper, der doch immer noch kräftig ist.

Ich bleibe eine Zeitlang am Strand sitzen. Draußen auf einem Stellnetzpfahl steht ein Kormoran mit erhobenen Flügeln, Möwen stürzen sich schreiend durch die Luft, und drüben auf der anderen Seite des Fjords ist das Ufer fast gelbbraun in dem späten Licht. Irgendwann sind in der Ferne Sirenen zu hören, hier oder auf der anderen Seite des Wassers. Eher kurz. Ich habe sie beinah vergessen, als sie wieder anfangen. Es ist nicht klar, ob es dieselben Sirenen sind oder neue. Ich denke daran, wie wir zu Hause in Ådalen immer aus allen Richtungen angestürzt kamen, wenn wir Sirenen hörten, um zu sehen, wohin die Wagen fuhren. Papa wurde immer gleich still und besorgt, er beteiligte sich nicht an dem Spiel, dachte sich aber vielleicht seinen Teil. Mama dagegen hatte immer eine Theorie. »O nein«, rief sie aus. »Das ist Arnolds Herz, das nicht mehr will.« Das konnte Papa nicht ausstehen. Sein ganzes Mienenspiel sagte, daß sie zu vorlaut war. Daß sie sich bitte beherrschen sollte. Aber in der Regel hatte sie recht. Als würde sie sie auf einer Liste abhaken. Jetzt war der an der Reihe, jetzt die. Nicht nur sie, auch alle anderen würde es nach und nach ereilen.

Ich lasse meine Gedanken wandern, wie sie wollen, und die Zeit vergeht. Schließlich stehe ich auf und klopfe den Sand ab und ziehe mich an. Um sieben soll das Geburtstagsessen sein, und ich bin der einzige Gast.

Auf dem Weg zurück begegne ich niemandem, abgesehen von einem mageren alten Mann, der bei meinem Anblick seinen Stock hoch in die Luft wirbelt, als wären wir alte Freunde und hätten jede Menge lustiger Erinnerungen gemeinsam, Erinnerungen, die ihm besonders gut im Gedächtnis geblieben sind, was er mir auf diese Weise mitteilen will. Ich sehe ihm im Rückspiegel nach. Er sieht auch mir nach.

Schon in der Einfahrt merke ich, daß es sehr still ist. Keine Kinder rufen im Garten, kein Dampf quillt aus dem offenen Küchenfenster. Kein Schatten bewegt sich drinnen, und auf dem Plattengang unterhalb der Treppe liegt umgekippt Maries Traktor. Die Kuhfamilie ist von der Ladefläche gefallen, Vater, Mutter und drei kleine Kälber. Ein paar Mauersegler zerschneiden die stille Luft auf dem Hof, auf der Jagd nach Gewitterfliegen. Aber die Haustür und die Tür zum Kücheneingang stehen weit offen.

Als ich rufe, hallt meine Stimme durch die Zimmer. Ich sehe überall nach, im Büro und oben, ja, selbst auf dem Dachboden. In der Küche ist der Ofen angestellt, die Bleche sind herausgenommen, und darauf liegen zwei große, unfertige Pizzen. Auf dem Schneidbrett liegen Schinken am Stück und Wurstscheiben, eine Dose Ananas ist geöffnet und dann stehengelassen worden. Es ist nirgendwo gedeckt. Lisa war gerade dabei, Käse zu reiben, als sie unterbrochen wurde, der Käse und die Reibe stehen noch da. Die Teigschale steht in der Spüle, voller Wasser. Ich mache sie sauber, zerschneide den Schinken, reibe noch mehr Käse und verteile alles auf den Pizzen. Zögernd mache ich den Ofen aus. Sie können ja jederzeit zurückkommen.

Ich mache mir keine Sorgen. Lisa kann irgendwo hingerufen worden sein, es würde ihr ähnlich sehen, sofort aufzubrechen, obwohl sie selbst alle Hände voll zu tun hat. Sie hat es sicher mit Asmunds Mutter besprochen. Die weiße Doris. Ich wische die Arbeitsplatten ab und gucke in den Kühlschrank.

Darin sind Bier und Sodawasser kalt gestellt. Im Gefrierschrank liegt eine Eistorte. Ich entschließe mich, den Tisch im Garten zu decken, unter der Flagge. Der Abend ist lau. Wenn ich den großen Sonnenschirm hinschleppe, werden wir draußen sitzen bleiben können, auch nachdem der Tau gefallen ist.

Ich finde ein Tischtuch und nehme die besten Teller im Schrank. Die Flagge, die kleine Tischflagge, kommt auch hinaus. Bewaffnet mit einer Gartenschere, gehe ich hinunter zu den Beeten mitten auf dem Rasen, wo große Gruppen von blaugrünem Männertreu, Herbstastern, Phlox, Dahlien und Sonnenbraut stehen. Ich fange an, Sonnenbraut und dunkelrote Dahlien abzuschneiden, um einen Kranz um Gustavs Gedeck zu legen. Der Schweiß hat sich nach dem Bad schon wieder im Nacken und unter den Armen angesammelt.

Als das Telefon klingelt, bin ich völlig unvorbereitet auf das schrille Geräusch, das vom Giebel aus die Luft durchschneidet. Immer noch mit den Blumen und der Schere im Arm, gehe ich hinein und hebe ab und habe Lisas dunkle Stimme im Ohr. Sie ist fast nicht wiederzuerkennen.

»Kann ich mit Frederik reden«, sagt sie.

»Er ist noch nicht nach Hause gekommen«, antworte ich verwirrt. »Wo bist du?«

Es kommt ein Laut von ihr. »Ich kann Frederik nicht erreichen, er nimmt das Handy nicht ab«, schluchzt sie, und mein Körper fühlt sich krank an vor Angst. »Du mußt ihm sagen, daß er ins Krankenhaus kommen soll.« Sie sagt nichts mehr, aber sie redet unzusammenhängend. Dann schweigt sie.

»Was ist los, Lisa?« frage ich. Die steifen Blumenstengel kratzen an der Innenseite meines Arms. Vorsichtig lege ich sie auf den Telefontisch, den Hörer dicht zwischen Ohr und Schulter geklemmt. Dann kehrt ihre Stimme zurück. Nur langsam erfasse ich, was passiert ist.

Ich habe gerade den Hörer aufgelegt, als ein Auto auf den Hofplatz gefahren kommt. Eine Tür knallt zu, und im nächsten Augenblick steht Frederik auf der Schwelle zum Wohnzimmer, erhitzt und fröhlich, mit verschwitzten Haaren und einer Eistorte in den Händen, wie schon eine im Gefrierschrank liegt. »Spielt ihr Verstecken?« fragt er lachend. »Oder seid ihr es nur leid, auf mich zu warten?«

Ich gehe mit großen Schritten durchs Zimmer. »Frederik«, sage ich. »Es gibt etwas, das ich dir sagen muß.«

Er sieht mich fragend an, immer noch lächelnd, so daß die kleinen Falten, die von seinen Augen ausgehen, sich vertiefen. Aber ich kann nicht zurücklächeln.

»Es gibt etwas, das ich dir sagen muß«, wiederhole ich und lege eine Hand auf seinen Rücken. Auch er legt eine Hand auf meinen Rücken und beugt sich zu mir herunter.

»Was?« flüstert er.

»Gustav hat einen Unfall gehabt«, flüstere ich zurück.

○ ○ ○

6.

Die Straße liegt schwarz und grau vor uns, fleckig von dem schwachen Abendlicht, als ich ihn zum Krankenhaus in Viborg fahre. Im Auto wird nicht sehr viel gesagt. Er hält sich immer noch aufrecht, wie er auf dem Beifahrersitz neben mir sitzt. Ab und zu arbeitet ein kleiner Muskel in seiner Wange. Sein Sohn ist von einem Auto überfahren worden, man weiß nicht, wer der Fahrer ist. Das Auto war weg, als Asmunds Mutter herausgelaufen kam. Und Gustav lag am Straßenrand.

Er ruft mehrere Male Lisa an. Ich höre zu, während ich das Lenkrad umklammere. Beim letzten Mal, als ich hier gefahren bin, in entgegengesetzter Richtung, hat die Fahrt eine Dreiviertelstunde gedauert, jetzt brauche ich weniger als eine halbe. Sobald wir den Fjord hinter uns gelassen haben und auf die Hauptverkehrsstraße gekommen sind, geht es leicht. Das bißchen Verkehr, das es gibt, geht in die entgegengesetzte Richtung. Ab und zu donnern große Lastzüge vorbei, so daß das Auto zittert. »Er lebt«, erzählt er mir. »Er ist jetzt auf dem Operationstisch.«

»Was ist passiert?«

»Oh, so viel«, sagt er niedergeschlagen. Er hebt eine Hand vors Gesicht und sitzt da, das Handy ragt in die Luft. Wäre ich Lisa gewesen, hätte ich eine Hand auf sein Knie oder um seinen Nacken gelegt. Ich bin gezwungen abzubremsen. Vor uns fährt ein Tieflader mit einem Flügel für ein Windkraftwerk. Er öffnet die Augen, als er merkt, daß ich die Geschwindigkeit senke. »Ihm ist wohl ein Gefäß im Magen zerrissen worden«, sagt er, so ruhig er kann, aber seine Stimme zittert trotzdem. »Ich glaube, seine Schulter ist ausgekugelt, und außerdem hat er eine Menge Rippen und ein Handgelenk gebrochen.«

»Er wird einige Zeit nicht in die Schule gehen«, sage ich töricht. Darauf antwortet er nicht. Kurz darauf sagt er: »Er ist auch mit dem Kopf aufgeschlagen.« Er ist es, der mir leid tut. Ich schiele hin und wieder zu ihm. Den Rest der Fahrt sitzt er mit geschlossenen Augen da.

Ich gehe mit ihm durch die großen Schwingtüren hinein, laufe zur Rezeption und frage die Dame hinter der Theke, in welche Etage wir müssen, und dann fahren wir mit ihm im Lift hinauf. Sobald die Türen auseinandergleiten, eilt er hinaus. Er wird schon erwartet. Ich sehe, wie er und Lisa einander in die Arme fallen, und bleibe stehen, während die Türen sich wieder schließen. Ich drücke auf den Knopf und fahre hinunter. Es gibt nichts, was ich tun kann.

Eine Zeitlang bummele ich in der Stadt herum. Ich finde nicht, daß ich nach Hause fahren kann. Ich esse in einem persischen Restaurant in einem großen, leeren Lokal. An so einem Montagabend gibt es nicht viele Gäste. Erst als es dämmert, gehe ich zum Auto und fahre aus der Stadt.

Das Augustdunkel fällt schnell und liegt schwer und dicht über der Landschaft. Im Gegensatz zum Hinweg lasse ich es ruhig angehen. Die Tachometernadel liegt konstant bei achtzig. Die Fahrbahn, die weißen Streifen verschwinden unter mir. Die Straße wird kurvenreicher, ich achte auf die Reflexe am Grabenrand und sehe die Augen einer Katze oder eines Fuchses, die einen Augenblick lang tief in mich hineinstarren, um darauf blitzschnell zu verschwinden.

Ich denke an Gustav, und ich denke an Frederiks und Lisas Verzweiflung. Ich bin auf dem Weg nach Hause, ich sitze in meinem Auto, und für mich ist alles sicher. Im Moment jedenfalls, im Moment, in dieser Sekunde. Im Gegensatz zu Tieren haben Menschen keinen Instinkt für Geschwindigkeit, das habe ich irgendwo gelesen. Wenn wir an einem Abgrund stehen, weichen wir zurück, wie wir es seit der Zeit unserer fernsten Vorväter getan haben. Aber von einem röhrenden Auto verstehen wir nichts, obwohl hier dieselben Kräfte im Spiel sind. Mit siebzig Stundenkilometern getroffen zu werden entspricht einem Sturz aus dem fünften Stock. An dergleichen denke ich, während ich dort im Dunkeln fahre. Zu beiden Seiten ist Wald. Ich kann ihn kaum sehen, aber er ist da. Wenn mir jetzt ein Tier vor die Kühlerhaube laufen würde, könnte ich nicht einmal rechtzeitig auf die Bremse treten.

Es können auch Leute auf der Straße sein. Ein Radler oder ein Fußgänger, der seinen Hund ausführt. Die Straße ist schmal, es ist hier praktisch kein Platz für sie, nur zwanzig, dreißig Zentimeter zwischen dem Graben und der weißen Seitenlinie. Vielleicht funktioniert das Rücklicht des Fahrrads nicht. Und wenn es ein Fußgänger in dunkler Kleidung und ohne Reflektorstreifen ist, wird er bis zum letzten Augenblick nicht zu sehen sein. Welche erwachsene Menschen laufen mit Reflektorstreifen auf ihrer Straßenkleidung herum? Ich selbst tue es jedenfalls nicht. Die Gedanken laufen mit mir davon. Es ist ein wiederkehrender Alptraum, den ich hier abrollen lasse. Es ist nicht das erste Mal, daß ich es vor mir sehe. Ich stelle mir den dumpfen Bums vor, wenn das Auto einen Menschen trifft.

Aber wenn man nicht aus seinem Auto steigt, sondern einfach im Dunkeln weiterfährt, ist es vielleicht, als wäre nichts passiert?

Die Gedanken spielen mit mir. Sie strömen auf mich ein, und selbst wenn ich versuche, sie zu verscheuchen, verschwinden sie nicht. Bilder des leblosen Gustav wechseln sich mit anderen ab, die auch entsetzlich sind. Ich kneife mich selbst in die Wange, singe laut, stelle das Radio an. Aber es hilft nichts.

Ich selbst muß zugeben, daß ich verstehen kann, was einen dazu treibt, zu flüchten. Der Unfall war ja nicht absichtlich. Kein böser Wille hat dahintergesteckt. Es ist ein schicksalsschwerer Augenblick, der einem die Zähne in den Nacken gehauen hat. Ist etwas dagegen zu sagen, daß man sich freischütteln will? Der Schaden ist ja geschehen – niemand könnte etwas anderes behaupten. Genügt es nicht, daß ein Mensch zerstört worden ist? Wird es besser dadurch, daß es zwei sind? Gerechtigkeit ist ein merkwürdiges Prinzip, mindestens ebenso zufällig wie Regen und Sonne und die Begegnung der Menschen mit Liebe und Haß. »Hör jetzt auf«, sage ich und bin jetzt hart zu mir selbst. »So ist es ja nicht.« Ich weiß sehr gut, daß das Leben für einen Fahrerflüchtigen nicht besser wird als für den, der sich gestellt hat. Wahrscheinlich wird es schlimmer.

Wie es ihm jetzt wohl geht? denke ich. Ich denke an die unbekannte Person als einen Mann, denn nicht einmal hier in der Phantasie, der ich freien Lauf lassen kann, kann ich mir vorstellen, daß es eine Frau ist, die hinter dem Lenkrad gesessen hat. Frauen fahren nicht Kinder über den Haufen. Sie lassen sie jedenfalls hinterher nicht allein. Was er jetzt wohl macht? denke ich. Vor mir sehe ich einen jungen Mann irgendwo an einer Bar stehen, mitten im schlimmsten Rausch seines Lebens, feuerrot im Gesicht, kochend vor verzweifelter Energie. Jetzt soll richtig gesoffen werden, jetzt soll geschrien werden, jetzt ist es verdammt noch mal genug!

Aber vielleicht ist er Familienvater? Vielleicht bringt er in diesem Augenblick seine Kinder ins Bett und liest ihnen mit steifen Lippen eine Gutenachtgeschichte vor, denn schon jetzt hat der Alptraum angefangen? Schon jetzt wartet drinnen auf dem Sofa seine Frau auf ihn. Sie hat Kaffee für sie beide gemacht, jetzt soll er hinein und zusammen mit ihr fernsehen, und sie sollen darüber reden, wie ihr Tag war. All die Zuverlässigkeit, mit der sie einander Dinge anvertrauen. Aber er kann weder hineingehen noch hier bei seinen Kindern bleiben, die ihn fragend ansehen. Und als er ins Wohnzimmer tritt, kommt von seiner Frau der gleiche Blick. »Stimmt etwas nicht?« fragt sie, »du wirkst so anders.« Ihre Worte lassen ihn beinah zusammenbrechen. Das kann er ihr nicht erzählen. Er ist ein Monster. Er wird sich ihr nie mehr anvertrauen können. »Ich führe den Hund aus«, murmelt er. Draußen auf der Straße versucht er, sich wieder zusammenzusetzen, Stück für Stück, aber er hat keine Ruhe. Er schleppt den fetten, trägen Hund die Straße entlang. Es ist Feuer in ihm. Es ist, als hätte sich ein anderer in seine Existenz gedrängt. Sie können nicht beide dort sein. Eine gewaltige Schlägerei hat begonnen. Von nun an wird er nie mehr einen Augenblick Ruhe finden. Schlaflose Nächte warten. Alles muß er verbergen. Wie soll er je die Kraft haben, wieder nach Hause zu gehen?

◦ ◦ ◦

Gleichzeitig wacht Manne in ihrem dunklen Haus auf. So stelle ich es mir am Abend, als ich endlich zur Ruhe gekommen bin, vor, oder glaube ich erst jetzt, als ich zurückdenke, daß ich es mir so vorgestellt habe? Es spielt keine Rolle. Ich denke an Manne, die in ihrem Bett liegt. Da ist ein Geräusch, das sie geweckt hat. Sie hat in der Kammer oben gelegen und tief geschlafen, wie lange, weiß sie nicht. Mehrere Stunden jedenfalls. Sie kann sich nicht erinnern, ob sie etwas geträumt hat, nur daß es sich anfühlte, als würden die Insekten, die gegen das schräge Dachfenster schwirrten, genau in sie hineinfliegen, und mit ihnen ein tiefer, dunkler Schlaf. Der Laut ihrer Flügel war wie Nadelstiche, die betäuben. Sie konnte sich nicht befreien. Sie träumte, daß sie schlief, daß sie in diesem dunklen Zimmer lag und daß es regnete.

Sie öffnet die Augen. Es ist stockfinster im Zimmer, abgesehen von den lumineszierenden Zeigern des Weckers. Viertel nach neun. Sie ist schwer und matt im Körper. Eine brennende Haut liegt auf ihren Augenlidern. Sie denkt zurück an ihren Traum, der schon verschwunden ist. Die Geräusche des Weckers dringen zu ihr durch. Das Quarzticken. Und dann dieses andere, das sie geweckt hat. Sie lauscht. Ein leises Rascheln von unten. Manne ballt die Faust, bewegt sich aber nicht.

Sie schließt die Haustür nie ab. Das tut man hier nicht. Es ist nicht nötig. Nur Außenseiter und Zugezogene schließen ab, und vielleicht die in Hvium selbst. Ab und zu kommt es vor, daß Leute einfach hineingehen, ohne anzuklopfen. Aber das geschieht immer unter Rumoren und Husten oder lautem Rufen und Lachen. Wenn jemand mit einem Kasten Bier kommt, zum Beispiel. Keiner schleicht sich unangemeldet herein. Manne bleibt völlig schlaff auf dem Bett liegen. Aber ihre Aufmerksamkeit ist geweckt.

Eine Zeitlang ist nichts anderes zu hören als das Ticken des Weckers und das Geräusch der alten Gefriertruhe, die im Flur am Fuß der Treppe brummt. Die kann sie immer hören, denn die Kammer hat keine Tür. Deshalb weiß sie auch, daß jetzt noch jemand anderes im Haus ist. Durch eine geschlossene Tür würde sie das nicht feststellen können. Aber jetzt spürt sie es.

Es ist jemand da.

Ihre Gedanken laufen die Treppe hinunter, den Flur mit dem Mosaikboden entlang. Die Reihe von Schuhen. Die Jakken am Kleiderhakenbrett. Die Fuchsweste. Dann halten sie inne. Denn jetzt kommt ein Geräusch dazu. Es ist das Geräusch der Klinke an der Wohnzimmertür, die hinuntergedrückt wird. Ein verhaltenes kleines Klicken. Nirgendwo brennt Licht, nicht einmal das Licht über der Treppe ist an. Wer ist es, der in ihr dunkles Haus gekommen ist?

Manne hat nichts, was zu stehlen sich lohnt. Sie denkt immer, das müsse von außen zu sehen sein. Es gibt nicht sehr viele Möbel im Wohnzimmer, und die wenigen, die da sind, hat sie von ihrer Großmutter geerbt oder auf Flohmärkten in der Umgebung gekauft. Lisa hat ihr geholfen. Da ist ein alter Fernseher mit einer irritierenden Schramme mitten auf dem Bildschirm. Eine Ministereoanlage. Ein Telefon, ein Anrufbeantworter, ein kleines rotes Auge in all dem Schwarzen. Ein Sofa, ein alter Eichenholztisch, der unsanft abgelaugt worden ist, und vier Stühle, die dazu passen, ein Teppichboden, den sie loswerden möchte. Er ist grau und riecht seltsam. Sie hat ihn mit Teppichschaum behandelt, aber der Geruch ist nicht verschwunden. Wie von etwas Ranzigem. Oder wie Depression. Sie meinte, jeder müsse es von außen sehen können.

Sie schwingt ein Bein über die Bettkante, bleibt aber sitzen. Die Tür unten im Wohnzimmer geht mit einem quietschenden Knacken auf. Je langsamer, je zögernder man sie öffnet, desto mehr kreischt sie. Es ist fast so, als ob ihr dieser Alltagslaut die Angst nimmt. Es ist doch nur ein Mensch, der da unten ist, denkt sie, und gleichzeitig ist sie frappiert davon, was für ein unlogischer Gedanke das ist. Was kann wohl schlimmer sein als Menschen?

Das schwarze Loch.

Sie steht vorsichtig vom Bett auf. Sie muß etwas finden, das sie als Waffe verwenden kann. Sie kann nicht mit leeren Händen hinuntergehen. Aber was gibt es hier oben? Einen Stapel Zeitungen unter dem Bett. Und Flaschen, fällt ihr ein. Sie legt sich auf die Knie und steckt die Hand unters Bett und erwischt eine Bierflasche. Sie weiß, daß man den Boden abschlagen soll, aber sie traut sich nicht wegen des Lärms. Sie versucht, einen selbstsicheren Griff um den Flaschenhals zu finden, einen Griff, bei dem sie gut und locker in der Hand liegt. Federnd, flexibel, bereit. Dann geht sie die Treppe hinunter.

Als sie auf der Höhe des Heizkessels ist, geht der an. Es zittert in dem alten Eisenkörper. Die Tür zur Küche steht weit offen. Ein Auto fährt draußen auf der Straße vorbei. Die weißen Scheinwerfer erscheinen auf der Wand über ihr und verschwinden wieder. Sie kann ihren eigenen Atem, den Heizkessel und die Gefriertruhe hören. Sonst nichts. Plötzlich gerät sie in Zweifel, ob sie das nicht nur geträumt hat. Kann man so still sein? Ja, denkt sie, wenn man sich versteckt. Wenn man auf der Lauer sitzt. Ich bin wahnsinnig, denkt sie. Ich werde doch nicht ins Wohnzimmer gehen. Geh raus, raus auf die Straße mit dir! Da ist die Tür! Direkt hinter deinem Rücken! Sie setzt den Fuß einen Schritt vor. Im selben Augenblick ist aus dem Wohnzimmer ein Hicksen zu hören.

»Wer ist da?« ruft Manne wild.

»Manne«, sagt eine kleine Stimme. »Manne.«

»Marie, kleiner Marienkäfer, bist du's da drinnen im Dunkeln?«

Und Manne stellt die Flasche in der Spüle ab und geht mit langen Schritten ins Wohnzimmer. Unter dem Fenster findet sie Marie, ganz zusammengekauert. Das blasse Gesicht des Mädchens sieht zu ihr auf, grau leuchtend im Schein des großen Augustmondes, der jetzt gerade aufgeht.

»Aber warum sitzt du hier, kleiner Marienkäfer? Ist etwas passiert?«

»Manne!«

»Komm hoch zu mir. Komm.«

Marie ist groß und schwer, aber Manne schafft es, sie auf ihre Hüfte zu bugsieren. Sie trägt sie quer durchs Zimmer und fällt mit ihr aufs Sofa, streckt die Hand aus, macht die Stehlampe an, sieht Marie an, sieht die rotgeweinten Augen.

»Jetzt mußt du nicht mehr weinen«, sagt sie und öffnet ihre Sandalen und stellt sie vorsichtig auf den Boden. Sie legt die Arme um sie, wiegt sie vor und zurück. Sie merkt, daß sie jetzt selbst Tränen in den Augen hat. Ganz plötzlich. Und daß es ihr gefällt. Ich habe es nötig zu weinen, konstatiert sie.

◦ ◦ ◦

Marie arbeitet sich nach hinten. Sie ist draußen im Wald gewesen, sagt sie. Sie ist ein wildes Mädchen geworden, sagt sie, und sie hat zusammen mit einer Mäusefamilie, die Pfannkuchen für sie gebacken hat, gegessen. Die waren alle so lieb. Sie lächelt, während die Hickser ihr immer noch in die Kehle hacken. Aber plötzlich schwenkt sie um. Ihre Pfannkuchen waren ganz grau, es war nur Mäusedreck und Wasser drin, das sie aus einer Wasserpfütze geholt haben, sagt Marie mit großen, ernsten Augen und nickt danach langsam, auf eine nachdrückliche Art, wie um zu fragen, ob Manne das jemals erlebt hat?

»Aber warum warst du im Wald?« fragt Manne.

Marie sieht sie aufmerksam an. Sie überlegt. Dann nickt sie wieder.

»Gustav ist vielleicht tot«, sagt sie still. Es ist, als ob ihr alles wieder einfällt. Sie schließt die Augen, als ob sie nicht mehr sagen will, aber Manne packt sie an beiden Oberarmen.

»Was sagst du?« fragt sie und schüttelt sie. »Mit so was darfst du keine Witze machen! Was hast du gesagt, Marie?«

Wieder dieser mühsame, suchende Blick, wieder das Nikken. »Er ist überfahren worden«, sagt Marie. Sie spricht nicht sauber, und vielen fällt es schwer, sie zu verstehen. Aber Manne versteht alles, was sie sagt. Sie drückt sie an sich, während Marie erzählt. »Kleiner Marienkäfer«, flüstert sie überwältigt. »Komm her, leg die Arme um mich … Dann leg' ich auch die Arme um dich … Dann sitzen wir hier.«

◦ ◦ ◦

Einige Zeit danach bewegt sie sich. Marie blinzelt. Sie ist warm geworden. Ihre Wangen sind feuerrot, glühend heiß. Plötzlich wird sie auf Mannes Schoß schwer und schlaff, und sie wacht nur langsam und widerwillig auf. Sie will schlafen. »Neein«, klagt sie, als Manne sie bewegt. »Ich will nicht.«

»Du sollst jetzt nicht schlafen.« Manne streicht ihr die schweißfeuchten blonden Haare aus der Stirn. »Marie! Ich glaube, da kommt jemand.«

Ein Auto ist halb in die Einfahrt eingebogen und hält an, den Motor im Leerlauf. Die brennenden Scheinwerfer treffen durch die halb heruntergelassenen Rolläden auf die hintere Wand des Wohnzimmers. Die Tapete ist voller Schattenstreifen, umgeben von kreideweißem Licht. Dann wird der Motor abgestellt. Es wird so still, daß man da draußen ein Radio laufen hören kann. Stimmen. Aber die kommen nur aus dem Radio. Dann wird auch das abgestellt. Und die Scheinwerfer. Marie will nicht von Mannes Schoß, sie will sich nur zusammenrollen wie ein Kätzchen und schlafen, aber Manne läßt sie hinunter, stellt ihre Füße auf den grauen Teppichboden. Dann knallt eine Autotür zu.

Sie erwartet niemanden. Nicht heute abend. Sie steht auf und nimmt Marie bei der Hand, zieht sie durch die Küche mit hinaus. Sie sind noch nicht ganz am Kücheneingang, als es klopft. Nicht an der Küchentür, wo alle hineingehen, sondern an der Nordseite an der Haustür zur kleinen Diele. Auf diesem Weg kann man gar nicht hereinkommen. Ein Bücherregal steht vor der Tür, voller Lehrbücher zur sozialberuflichen Ausbildung. Aber das kann ein Fremder nicht wissen. Es wird wieder geklopft, ziemlich hart. »Bleib hier«, sagt Manne zu Marie. Aber Marie will ihre Hand nicht loslassen, und sie ist gezwungen, sie mit hinaus auf die Küchentreppe zu nehmen. Sie macht das Außenlicht an und öffnet die Tür.

»Hallo«, ruft sie ins Dunkel hinaus.

Dann taucht er an der Hausecke auf. Sie sieht sofort, daß es ein Polizeibeamter ist. Jetzt bereut sie, daß sie so fragend in den Garten gerufen hat. Er hätte selbst die andere Tür finden dürfen. Er geht leicht im Grätenschritt, mit der Mütze in der Hand, etwas cowboymäßig, denkt sie höhnisch. Aber als er unter die Treppenlampe kommt, erkennt sie, wie mitgenommen er aussieht. Seine Haut ist graugelb, auf den groben Händen wie im Gesicht. Er ist ja ein alter Mann, ganz imprägniert mit Nikotin. Er wird nicht lange leben. Sie legt eine Hand um Maries Nacken und baut sich vor ihm auf.

»Tach«, sagt er. Er gibt ihr auch die Hand. »Leif Boll. Bist du Marianne Sørensen?«

»Ja«, sagt sie steif. Sie wartet. Er sieht ihr in die Augen, und sie starrt zurück.

»Du hast viel mit der Pastorenfamilie zu tun?«

»Ja.«

»Ich habe deinen Namen von Grotrheim im Krankenhaus bekommen. Ich weiß nicht, ob du gehört hast, was passiert ist?«

»Ich habe es gerade gehört.«

Es entsteht eine kleine Pause.

»Wie schlimm ist es?« flüstert sie. Es ist, als ob Luft zwischen die Worte kommt, als ob sie etwas nach Luft schnappt. Sie hört sich selbst und hofft, daß er es nicht tut. Es ist das erste Mal, daß sie in Kontakt mit der Polizei ist, und es gefällt ihr nicht. Es gefällt niemandem, heißt es. Die Leute bekommen ein schlechtes Gewissen, selbst wegen Dingen, die sie nicht getan haben. Manche bekommen ein schlechtes Gewissen, weil es sie gibt.

»Er lebt«, sagt der Beamte. »Aber es sieht nicht gut aus. Wir wissen auch nicht, wer ihn überfahren hat.« Er sieht sie wieder an, tief und forschend, und Manne hat das Bedürfnis, den Blick niederzuschlagen, tut es aber nicht. »Das ist der Grund, warum ich komme«, sagt er schleppend.

»Ich habe nichts gesehen«, sagt sie. »Ich war nicht zu Hause.«

»Aber wenn ich dir den Zeitpunkt sage?«

»Ich war unterwegs auf einer langen Radtour, und dann bin ich nach Hause gekommen und eingeschlafen.«

Er nickt und geht vor Marie in die Hocke. »Und wen haben wir da?« fragt er. Er erwartet wohl, daß Marie selbst antwortet, aber das tut sie nicht. Manne spürt, daß Marie mit besonders festem Griff ihren Schenkel packt. Es tut weh, aber sie sagt nichts. Ohne sich aufzurichten, sieht er fragend zu Manne hinauf. »Ist das vielleicht die kleine Schwester?« Sie nickt.

»Können wir reingehen?« fragt er.

Es dauert ein wenig, bis es Manne aufgeht, was er eigentlich will. Auch Marie versteht es nicht. Sie will den Beamten nicht ansehen. Er muß immer wieder dasselbe fragen. Sie sitzen am Küchentisch. Manne will ihn nicht ins Wohnzimmer bitten. Er soll nicht sehen, wie sie wohnt.

»Marie«, sagt er. »Wo warst du, als Gustav angefahren wurde?«

Sie sieht nur auf die Tischplatte und kneift den Mund zusammen. Er versucht es drei-, viermal.

»Frage ich zu schwierig?« fragt er schließlich und sieht Manne an. Sie findet schon.

»Hast du heute irgendwelche Autos gesehen?« versucht er es wieder, »so direkt vor der Essenszeit?«

Marie wird immer heißer und verschlossener. Immer angestrengter. Manne sieht, wie es in ihrem Kopf kocht. Sie kann fast fühlen, wie ihr zumute ist. Es ist, als ob die Luft in der Küche stillsteht. Wie ein Druck, der immer stärker wird. Sie wünschte, sie könnte den Deckel abreißen. Puff! Im Handumdrehen! Sie streicht Marie über die Stirn. »Hast du vielleicht das Auto gesehen, das Gustav angefahren hat?« fragt sie. Marie hebt den Kopf und sieht sie an, und Manne fragt noch einmal. »Hast du das Auto gesehen, das Gustav angefahren hat?«

»Das weiß ich nicht«, sagt Marie sehr deutlich.

»Hast du irgendwelche Autos gesehen?«

»Nein.«

»Gar keines?«

»Nein.«

»Wo warst du denn?« fragt der Beamte.

Darauf antwortet sie nicht.

Er beugt sich über den Tisch. »Glaubst du, sie begreift, worauf wir hinauswollen?« fragt er leise. Manne sieht ihn zornig an. »Sie ist nicht dumm«, sagt sie. »Sie ist nicht schwachsinnig, falls es das ist, was du glaubst.« In ihrem Mund liegt der Zorn wie ein verrückter Hund, der das Maul aufreißen und ihm direkt ins Gesicht kläffen kann. Vier Reihen Zähne. Idiot!

○ ○ ○

7.

Es ist immer noch dieselbe Nacht. Im Dunkeln war ich drüben und habe die Flagge eingeholt. Es war Zufall, daß ich daran gedacht habe. Jetzt liegt sie unten im Wohnzimmer über dem Tisch zum Trocknen. Ich bin aufgeregt, hellwach. Während ich auf meinem Bett sitze, mit der Bettdecke im Rücken, jagen die Gedanken wie ein Wind durch mein Gehirn.

Im Gästezimmer, das zur Intensivabteilung gehört, liegen auch Lisa und Frederik wach. Vielleicht haben sie ein wenig die Augen zugemacht, denke ich. Es sind zwei Betten hineingestellt worden, mit einem Nachttisch dazwischen, aber sie liegen im selben Bett. Sein Duft steigt zwischen den Laken auf, der, der ihn Tag und Nacht begleitet. Rasierwasser, eine Reinheit. Selbst sein Schweiß duftet so. Er hat den Arm unter ihren Nacken gesteckt, sie liegt mit dem Mund an seinem Hals. Es herrscht eine tickende Verzweiflung zwischen ihnen, es ist Lisas, und sie weiß es selbst, und deshalb liegt sie völlig bewegungslos. Ihre Verzweiflung ist so total, so explosiv. So gefährlich für das stille Paar im Bett. Vor dem Fenster sind Rolläden. Sie sind weit heruntergelassen, aber ab und zu schiebt sich ein Licht unter die äußeren Enden und gleitet über die Wand. Wo kommt es her? Irgendwo von draußen, denkt Lisa. Aber was für ein Licht bewegt sich außerhalb des vierten Stocks in der Luft? Sie glaubt nicht, daß er so verzweifelt sein kann wie sie. Noch hat er nicht gefragt, wie es passiert ist. Sie versteht es nicht. Warum fragt er nicht?

Ihre Kleider liegen auf zwei Stühlen. Lisas in einem unordentlichen Haufen, Frederiks zusammengefaltet. Das Hemd und das Sakko über der Stuhllehne. Sie hat Lust, aufzustehen, das Hemd zu holen und die Nase hineinzubohren, an seiner

Armhöhle zu schnuppern, um ihn zu spüren. Aber er ist ja hier. Sie dreht mit einer jähen Bewegung den Kopf. Es brennt in ihren Augen. In der Etage darunter liegt Gustav. Er ist allein in seinem Zimmer. Hinter einer Glaswand sitzen vier Krankenschwestern und beobachten ihn und weitere Patienten, die in den Zimmern daneben liegen. Sie beobachten sie auf einem Monitor. Schwarze Schirme, voller leuchtender Schlangen. Sie liegen in einem Kreis, die kranken ausgedienten alten Männer und Frauen. Gustav ist das einzige Kind. Er ist winzig klein in dem großen Bett. Seine Augen sind geschlossen, er ist nicht wach. Seine Haare sind auf einer Seite abrasiert, er hat Tuben und Kanülen in Scheitel, Nase, Halsschlagader, Herz und Blase. Es strömt in ihn hinein und aus ihm heraus. Sie haben ihn auf Hyperventilation eingestellt, hat der Arzt erzählt. Aufmerksame Blicke ruhen auf ihm. Der Respirator pumpt Luft in ihn, saugt die Luft wieder aus. Wie bei einem Taucher unter Wasser. Schläuche in der Nase. Die Augen hinter wasserdichtem Glas. Man kann so sein Gesicht nicht sehen. Das Ventilationssystem rauscht. Es ist der langsame, maschinelle Puls des Krankenhauses. Es ist nur ein kleiner Junge in einem Bett, denkt Lisa. Unser kleiner Junge. Mein Kleiner. Mein. Mein. Sie will ihn um alles in der Welt lieben. Sie will ihn an sich drücken, Leben in ihn blasen. Gustav, wach auf, flüstert sie vor sich hin. Sie bewegt die Lippen, aber nicht ein Laut kommt darüber. Sie liegt da, das Gesicht dem großen, dunklen Raum zugewandt.

»Was sagst du?« fragt Frederik. Sie fühlt, daß er näher kommt, seine Nase in ihren Haaren, und sie dreht sich erleichtert zu ihm um. Sie hat auf seine Frage gewartet. Aber sie braucht einen Anlauf. Es graut ihr, denn sie weiß, daß von jetzt an alles passieren könnte. All das, was sie nie wollte. Sie denkt an ihre ersten gemeinsamen Jahre, in denen sie, schon bei dem geringsten Streit, Angst hatte, Frederik zu verlieren. Weil er sie doch nicht liebte. Weil er nein sagen würde. *Nein.* Es gab viele Gelegenheiten, bei denen es hätte passieren können. Aus einem bedeutsamen, verwunderlichen Grund passierte es nicht, und mit der Zeit nahm ihre Verwunderung ab, denn es war nicht mehr merkwürdig. Es gab mehr und mehr, was sie verband. Ihr Zuhause, Kinder, Alltag, Vergangenheit. Gewohnheiten. Aber jetzt erlebt sie zum ersten Mal seit Jahren wieder, wie es eiskalt wird im Herzen, da drinnen, wo sich das Wesentlichste zusammenschnürt und zu Atemnot führt. Ich will dich. Nicht verlieren.

»Ich denke an das, was der Arzt gesagt hat«, sagt sie und dreht sich zu ihm um.

»Was?«

»Daß Kinder es eher schaffen, weil sie die Physis haben, sich zu erholen.«

»Ja«, sagt Frederik. »Daran denke ich auch.«

»Und daß man im Koma liegen kann, ohne daß es Konsequenzen hat. Man kann viele Tage im Koma liegen und sich dann erholen, als hätte es das Koma nie gegeben.«

»Eine Woche lang«, korrigiert Frederik. Sie zieht die Bettdecke bis zur Nase hoch. Das Bett ist schmal, zu wenig Platz für zwei. Irgendwann wird einer von ihnen hinübergehen und sich in das andere Bett legen. Es ist eine Zeitlang still. Die Nacht schleppt sich dahin. Ab und zu hören sie Schritte im Korridor, Türen, die auf- und zugesaugt werden. Die Geräusche sind eingesperrt in eine Dose, beinah nicht existent. Das drehende Licht kehrt zurück, fällt auf Frederiks Gesicht. Die Augen in seinem schönen, bewegungslosen Gesicht sind geschlossen. Lisa sieht ihn lange an.

»Schläfst du?« fragt sie dann.

»Nein«, antwortet er.

Sie befreit sich ein wenig von der Decke, sie bekommt kaum Luft.

»Es ist meine Schuld«, sagt sie.

Er antwortet nicht, liegt immer noch so da, und weil sie im Zweifel ist, ob er es gehört hat, wiederholt sie: »Es ist meine Schuld.«

Frederik öffnet die Augen.

»Deine Schuld?« Er sagt es hinauf zur Decke. Seine Stimme ist fremd, er sollte schreien, er sollte sie schon jetzt um den Verstand schütteln, sie schütteln, bis ihr der Kopf schlaff auf die Brust fällt. Aber er rührt sich nicht.

»Ich habe ihm erlaubt, von Asmund nach Hause zu radeln.«

Es entsteht eine kleine Pause.

»Das hätte ich auch getan«, sagt er dann. Er legt die Hand um ihre Schulter, die Armmuskeln spannen sich unter ihrem Nacken, und mit einer heftigen Bewegung dreht sie den Kopf zu seiner Armhöhle. Er riecht süß, Frederik. Sie schließt die Augen in der süßen Höhle, während sich seine Hand nach oben bewegt und ihre Haare berührt, ganz, ganz leicht. »Ich hätte es ihm auch erlaubt«, flüstert er.

»Aber er wollte nach Hause«, murmelt sie gequält. »Er hat angerufen. Ich habe ihn dazu gezwungen, Frederik.«

Die Hand verschwindet. Frederik richtet sich halb auf dem Ellenbogen auf.

»Was hat er gesagt?« Es klingt, als käme seine Stimme von hoch oben. Lisa kneift die Augen zusammen und beißt die Zähne zusammen.

»Er hat gesagt, er will abgeholt werden«, bringt sie heraus. »Er und Asmund hatten sich wegen irgendwas gestritten.«

»Warum hast du es nicht getan?«

»Das weiß ich nicht«, weint sie an seiner Schulter. »Ich kann mich nicht erinnern. Ich weiß nicht mehr, was passiert ist.«

◦ ◦ ◦

ZWEITER TEIL

8.

Es ist still drüben im Garten des Pfarrhofs. Nicht ein Laut. Keine Türen knallen in der stillen Luft, keine Stimmen werden mitgetragen. Ich trinke auf der Türschwelle meinen Morgenkaffee und esse eine Scheibe Schwarzbrot. Der Tag ist schon warm und klar, obwohl es erst halb acht ist. Schon seit sechs sind draußen an der Straße nach Lundsager, ein Stück von hier entfernt, Erntemaschinen im Gang. Es ist der Raps, der jetzt eingefahren werden soll. Das ferne Brummen wird fast eins mit der Stille. Von jetzt an werden Tag und Nacht Männer auf Mähdreschern sitzen. Nachts werden sie im Licht der Scheinwerfer ernten, die durch das Dunkel vor ihnen herfegen. Ich schütte den Rest des Kaffees ins Gras und stehe auf und packe das Notebook in die Tasche, während mich ein schwacher Kälteschauer durchfährt. Die Stadt oder das Gefühl der Niederlage, das ich jeden Tag an meinem Schreibtisch habe, vermisse ich nicht. Aber ich kann auch nicht hierbleiben und mich schmarotzend an ihrer Trauer beteiligen.

Ich sauge überall Staub, schrubbe das Waschbecken und wische den Küchenfußboden. Reiße die Laken vom Bett. Die Blumensträuße hinterlassen überall auf dem Fußboden gelben Blütenstaub, als ich sie hinaustrage. Danach gehe ich hinauf und packe. Ich stehe im Slip da, als ich unten Schritte höre. »Bist du da, Birgitte?« ruft Frederik, und ich reiße ein T-Shirt an mich und ziehe es mir eilig über den Kopf. Er ist schon auf dem Weg die Treppe herauf. Dann steht er in der Tür, und wir sehen einander an. Sein Gesicht ist schwer und geschwollen, die Augen glühen.

»Wie geht es?« frage ich schließlich.

Ich nehme ihn beim Arm und ziehe ihn mit mir die Treppe

hinunter. Es ist immer noch Kaffee in der Kanne. Ich drücke ihm einen Becher in die Hand und setze ihn auf die Treppe. Aber er kann sich nicht entspannen.

»Ich muß Marie abholen«, sagt er. Bleibt aber trotzdem sitzen. Ein Muskel arbeitet in seiner Wange. Er sieht geradeaus vor sich hin, er beachtet mich nicht, obwohl ich nur ein paar Zentimeter von ihm in der Türöffnung sitze.

»Du mußt Bescheid sagen, wenn ich etwas tun kann«, sage ich.

»Willst du wieder abreisen?« Er dreht den Kopf halb zu mir und sieht mich an, und ich nicke.

»Ich möchte dich bitten zu bleiben«, sagt er und nimmt einen Schluck aus dem Becher. Ich bin überrascht von seiner direkten Art und davon, daß er mich um etwas bitten kann. Es freut mich auch, mitten in all dem Traurigen freut es mich einfach ein kleines bißchen. Seine Unterlippe legt sich über das weiße Porzellan, die Hände wärmen sich an der Rundung des Bechers. Er sitzt hier und friert mitten im Sonnenschein.

»Wenn wir dich darum bitten dürfen.«

Ich nicke wieder.

Sie müssen sich das Auto leihen. Es muß die ganze Zeit jemand bei Gustav sein, erklärt er, er soll nie allein sein. Aber es muß auch jemand zu Hause bei Marie sein, und sie wollen arbeiten, wenn auch nicht mit voller Kraft, so doch jedenfalls so gut es geht. Ich verstehe, daß sie auf diese Weise zu Kräften kommen. Sie sind Arbeitsmenschen, beide, sie kennen die unantastbare Freude daran, sich zu konzentrieren. Alle anderen Freuden sind so zerbrechlich.

»Es geht nicht um eine lange Zeit«, sagt er. »Nur solange Gustav bewußtlos ist.«

Ich frage, ob die Polizei Spuren gefunden hat, die sie verfolgen kann.

»Ich weiß es nicht.« Seine Stimme ist müde, nahezu widerstrebend. »Die Untersuchungen sind sicher in vollem Gang.«

Er will nicht mehr davon reden. Ich frage ihn, ob er Hunger hat. Hat er. Ich röste eine Scheibe Roggenbrot und koche ihm ein Ei.

»Ich wünschte, ich hätte etwas Besseres für dich«, sage ich, als ich ihm den Teller reiche.

»Das ist sehr gut«, antwortet er.

Er hat immer noch das hellblaue Hemd und das sandfarbene Sakko von den Bergen an. Er hat es nicht geschafft, sich zu Hause umzuziehen.

Als er fertig gegessen hat, entspannen sich seine Schultern plötzlich. Er sieht über die Straße hinaus, die Augen gegen das niedrige, scharfe Licht zusammengekniffen. Ich meine ihn etwas sagen zu hören.

»Was?« frage ich.

»Nichts.« Nein, er sagt nichts. Die Stille ist zum Zerreißen gespannt. Sie kann alles enthalten, und ich kann sie so leicht zerstören, so leicht, daß ich den Gedanken kaum zu denken wage. Er trinkt den letzten Schluck Kaffee und steht auf. »Danke«, sagt er, während er über mir dasteht. »Das war genau das, was ich gebraucht habe.«

»Gerne wieder«, antworte ich. Irgend etwas in mir sagt mir, daß dieses »wieder« bald kommen wird.

◦ ◦ ◦

Der Tag ist lang und heiß. Jetzt, wo das Auto weg ist, kann ich nicht mehr viel tun. Ich radle nach Hvium hinunter, zu dem Schlachterladen, den ich in der Nähe des Hafens gesehen habe, als ich letzten Samstag zum ersten Mal durch die Stadt gefahren bin, ein rotes Ziegelhaus mit einem goldenen Stierkopf über der Tür. Aber als ich vom Fahrrad steige und durch das Fenster hineingucke, sehe ich, daß das Geschäft gar nicht mehr existiert und jetzt als Lagerraum für Möbel und Kartons verwendet wird. Aber es gibt immer noch den Konsum.

Es ist kühl in dem großen Raum, und ich nehme einen Einkaufswagen, denn ich will für mehrere Tage einkaufen, damit es für die Familie auf dem Pfarrhof etwas zu essen gibt, für die, die möglicherweise zu Hause sind. Es ist seltsam, daß Lisa eine ganze Familie aus diesem Laden ernähren kann. Die Gemüseabteilung ist sehr klein. Ein paar schlaffe Köpfe Weißkohl und ein paar Tüten Mohrrüben in dem künstlichen Gras. Die Kartoffeln sind in dunklen Plastiktüten, deren Innenseiten fleckig von Kondenswasser sind, und als ich mit dem Daumen über das Plastik reibe, gibt die Kartoffel darunter nach, und weißer Schaum kommt zum Vorschein. Das Brot nähert sich dem Verfallsdatum. Ich stehe lange über der sparsamen Auswahl der Kühltheke, bevor ich mich für ein kleines Roastbeef entscheide. Das ist das Beste, was ich finden kann. Ich hätte gern frischen Rosmarin und Knoblauch gehabt, aber die einzigen Kräuter, die vorhanden sind, sind Schnittlauch und Petersilie. Ich lege Milch und Schokolade und Eier in den Wagen. Es ist mitten am Vormittag, und es sind nicht viele Kunden da, aber vorn an der Kasse ist doch ein kleiner Menschenauflauf. Ich gehe hin, ich bin fast fertig, das einzige, was mir fehlt, ist die Zeitung. Ich nehme eine Zeitung vom Ständer und blättere kurz darin. Die anderen, die Frau an der Kasse und zwei Kundinnen, lassen den Blick über mich gleiten, bevor sie ihr Gespräch wiederaufnehmen. Es geht um den Unfall.

Alle sind sich einig, daß es für Lisa entsetzlich ist, und sie spekulieren darüber, wie es weitergeht. Sie wissen schon jetzt, daß Lisa und Frederik die ganze Zeit bei dem Jungen sitzen und daß sie darauf warten, daß er aufwacht. Erst dann wird man sagen können, wie schlimm es ist, behauptet die Frau an der Kasse. Sie ist klein und dunkelhaarig und ebenso wie eine der beiden Kundinnen unbestimmbaren mittleren Alters. In dem Alter, in dem ich selbst bin, gehört sie zu einer Gruppe, die vor meinen Augen verschwindet und die mich normalerweise nicht interessiert, wie Frauen es sonst immer tun. Aber jetzt habe ich Zeit, sie hinter meiner Zeitung ein wenig zu studieren. Die andere Kundin ist jünger, rundlich mit weißer Haut. In ihrem Einkaufswagen liegen, zusammen mit einem Liter Joghurt, mehrere Tüten Chips. Von den dreien sagt sie am wenigsten.

»Es ist so schrecklich«, sagt sie aber jetzt und reibt sich mit einem kleinen Erschauern die Ellenbogen, an denen die Haut rot und schorfig ist. »Das könnte uns genausogut passieren.«

»Ja, und es passiert«, antwortet die Frau an der Kasse. »Es ist Susanne und Mogens passiert. Ihr kleines Mädchen ist auf dem Schlitten überfahren worden. Daran kannst du dich vielleicht nicht erinnern. Es war der Nachbar, der aus der Garage zurückgesetzt ist. Er schleicht immer noch herum wie ein Schatten seiner selbst, obwohl es jetzt über zehn Jahre her ist. Er ist nie wieder derselbe geworden.«

»Aber da wußten sie wenigstens, wer es war«, wirft die zweite eifrig ein. Ihre Stimme erstirbt, als würde sie sich klar darüber, daß sie etwas Unpassendes gesagt hat.

»Weiß die Polizei denn gar nichts?« fragt die Junge. Wieder ist es die Frau an der Kasse, die Bescheid weiß.

»Sie haben das Fahrrad mitgenommen, um zu sehen, ob Reste von Autolack daran sind. Und sie haben das ganze Gebiet nach Glasscherben und so was durchkämmt. Einar sagt, daß man das so macht. Wenn sie zum Beispiel ein Scheinwerferglas von einem Fiat finden, können sie die Werkstätten und

Schrotthändler in der Umgebung anrufen und sagen, daß sie Ausschau halten sollen nach Leuten, die so was suchen. Es kann auch sein, daß sie eine Anzeige in die Zeitung setzen. Aber heute ist da niemand.« Sie hebt die Zeitung hoch, die auf der Kasse liegt, und läßt sie mit einem sanften Klatsch zurückfallen.

»Merkwürdig, daß keiner was gesehen hat.«

»Ja, ja, ja, das ist merkwürdig«, stimmt die Frau an der Kasse langsam bei, als ob sie überlegt, während sie spricht. »Aber auf der anderen Seite«, fährt sie fort, »es kommt ja nie jemand auf diese Straßen. Richtig Verkehr ist ja nur zwischen Hvium und der Hauptverkehrsstraße.«

Die Jüngere sieht die beiden anderen abwechselnd an. Sie bleibt stumm in ihrer Erregung.

»Es ist fast so, als wäre es einer von hier gewesen«, ruft die zweite Kundin dann aus. »Wer sollte sonst da herumfahren, so weitab von der großen Landstraße?«

Ihre Worte werden mit Schweigen aufgenommen. Es dauert nur einen Augenblick, dann richtet sich die Frau an der Kasse auf ihrem Stuhl auf.

»So ein Gedanke ist nicht auszuhalten«, sagt sie, eine Spur zugeknöpft. »Wir müssen einfach das Beste hoffen.« Die Art, wie sie das sagt, reißt die drei aus ihrem intimen Gespräch. Sie werden sich wieder bewußt, daß ich mit aufgeschlagenem Ekstra Bladet dastehe, und die Frau an der Kasse beugt sich vor.

»Komm einfach hierher«, lächelt sie. »Hier ist offen, auch wenn du es vielleicht nicht glaubst.«

»Schon gut«, antworte ich. »Ich habe Zeit genug.«

○ ○ ○

Ich habe den ganzen Tag keinen Kontakt mit Lisa gehabt, und als sie kurz nach sechs mit Marie an der Hand zur Tür hereinkommt, ist sie nicht darauf vorbereitet, mich zu sehen, und auch nicht auf den Duft von Essen, der ihr entgegenkommt. Ich war auf dem Pfarrhof am Nachmittag stundenlang beschäftigt. Die ungebackenen Pizzen standen immer noch auf dem Küchentisch, und die Kuchenteller von der Feier in den Bergen mußten abgewaschen werden. Weit unten im Garten, hinter einer Dornenhecke, bin ich auf einen Küchengarten mit Kartoffeln und Kräutern und Zucchini und Grünkohl gestoßen. Sogar ein kleines Treibhaus ist da, in dem sich Tomatenranken schwer an das schräge Dach lehnen. Und ein dreibeiniger Schemel mitten in den Kartoffelreihen, daneben eine Gabel, die in der lockeren, dunkelbraunen Erde steckt. All der Reichtum, den es hier gibt, überwältigt mich nach wie vor. Dinge, die ich in meiner Kindheit für selbstverständlich gehalten habe, fasse ich jetzt als auf wundersame Weise Überlebende der Naturkatastrophe auf, die der Lauf der Zeit gewesen ist.

Eine Sekunde hält sie inne und sperrt die Augen auf, sagt nichts, als hätte sie vergessen, daß ich hier bin. Aber dann umarmen wir uns. Ihre Wange ist glühend heiß an meiner. Während wir essen, fragt sie, ob hier etwas passiert ist, und ich erzähle von den Anrufen, unter anderem von einem Volkshochschulverein und einem Buchdrucker und vom Propst und von einer Helga Eriksen, die mehrere Male angerufen hat, stark verwirrt, und geglaubt hat, ich sei die Pastorin. Selbst als ich ihr genau erklärt hatte, daß ich es nicht sei, wurde ich in ein langes Gespräch verwickelt, in dem Helga Eriksen ihr ganzes Leben erzählt hat, gefesselt an einen Rollstuhl, verheiratet mit einem trunksüchtigen und unfähigen Mann und geschlagen mit einem erwachsenen Sohn vom selben Kaliber.

»Ja, diese Helga«, sagt Lisa mit einem Seufzer und einem Lächeln. »Sie hat es nicht leicht.«

»Aber weiß sie denn nicht, was passiert ist?« frage ich, ohne zu verbergen, daß ich verärgert bin. »Hätte sie dich mit ihrem Gerede überschüttet?«

Lisa glaubt das.

»Machst du einfach immer weiter?« frage ich.

»Du verstehst das nicht«, antwortet sie. »So ist es nicht. Ich bekomme auch eine Menge.«

»Was?« will ich wissen.

»Ihre Liebe«, sagt sie direkt und sieht mir in die Augen. Ich schlage den Blick nieder. Lisa hat immer eine dramatische Art gehabt, sich auszudrücken. Sie ist nicht kühl, sie ist warm, auf eine etwas herausfordernde Weise, die mich verlegen macht, ebenso wie ihr Körper, wenn er mir zu nahe kommt, mich verlegen macht. Ich stehe auf und decke den Tisch ab, während Lisa Marie ins Bett bringt. Sie bleibt lange da oben. Selbst durch mehrere Türen dringt ihre klare Stimme, als sie singt. In der Kirche war ich verblüfft, sie die Messe singen zu hören. Das, hatte ich geglaubt, tat niemand mehr, aber sie erzählte mir, daß es sinnvoll sei. So konnten sie selbst die Alten in den hintersten Reihen hören.

Wir sitzen im Gartenzimmer in der offenen Glastür. Die Dunkelheit hat sich über die Landschaft gesenkt, es rauscht in den Baumkronen, wenn ein Windstoß die Blätter umdreht. Es ist der schwere Augustwind, der bläst, der tagelang anhalten kann und die Schleimhäute eintrocknen läßt. Erst jetzt fängt sie an, von Gustav zu erzählen. Etwas hat uns beim Essen zurückgehalten, Marie selbstverständlich. Sie hat sicher genug Schaden genommen, als sie gestern ihrer Mutter nachgelaufen ist, ihren Bruder auf der Straße hat liegen sehen und vergessen wurde, als Lisa mit dem Krankenwagen nach Viborg fuhr. Aber Lisa kann nicht alles verarbeiten. Sie spricht so pragmatisch von dem, was passiert ist. Sie hat eine hellblaue Babybürste gekauft, mit der sie Gustavs Haare frisiert, erzählt sie. Sie hat ihm auch die Nägel geschnitten. Die Krankenschwestern haben gesagt, daß sie mit ihm reden sollen, so daß er ihre Stimmen hören kann.

»Kann er das?« frage ich.

»Man kann nie wissen«, antwortet Lisa. »Es sieht aus, als ob er schläft. Ich rede mit ihm, so gut ich kann. Ich erzähle Geschichten von damals, als er klein war. Frederik liest ihm vor.« Es ist eine Zeitlang still. Sie schließt die Augen, schluckt mit einer langsamen Bewegung und legt den Nacken an die Kante des alten Korbsessels, den ich als den Sessel von ihrem Hof zu Hause wiedererkenne. Sie ist von einer Hitze umgeben. Ich kann sie nicht berühren, ich sitze ganz still. »Ich glaube, ich gehe ins Bett«, sagt sie schließlich.

Aber am nächsten Morgen ist sie wieder auf den Beinen. Während Frederik immer noch bei Gustav im Krankenhaus sitzt, bringt sie Marie in den Kindergarten, schreibt am Vormittag die Predigt für einen Krankenhausgottesdienst und einen Artikel für das Kirchenblatt, und beim Lunch fällt ihr plötzlich ein, daß sie losfahren und nachsehen könnte, wie es der jungen Frau geht, die ihre Mutter verloren hat. Ich biete ihr an mitzufahren.

»Daran sollst du nicht mal denken«, sagt sie, filigran, durchsichtig vor Müdigkeit, aber ich bestehe darauf. Ich sage, daß ich etwas anderes sehen muß als Peterslund. Ich weiß, sie hat nicht geschlafen. Die ganze Nacht haben im Pfarrhof die Lampen gebrannt, und ab und zu habe ich dort drüben Bewegungen gesehen, vor und zurück, vor und zurück hinter den Fenstern.

Es staubt auf hinter dem Auto, obwohl ich langsam und

vorsichtig fahre. Alles wird hier weiß, die Windschutzscheibe bekommt lauter Punkte, und als ich die Scheibenwaschanlage und die Scheibenwischer anstelle, bildet sich augenblicklich eine Schicht aus Brei, die nur mit Mühe abzuspülen ist. Die Pferde sind weit weg auf der anderen Seite des Feldes, draußen an der Hauptverkehrsstraße. Sie stehen ganz dicht zusammen, der Wind erfaßt die langen, weißen Mähnen.

Heute steht ein Auto auf dem Hofplatz, als wir kommen. Ein fast neuer, silberfarbener Audi. Ich überlege, ob Lisa nicht hätte anrufen und ihre Ankunft ankündigen sollen, aber sie steigt einfach aus und geht hinauf und klopft mit dem großen, schimmernden Messingtürklopfer an. Alles auf diesem Kleinbauernhof ist ein Mischmasch aus Verfall und neuen, prätentiösen Imitationen, ein beispielloses Durcheinander von Stilen. Dann geht die Tür auf. Lisa wird eingelassen. Ich erhasche gerade noch einen Blick auf eine blasse junge Frau mit halblangen, hennagefärbten Haaren. Ninette. Auch ich steige aus dem Auto. Der Wind reißt mit einem plötzlichen Ruck an meinem Kleid, preßt den Stoff zwischen die Schenkel, und ich drehe mich um, um mich ihm entgegenzustellen, wie um eine Liebkosung abzuholen, als mir aufgeht, daß ich nicht allein auf dem Hofplatz bin. Im Einfahrtstor steht ein Mann und guckt mich an.

Ich gucke zurück. Er ist ein paar Jahre jünger als ich, Anfang dreißig vielleicht, schwarzhaarig, mit einem Seitenscheitel nur wenig über dem Ohr. Die Haare liegen glatt am Schädel. Eine lange, gerade Nase, ein fülliger Mund. Graue Augen, die mich kühl beobachten. Er trägt ein dunkles Samtsakko. Die langen Kragenecken des Hemdes liegen auf dem Revers. Schmale Schultern, eingesunkene Brust, nicht größer als ich. Tuntig, würden die Leute hier in der Gegend sagen, kein richtiger Mann.

Sein Blick ist durchbohrend, unverschämt, und da ich es bin, die sein Revier betreten hat, muß ich den ersten Schritt tun. Ich will zu ihm hingehen und guten Tag sagen und mich vorstellen, da streckt er schon einen Arm nach hinten und schließt mit einer schnellen Bewegung das Tor hinter sich und tritt in die Sonne, stellt sich mir einfach in den Weg.

»Und warum kommst du her?« fragt er mich direkt ins Gesicht. Er ist sehr nahe. Ich mache einen Schritt rückwärts und erkläre ihm, daß Lisa drinnen ist und mit Ninette redet, da unterbricht er mich schon.

»Du bist also Pastorin?« fragt er ungeduldig.

»Ja«, antworte ich, denn jetzt fängt er an, mich zu irritieren. So einen wie ihn erkenne ich schon von weitem. Er ist der Typ Mann, der sich nicht mal für die Wahrheit interessiert. Sicher weil er nicht glaubt, daß es sie gibt. Er lächelt plötzlich, und einen Augenblick ist es still zwischen uns.

»Es ist selten, daß ich eine leibhaftige Pastorin sehe«, sagt er nachdenklich. »Darf ich dir etwas anbieten?«

»Nein, danke.«

Er kreuzt die Arme und beugt sich ein wenig nach hinten, so daß die Hüftknochen in der Hose hervortreten.

»Machst du das immer?« fragt er und sieht mich mit leicht zusammengekniffenen Augen an.

»Mache ich was?«

»So angefahren kommen? Nach einem Todesfall, meine ich?«

»Ja, in der Regel«, sage ich.

»Wollen die Leute denn mit dir reden?«

»Ja, das wollen sie.«

»Na ja, das ist ja nicht selbstverständlich. Du mußt schon entschuldigen, aber es macht mich einfach ein bißchen neugierig. Du hast eine merkwürdige Arbeit.«

»Und was machst du?« frage ich freundlich. Das Gespräch amüsiert mich allmählich. Ich bin völlig unvorbereitet in dieses Gespräch geraten, aber jetzt bin ich erpicht darauf, es durchzuziehen. Es ist nur ein Spiel, das wir spielen, und er soll mich nicht kleinkriegen.

»Ich bin freiberuflicher Journalist. Ich schreibe für *Die Volkshochschule* und die Gewerkschaftszeitung. Das ist irgendwie greifbarer.«

»Der Beruf einer Pastorin ist auch greifbar.«

»Kommen auch Leute zu dir?« fragt er neugierig. »Kommen Leute und klopfen an und sagen: Ich möchte reden. Ich muß reden?«

»Ja«, nicke ich.

»Aber was machen sie dann? Ich meine, worüber redet ihr?«

»Eine Pastorin hat Schweigepflicht. Das kann ich nicht weitererzählen.«

»So habe ich das nicht gemeint.«

»Du hast es vielleicht genereller gemeint? Na ja, das kann ich dir, glaube ich, erzählen. Leute kommen mit Unbehagen und Schuld und Angst. Es ist meine Schuld, daß Papa vom Zug gesprungen ist. Es ist meine Schuld, daß wir geschieden worden sind. Es ist meine Schuld, daß meine Schwester Krebs bekommen hat. Es kann alles mögliche sein. Die Leute spüren, daß etwas an ihnen nicht stimmt.«

»Und was machst du dann?« fragt er. »Spielst du auf gut Glück den Seelendoktor und sagst, sie könnte nichts dafür?«

»Nein«, antworte ich, leicht zitternd wegen all der Worte, die mir einfach aus dem Mund strömen. »Als Pastorin muß man die Leute nicht von ihrer Schuld befreien. Dafür hat man Psychologen, und seine Freunde.«

Er versteht mich nicht. »Was machst du dann?« fragt er verständnislos.

»Ich erzähle ihnen von der Vergebung der Sünden.«

»Was bedeutet das?«

»Daß es jemanden gibt, der sie liebt.«

Er stößt ein Prusten aus. »Glauben sie an den?«

Ich weiß nicht, was ich antworten soll, deshalb nicke ich nur, eine Spur zögernd. Auch er nickt.

»Ja«, sagt er unbestimmt, etwas vage, als wäre das Gespräch vorbei. Einen Augenblick ist es still. Seinen kleinen, eleganten Körper umgibt eine verdichtete Energie. Eine Art Elektrizität. Oder kommt sie vielleicht von mir? Der glühende Kopf.

»Ich habe immer gefunden, daß es für die Katholiken so angenehm ist«, sagt er jetzt. »Sie können zur Beichte gehen und erhalten die Vergebung der Sünden. Der Gedanke an diesen kleinen Kasten gefällt mir. Das ist genügend geschäftsmäßig. Nicht all das Jammern und Klagen.«

»Es muß auch kein Jammern und Klagen sein, wenn man einer protestantischen Pastorin beichtet«, sage ich. »Aber geschäftsmäßig ist es nicht.«

Er lacht plötzlich laut und bedenkt mich wieder mit einem unverschämten Blick, der mich eine Sekunde schwach macht, bis ich mich wieder im Griff habe und den Rücken strecke.

»Heißt das, daß man zu dir kommen und eine Vergebung der Sünden erhalten kann?« fragt er. »Egal, was man getan hat? Sehr bequem, nicht?«

Ich habe genug. Jetzt will ich raus aus diesem Schauspiel.

»Hör zu«, sage ich. »Du kannst ja anrufen und eine Zeit verabreden, falls etwas ist.« So würde Lisa nie reden. Lisa würde glühend diskutieren, mit wem auch immer, der wo auch immer und wann auch immer diskutieren wollte, egal, wie frech, ungeduldig und taub er auch war. Aber ich will nicht mehr.

»Es könnte sein, daß ich das tun würde«, sagt er. Wieder

gleitet sein Blick an mir auf und ab. Die schmalen, höhnischen Augen schätzen ab, ob ich etwas bin, das er vielleicht haben möchte.

»Ja, das könnte sein«, wiederhole ich und hoffe, daß meine Stimme genauso gleichgültig klingt, wie ich es gern hätte.

◦ ◦ ◦

9.

Frederik ist müde, als er spät am Nachmittag mit Marie zur Tür hereinkommt, eine Stunde nachdem Lisa mit meinem Auto losgefahren ist. Ich habe ihn vorher noch nie so gesehen, und ich suche nach einem Wort, das ihn beschreiben kann. Seine Augen sehen aus wie die eines alten Mannes, rotgerändert und aufgelöst, übernächtigt ist er. Er hat Marie bei Manne abgeholt, die sich um sie kümmert, wenn sie nicht im Kindergarten ist. Sie war nicht in der Stadt, um nach ihrem Bruder zu sehen. Sie haben sie gefragt, aber sie wollte nicht, und sie wollten sie nicht drängen. Marie hält immer Wort, hat Lisa erzählt. Wenn sie etwas sagt, meint sie es wirklich, hat sie mir erklärt, und ich konnte dem entnehmen, daß sie das für Maries allerbeste Eigenschaft hält.

Ich stehe in der Küche und mache Abendessen. Er ist nicht überrascht, mich zu sehen, und er freut sich auch nicht. Ich sage, daß sie hineingehen und sich entspannen sollen, ich rufe, wenn alles fertig ist.

Es weht zu stark, als daß man draußen sitzen könnte. Die großen Blätter der Blutbuche drehen sich im Wind, und Maries und Gustavs Schaukeln baumeln und schlenkern an ihren Seilen. Ich mache Lasagne mit Spinat, den ich in Lisas Gefrierschrank gefunden habe, und lasse ihn mit Noilly Prat, der einen feinen, nußartigen Geschmack ergibt, einkochen. Die Tomatensauce blubbert, ich habe die Dunstabzugshaube angestellt und höre deshalb Frederik nicht, bis er direkt hinter mir steht.

»Kann ich irgendwas machen?« fragt er.

»Ja, du und Marie, ihr könnt den Tisch decken.«

»Sie ist eingeschlafen. Ich habe sie oben in ihr Bett gelegt.«

Es ist noch nicht einmal sechs. Als das Essen fertig ist, geht Frederik hinauf, um sie zu holen, kommt aber kurz darauf herunter und sagt, sie schlafe wie ein Stein. Selbst als er sie ausgezogen und ihr den Schlafanzug angezogen habe, sei sie nicht aufgewacht. So ist Marie, erzählt er. Wenn das Leben zuviel für sie wird, zieht sie den Stecker heraus. Gustav dagegen wird immer unbändiger, voller Einfälle und Vorwände. Er muß gelockt, überlistet werden, um zu schlafen, denn er will nie ins Bett. Er schweigt jäh. Wir essen in der Küche, die Küchentür zum Hof hin steht offen. Mit jedem Bissen, den wir abschneiden, wird noch eine perfekte, feste Scheibe aus roten und grünen Streifen mit knochenfarbenen Lasagneplatten dazwischen sichtbar. Wir essen lange. Die Vögel stürzen sich in den Wind, halten dann plötzlich inne, steigen auf, fast bewegungslos, bevor sie sich wieder mitreißen lassen. Ich mache Kaffee für uns, stelle mich hinter ihn und schenke ihm eine Tasse ein.

»Ich fühle mich, als wäre ich Gast in meinem eigenen Zuhause«, sagt er gequält, während er den schwarzen Strahl beobachtet, der seine Tasse füllt. Dann dreht er sich jäh um und packt meine linke Hand und drückt sie hart. »Du darfst mich nicht mißverstehen. Das hat nichts mit dir zu tun.«

Ich drücke kurz zurück und winde meine Finger aus seinem Griff. »Ich will den Kaffee nicht«, sagt er. »Ich trinke lieber ein Glas. Möchtest du auch?«

»Ja«, antworte ich.

»Was möchtest du?«

Ich frage, ob er einen Armagnac hat, und das hat er, sagt er und wirkt tatsächlich ganz munter. Er geht zu dem großen Schrank im Gartenzimmer und kommt mit einer Flasche vom Jahrgang 1969 zurück und hält sie mir hin. Er trinkt nur selten ein Glas, denn hier draußen gibt es niemanden, der so etwas zu schätzen weiß, sagt er. Plötzlich wirkt er wie ein großer Junge. Ich fange an, mich zu entspannen. Den ganzen Tag bin ich angespannt gewesen, ein kleiner, harter Kopfschmerz hat in meiner rechten Schläfe gepocht. Ich verstehe die Trauer der beiden nicht und weiß nicht, wie ich meinen Platz darin finden soll. Frederik sagt, er ist ein Gast in seinem eigenen Zuhause. Aber ich bin nicht einmal ein Gast.

Ich weiß nicht recht, was ich bin.

Der erste Schluck läuft wie ein warmes Feuer durch meinen Körper. Der Armagnac ist golden und weich und läßt mich an den Indian Summer denken, die Tage, an denen der Sommer zurückkehrt, goldgekleidet, und das Meer so blau ist, wie es sonst nie ist. Wir sitzen wieder einander gegenüber an dem großen Küchentisch, ich auf der Küchenbank, er auf einem Stuhl. Einer seiner Arme hängt schlaff herunter, mit der anderen Hand dreht er das Glas. Wir heben schweigend die Gläser, stoßen an, neigen die Köpfe zueinander. Weil wir es genießen wollen. Aber ehe ich's mich versehe, sind die Gläser leer, und Frederik schenkt nach. Selig spüre ich, wie eine Haut abgleitet. Etwas befreit und leichter wird. Vielleicht geht es auch ihm so. Wir reden über Wind und Wetter, und zum ersten Mal, seit Gustav angefahren wurde, haben sich die Worte gelöst, so daß Dinge jetzt gesagt werden können.

Ich denke an das, was er eben gesagt hat. Es öffnet sich wie eine Spalte, zu der ich immer wieder zurückkehre, um hineinzusehen. Niemand hier weiß so etwas zu schätzen, hat er gesagt, als gäbe es einen Gegensatz zwischen ihm und ihnen. Er hat mir diese Art von Rißbildung vorher nie gezeigt, und das hat mein Interesse geweckt. Die Oberfläche interessiert mich nicht und hat es nie getan. Ich bewege mich rund um eine Unruhe, die im Verborgenen pocht. Manchmal habe ich überlegt, ob sie überhaupt existiert, außer als mein eigenes

Hirngespinst. Aber das kann nicht stimmen. Die Unruhe existiert. Sie entsteht nicht aus dem, was passiert, sondern aus dem, was nicht passiert.

»Was hat euch eigentlich dazu gebracht, hier herauf nach Hvium zu ziehen?« frage ich und lehne mich mit dem Glas in der Hand zurück. Frederik schenkt wieder ein, zuerst mir, er muß halb vom Stuhl aufstehen, um mir über den Tisch hinweg einzuschenken.

»Ja, was hat uns dazu gebracht?« wiederholt er und schlägt den Korken ein, plumpst wieder auf seinen Stuhl. »Es waren die Kinder. Das war, als Marie kam. Lisa hat Angst gekriegt.«

»Warum?« frage ich, und er sieht schnell auf, während er die Flasche in die Mitte des Tisches schiebt.

»Hast du das nicht gewußt?« fragt er verblüfft.

»Was?«

»Daß wir gedacht haben, Marie würde die Geburt nicht überleben. Sie hatte die Nabelschnur um den Hals und war ganz schwarz im Gesicht. Um ein Haar wäre es passiert. Ich dachte, das wüßtest du.«

»Wir hatten zu diesem Zeitpunkt wohl nicht so viel Kontakt«, sage ich nur. Frederik muß glauben, daß wir einander näher waren, als wir wirklich waren. Wer kann ihm diesen Eindruck vermittelt haben? Das kann nur Lisa gewesen sein. Ich nehme noch einen Schluck.

»Ich habe eigentlich nicht geglaubt, daß du das freiwillig gemacht hast«, sage ich. »Es hat mich nur gewundert.«

»Habe ich auch nicht«, lacht er. »Ich bin ein geborener Stadtmensch. Ich bin der Typ, der von Vogelgesang und stillen Wäldern rastlos wird und sich unwohl fühlt. All diese Innerlichkeit«, sagt er, »entspricht mir nicht.«

»Das weiß ich«, sage ich.

Er wirft mir einen raschen Blick zu.

»Aber wenn man Kinder bekommt, verändern sich die Dinge.« Er lehnt sich auf dem Stuhl zurück und schlägt das eine lange Bein über das andere, streckt die Beine in den schwarzen Schuhen aus, so daß ein Paar wohlgeformte Knöchel in dünnen, schwarzen Strümpfen zum Vorschein kommen. Die Rückenlehne knackt lange unter seinem Gewicht.

»Aber was geschieht mit einem, wenn man Kinder bekommt?« frage ich. So etwas hätte ich nie gesagt, wenn ich ganz nüchtern gewesen wäre, aber jetzt ist es mir egal.

»Dann kommt man nicht damit zurecht, wenn ihnen was passiert«, sagt er leise, bevor er das Glas an den Mund setzt. Er sagt nicht, was das mit der Stadt zu tun hat, aber ich verstehe ihn, ohne zu fragen. Ich weiß, daß an den Schultoren Heroin verkauft wird, ich kenne den kranken Materialismus, den Straßenverkehr, all das weiß ich ja.

Mir fällt ein Nachmittag vor langer Zeit ein, an dem ich Lisa in der Wohnung in Århus besucht habe, als Gustav erst ein paar Monate alt war. Da saß Lisa, schon wieder sichtbar schwanger, mit brennenden Augen und halb aufgeknopftem Hemd unter dem Schrägdach auf dem mit Teddybären und Klamotten vollgestopften Sofa und erzählte, während der Junge aus ihrer vollen Brust trank und während sie ihm die ganze Zeit mit zwei Fingern über die Nackenhaare strich, daß sie, wenn sie mit Gustav in den Armen dasaß und in seine klaren Augen sah, das Gefühl hatte, daß sie den, der ihm etwas zuleide tun würde, umbringen könnte. Auf mich wirkte sie damals leicht verrückt, und ich wußte nicht, was ich antworten sollte, denn es war eine Phantasie ganz außerhalb der Grenzen meiner Wirklichkeit. Eine Phantasie, ja, oder ein seltsamer Wunschtraum. All das, was sie tun könnte, wenn da jemand ihrem Kind Böses täte.

Ich lege meine Hand mitten auf den Tisch, offen, die Handfläche nach oben gewandt, und er nimmt sie, ohne zu zögern. Seine Hand ist so trocken und warm wie meine. Wir sind zwei erwachsene Menschen, die sich im Niemandsland begegnen. Es ist ein Trost, das zu wissen. Es dauert nur einen Augenblick, dann lassen wir einander wieder los. Ich weiß nicht, wer von uns zuerst losgelassen hat, aber es spielt keine Rolle. Wir sind nicht zu betrunken, und es ist nichts passiert, was nicht passieren durfte. Alle Wege sollen geräumt und offengehalten werden. Ich stehe auf und gehe zum Fenster und kann im Spiegel des Fensters sehen, wie er langsam Daumen und Mittelfinger unter die Brille führt und seine Augenwinkel massiert. Es ist eine schmerzliche und verletzliche Geste, und einen Augenblick durchströmt mich das Mitleid so stark, daß ich kurz davor bin, den Halt zu verlieren. Draußen über dem Hofplatz flitzen mit schnellen, sicheren Schwüngen im Zickzack die Mauersegler.

◦ ◦ ◦

10.

Am nächsten Morgen, bevor ich richtig wach bin, klopft es an der Tür zum Garten. Ich setze mich mit einem Ruck im Bett auf und reiße die Kleider an mich. Zur Zeit bin ich immer auf der Hut. Nachts ist mein Schlaf leicht und voller chaotischer Traumfragmente, die rückwärts bis zu dem Tag reichen, der vergangen ist, und vorwärts bis zu dem, der kommen wird. Ich schleppe die Nacht mit mir in den neuen Tag, voll von den seltsamen Vorzeichen des Traums, und in der dünnen Luft, die sich zwischen dem Tag und der Nacht erstreckt, bekommen Begebenheiten, Bemerkungen, ja, alle Erscheinungen etwas seltsam Verzerrtes, wie Stimmen, die mit herabgesetzter oder verstärkter Geschwindigkeit abgespielt werden, oder wie das Gefühl, das man bekommen kann, wenn man sich in etwas Rundem und Blankem spiegelt. Das Leben ist zur Zeit nicht normal. Als ich nach unten komme, sehe ich, daß es Manne ist, die auf der Treppenstufe steht.

»Habe ich dich geweckt?« fragt sie. Ihre Jeans sind ganz unten naß vom Tau im Gras. Sie hat nackte Füße in den Sandalen und trägt wie immer die zerzauste Fuchsweste über einem langärmeligen T-Shirt. Sie steht ein wenig vornübergebeugt, wie es hochgewachsene Menschen oft tun, die Hände vor sich gekreuzt, und mir fällt ein, daß sie die Male, die ich sie gesehen habe, immer aussah, als friere sie, immer hatte sie die Ärmel weit über die Handrücken gezogen.

»Ist was passiert?« frage ich und gebe ihr Zeichen, daß sie ins Haus kommen soll. Aber sie will nicht herein, sie schüttelt den Kopf.

»Nein«, antwortet sie. »Ich wollte nur hören –« Sie ist verlegen, sie ist nicht umsonst Jütländerin, sie verliert den Faden.

Ihr langes, schmales Gesicht ist mürrisch und in sich gekehrt. Sie will so wenig wie möglich von sich selbst zeigen. Sie kann mich nicht leiden, das habe ich vom ersten Augenblick an gewußt, als sie mit Marie an der Hand in den Garten kam. Vielleicht glaubt sie, daß ich mit ihr um Lisas Gunst konkurriere, dann ist es deswegen. Oder gibt es etwas anderes, um das wir konkurrieren?

Es ist etwas anderes, entscheide ich mich im selben Augenblick. Ihr Gesicht ist hübsch und ihr Körper gut gebaut. Vor allem ist sie jung. Sie kann bei alten Tanten den sauren Kummer über nichts von weitem riechen, aber das ist kein Grund, eine solche Distanz zu mir herzustellen. Weder verstehe ich sie, noch interessiere ich mich für sie, aber deshalb können wir doch anständig miteinander umgehen. Ich lächle ihr aufmunternd zu und frage, ob es etwas gibt, womit ich helfen kann. Ja, antwortet sie, das gibt es gewissermaßen. Sie will nämlich hören, ob ich mir nicht vorstellen könnte, mit nach Viborg zu fahren, denn sie will gern Gustav besuchen, und sie hat kein Auto und keine anderen Fahrmöglichkeiten. Sie hat schon mit Frederik gesprochen, sagt sie, und er hat nichts dagegen, daß wir in meinem Auto zurück nach Hause fahren, er rechnet damit, daß er länger bleibt, weil er warten will, bis Lisa zurückkommt. Ich verstehe die vielen Details in ihrer Erklärung nicht ganz, aber ich nicke, ja, ich fahre gern zusammen mit ihr nach Viborg und wieder zurück.

Es ist nicht genug Zeit, zu duschen, noch weniger, sich die Haare zu waschen. Ich mache eine schnelle Tasse Nescafé, die ich an der Spüle stehend in mich hineinschütte. Die niedrige Sonne zieht Streifen über den Küchenfußboden. Vor dem Küchenfenster glitzert die Hecke in ihrer Hülle aus Spinnengeweben. Nur an Augustmorgen sieht man die so deutlich, wie auch nur im August die größten Spinnen hervorkommen und in ihren Fadennetzen am Fensterrahmen schaukeln.

Wir fahren zuerst am Kindergarten vorbei und setzen Marie ab. Manne und Frederik gehen mit ihr hinein, und ich bleibe draußen am Auto stehen und rauche eine Zigarette. Es ist kurz vor acht, und das Trottoir ist voller Eltern, die kommen, um ihre Kinder abzuliefern. Alle grüßen mich, aber distanziert, habe ich das Gefühl, aber es wird besser, als ich die Zigarette ausmache. Erst jetzt geht mir auf, daß man nicht vor einem Kindergarten steht und raucht. Ich fühle mich oft dumm hier in Hvium. Es gibt ungeschriebene Regeln für alles, aber die Zeit hat mich eher abgestumpft als wachsam gemacht, und ich bin nicht mehr so achtsam, wie ich sein sollte. Ich benutze jede Gelegenheit, um mich daran zu erinnern, daß ich nicht mehr auf der Höhe bin. Trauer breitet sich aus wie Ringe auf dem Wasser. Das Ursprüngliche ist mit der Zeit nur der Stein, der zum Grund sinkt. Ich denke immer noch an meine unglückliche Liebe, aber ich denke auch an die Zeit, die vergangen ist, und an das Leben, und bei der Stimmung, in der ich jetzt bin, klebt sich ein Gefühl von Verlust an alles. Wie soll ich Lisa und Frederik trösten und stützen können, so wie es mir jetzt geht? Das ist eine Frage, die zu stellen ich mir nicht erlauben kann. Es gibt nur eine Antwort: Ich muß das ganz einfach können.

Als Frederik und Manne aus dem Kindergarten kommen und Manne sich auf den Beifahrersitz gesetzt hat, geht Frederik auf den Fahrersitz zu. Erst als er die Autotür geöffnet hat, geht ihm auf, daß nicht er es ist, der fährt. Er lächelt mir zu, und ich lächle zurück und reiche ihm über die offene Tür die Autoschlüssel.

»Fahr du nur«, sage ich. »Dann setze ich mich nach hinten und schlafe ein bißchen.«

Aber ich kann nicht schlafen, trotz der Stille im Auto. Ich sehe die beiden Nacken vor mir, einen blonden und einen dunklen, einen Mann und eine Frau. Ich denke an die Geburtstagsgesellschaft, bei der zuerst Frederik ging und danach, nur fünf Minuten später, Manne. Ich sehe immer noch ihre leichten Füße, die im Laufschritt durch die Berge hinuntereilen. Sie hatte nicht gesagt, wohin sie wollte. Frederik wollte ins Institut, hatte er gesagt, er hatte viel zu tun, selbst am Geburtstag seines Sohnes konnte er nicht den ganzen Nachmittag freinehmen. Ich schließe die Augen. Das weiche Geräusch der Reifen auf dem Asphalt legt sich wie eine Haut um mich, und so werde ich vorwärts getragen.

◦ ◦ ◦

Es ist erst ein paar Tage her, daß ich zuletzt in Viborg war, aber es fühlt sich an wie eine Ewigkeit. Das Wasser in den Seen ist blau und klar und gekräuselt vom Wind, der ab und zu über die Oberfläche fegt. Ich stehe in einem Wartezimmer im fünften Stock und gucke aus dem Fenster, hinunter auf einen Wirrwarr von Auffahrtsrampen, Instituten und Lehranstalten, und mitten in alledem der rote Koloß des Staatskrankenhauses. Die Stadt summt, aber keine Geräusche dringen hier herauf. Ab und zu schneidet sich da unten ein blaues Blinken seinen Weg, wenn ein Krankenwagen die Anhöhe heraufkommt. Auch drinnen gibt es Aktivität. Das meiste geht hinter geschlossenen Türen vor sich, aber manchmal hört man rollende Räder, eilige Schritte über die Fußböden und Fahrstühle, die durch die Etagen auf und ab gleiten. Alle Geräusche sind gedämpft, als kämen sie aus einer Dose oder aus einem Versteck unter der Erde.

Manne sitzt in einem Sessel und blättert in einer Zeitschrift. Gleich nach unserer Ankunft ist Frederik zu Lisa und dem Jungen hineingegangen. Die Glastüren haben sich hinter ihm geschlossen, und wir beide haben zugeschaut, wie er den Flur hinunterging, eine dunkle Gestalt in all dem Weiß, dann sind wir ins Wartezimmer gegangen. Wir warten darauf, zu Gustav hereingerufen zu werden.

Es ist sehr warm im Raum, und es riecht nach altem Rauch. Ich selbst habe keine Lust zu rauchen. Hinter mir bewegt sich Manne im Sessel, sie streckt sich und gähnt, beinah demonstrativ, und ich drehe mich um und lächle ihr zu. Sie lächelt zurück und zieht eilig ihre Ärmel, die hochgeglitten sind, hinunter, aber zu spät, ich habe die frischen, roten Narben quer über jedes Handgelenk schon gesehen. Ich weiß, daß der Schnitt, falls ein Selbstmord gelingen soll, an der Ader entlanggezogen werden muß. Ich sage nichts. Sie steht auf und kommt zu mir. Nichts deutet darauf hin, daß sie gesehen hat, daß ich es gesehen habe, aber vielleicht ist es ihr auch gleichgültig. »Ich kann Krankenhäuser nicht leiden«, vertraut sie mir plötzlich an. »Ich habe immer das Gefühl, daß mit mir selbst etwas nicht stimmt. Oder gleich nicht mehr stimmen wird. Als ob man von einem schlimmen Schicksal angesteckt werden könnte. Das ist so egoistisch, ich verstehe es nicht.«

»Es gibt viele, denen es so geht«, sage ich. »Mir geht es auch so.«

»Stimmt das?« fragt sie abwesend, als hätte ich etwas sehr Dummes gesagt, das es nicht wert ist, darauf zu antworten, und ich nicke.

»Es liegt am Geruch«, fährt sie fort und rümpft die Nase, »und an den Geräuschen. An allem.« Sie ist sehr blaß. Mir fällt jetzt ein, daß sie schon den ganzen Morgen so war. In der Ecke ist ein Wasserautomat. Ich gehe hin und hole zwei Plastikbecher und reiche ihr einen.

»Ich habe nur etwas Kopfschmerzen«, sagt sie und nimmt einen tiefen Schluck aus dem Becher.

Wir werden einzeln hereingeholt. Manne geht zuerst. Ich setze mich und blättere in der Illustrierten, die sie auf den Tisch geworfen hat, aber ich achte nicht auf das, was ich lese. Lisa hat von Manne nichts anderes erzählt, als daß sie ein wunderbar liebevolles Kindermädchen ist und daß sie sie genießen wollen, solange sie da ist. Aber Lisa ist diskret. Für sie ist Klatsch undenkbar, sie weiß, daß ihre Schweigepflicht absolut ist und daß sie für jede Form von Gespräch gilt, über die Kühltheke hinweg im Konsum, in der Runde von Freunden, auch für das, was ich ihr an einem späten Abend erzählen könnte, nachdem wir eine Flasche Rotwein gebechert haben. Als Beispiel hat sie einen namenlosen Kollegen erwähnt, der seines geistlichen Amtes enthoben wurde, weil er nicht dichtgehalten hatte.

Aber ich weiß, daß mir an dem Abend, an dem sie von Manne gesprochen hatte, ein gewisses Zögern hätte auffallen können, wäre ich hellhörig genug gewesen. Sie hatte vom Sabbatjahr und von einer »Pause« gesprochen, auf diese rasche, freundliche Art, die anzeigt, daß hier eine gewisse Toleranz verborgen liegt. Und danach stellt sich ein kurzes, vielsagendes Schweigen ein, als wolle sie darauf verzichten, mehr zu erzählen.

Ich gehe wieder zum Fenster. Das Wasser in den Seen ist im Laufe weniger Minuten stahlgrau geworden. Eine längliche Wolke, metallfarben an den Rändern, hat sich vor die Sonne gelegt. Jetzt brummt die Tür zur Abteilung, ich höre Schritte und drehe mich um. Es ist Manne, die schon wieder herauskommt, sie war höchstens fünf, zehn Minuten weg, sie kämpft mit den Tränen, und ihre Blässe hat zugenommen. Als ich an ihr vorbeigehe, streife ich mit meiner Hand ihre Schulter.

»Geht es dir gut?« frage ich.

»Ja, *mir* geht es gut«, sagt sie heftig und schüttelt sich ein wenig. »Ich geh' runter in die Kantine und trinke eine Tasse Kaffee.«

»Wartest du da auf mich?« frage ich.

»Ja«, antwortet sie.

∘ ∘ ∘

Es ist ganz still im Zimmer. Lisa sitzt am Bett, Frederik hat sich an die tiefe Fensterbank gelehnt, eine Hand in der Tasche. Die Wachablösung ist im Gang. Gleich wird Lisa nach Hause fahren und sich ihrer Arbeit und dem Alltag widmen, während Frederik hierbleiben wird. Er hat seine Tasche dabei. Was wird er Gustav vorlesen? Die Seminararbeiten der Studenten vielleicht? Aber Lisa kann nicht loslassen. Sie hebt kaum den Kopf, als ich eintrete, sie sitzt da, über Gustav gebeugt. Zuerst glaube ich, es ist gar nicht sein Kopf, der da auf dem Kissen liegt, ein ganz separater Kopf aus Porzellan oder Wachs. Er sieht nicht aus wie Gustav. Gustav ist ein kleiner, herumflitzender Junge. Es funkelt und sprudelt aus ihm. Das ist ein Grobian, ruft er laut vor Freude, ich höre immer noch seine Stimme. Aber das hier ist ein nacktes, verschlossenes Gesicht. Auf dem kahlen Scheitel sind größere und kleinere blaubraune Flecken hervorgetreten. Der Respirator atmet und atmet und atmet, aber die Haut ist tödlich blaß. Sie hat ungefähr dieselbe Farbe, die Manne hatte, als sie von hier drinnen herauskam. Ich muß mich selbst zwingen, mich nicht abzuwenden.

Frederik taucht hinter Lisa auf, beugt sich über sie und das Kind, legt die Hand auf Gustavs Wange und flüstert ihr etwas ins Ohr.

»Ja«, sagt sie laut.

Dann geht er. Die Tür schließt sich hinter ihm mit einem leisen Saugen.

»Komm hierher«, sagt Lisa und zieht einen Stuhl neben sich. »Komm her und setz dich.«

Auf dem Nachttisch steht eine ganze Schar seiner Plastikfiguren auf einem Stapel Donald-Duck-Hefte. Sie nimmt seine Hand, streichelt ihm über die Finger, schließt die Hand, öffnet sie wieder, küßt ihn auf die Handfläche, steckt sie unter die Bettdecke und nimmt sie wieder heraus.

»Ich tue so, als würde er nur schlafen.« Sie wendet mir mit einem unheimlichen Lächeln das Gesicht zu, und ich falle auf den Stuhl und lege den Arm um ihre Schulter, drücke sie fest.

»Lisa«, sage ich.

»Ja?«

Aber ich kann nicht mehr sagen.

Ihr steigen Tränen in die Augen, und sie beugt sich eilig wieder über Gustav. Es ist, als wäre sie aus Glas gemacht. Im Augenblick könnte sie alles zum Weinen bringen, ein Blick, eine Hand, ein Duft. Und sie will nicht weinen, die kleine, stolze Lisa, die immer groß sein will. Sie will keine zusätzliche Last sein, die man mitschleppen muß, und dann ist es so, daß allein der Gedanke, daß sie eine Last sein kann, schon ausreicht, um sie wieder zum Weinen zu bringen.

»Hast du heute nacht geschlafen?« frage ich, aber sie will nicht von sich reden.

»Erinnerst du dich, wie wir draußen auf dem Wall standen und die Kälber riefen?« sagt sie leise, ohne den Blick von Gustav zu wenden, als ob sie ihn wirklich nicht stören will und über seinen Schlaf wacht. »Erinnerst du dich, wie das Gras an den Waden gekitzelt hat. Und weißt du noch, was wir immer gerufen haben. Kommt, kommt, kommt, kleine Kälbchen. Süße, kleine Kälbchen. Kommt und nehmt. Schönes Gras, schönes, grünes Gras.«

Ich höre ihr verwirrt zu. Sie sagt, daß sie damals so gefühlt hat wie jetzt, wo sie hier sitzt und mit Gustav redet. So durchleuchtet von Sonne und dem schönen Geräusch der raspelnden Zungen der Kälber, wenn sie das Gras abreißen. »Schlaf süß, mein Kind, lieg ruhig und still, schlaf so süß«, flüstert sie. Es flimmert schwach unter Gustavs Augenlidern. Lisa beugt sich tiefer über ihn, sieht ihn aufmerksam an. Aber es war nur ein Augenblick. Jetzt liegt er wieder starr da.

Sie fängt wieder an, ihm zuzuflüstern. Ich will aufstehen, kann aber nicht. Ich sitze auf dem Stuhl hier fest. Ich strecke den Arm aus und nehme von dem Stapel auf dem Nachttisch ein Donald-Duck-Taschenbuch. *Der Schrecken der Piraten*. Ich schlage die erste Seite auf. »Was macht Donald denn hier, draußen auf dem sturmumbrausten Meer, an Bord einer Tonne und mit einem rauchenden Revolver in der Hand?« lese ich. Gustav liegt völlig bewegungslos in dem grauen Licht. Die gewölbten Augenlider haben etwas Wächsernes bekommen. Unter der dünnen Haut verlaufen die Adern. Seine Wimpern liegen dunkel auf der Wange. Ich erinnere mich, wie stolz Lisa auf seine dunklen Haare und die langen Wimpern war, als er ein Säugling war. Sie könne nicht fassen, daß sie und Frederik einen so vollkommenen kleinen Menschen zustande bekommen hätten, hatte sie damals gesagt.

»Lisa«, sage ich, »möchtest du ein bißchen allein sein?«

»Nein, bleib!«

Der Respirator keucht. Ich lese, ohne mich konzentrieren zu können. Das ganze Zimmer ist erfüllt von ihrer flüsternden Stimme. Ich habe Angst, daß es zuviel für sie geworden ist. Warum will sie, daß ich dabei bin? »Du bist unser geliebter Junge«, sagt sie ihm. »Eine Mutter liebt ihre Kinder immer gleich stark, aber es gibt immer eines, das sie noch mehr liebt. Gustav, Gustav, Gustav. Du wirst bald zusammen mit Marie auf dem Rasen herumlaufen. Willst du das nicht? Willst du das denn nicht, Gustav?« Sie sieht und sieht ihn an. »Gustav?« sagt sie plötzlich überrascht.

Ich lege das Taschenbuch hin. Gustav hat auf einmal Farbe in die Wangen bekommen, und seine linke Hand, die Lisa kurz zuvor unter die Bettdecke gesteckt hatte, liegt jetzt oben auf dem Kissen, auf der Höhe der Wange, die Handfläche nach oben gewandt.

° ° °

»Birgitte! Schau! Er bewegt sich!«

Wir springen beide auf, und im selben Augenblick kommt Frederik zur Tür herein. Er hat eine Plastiktüte in der Hand, die er fallen läßt. Schnell kommt er zum Bett, und ich trete zurück, um ihm Platz zu machen. Jetzt grimassiert Gustav und stößt einen Laut aus. Seine Augenlider zittern.

»Schau, Frederik. Glaubst du, er ist dabei, aufzuwachen?« Lisas Stimme ist hell und klar und sanft, ganz anders als vorhin, als sie ihre halbgebrochenen Bekenntnisse geflüstert hat. Sie ergreift seine Hand, aber Frederik befreit sich mit einer ungeduldigen Bewegung.

»Nein, er hat Schmerzen«, sagt er hart. Seine Stimme ist wie ein Messer. Sie dringt direkt ein. Ich sehe Lisa einen Augenblick erstarren, dann stürzt sie hinaus auf den Flur, hin zum Glaskäfig, um eine Krankenschwester zu holen, aber die ist schon unterwegs, im Laufschritt. Es heult aus dem Käfig. Sie stößt die Tür zum Zimmer auf. Lisa ist ihr direkt auf den Fersen.

»Was passiert da?« fragt sie angstvoll

»Der Blutdruck sinkt«, antwortet die Krankenschwester.

»Aber warum?«

»Das wissen wir nicht.«

Jetzt kommt auch noch ein Arzt. Er horcht Gustav ab und drückt auf seinen Bauch. Der ist steinhart, voller Blut. Wir werden aus dem Zimmer geschickt. Ich ziehe mich weit zurück, laufe den Flur hinunter, während Lisa und Frederik sich in der Nähe der Tür aufhalten. So stehen sie und klammern sich aneinander, während Leute mit einem Wagen voller Blutbeutel angerannt kommen. Jetzt geben sie ihm Blut im Zimmer, sie spritzen einfach Blut in ihn, und unterdessen wird der Operationssaal vorbereitet. Ich kann nicht mehr, ich kann nur noch gehen. Der Fahrstuhl macht ein kleines Pling, und die beleuchtete Kabine öffnet sich mir, als ich darum bitte. Unten in der Kantine wartet Manne, ganz unvorbereitet. Es ist schlimm für sie. Sie sinkt mit ihrem ganzen Körper vornüber auf den Tisch. Ich hole Kaffee und stelle den Becher vor sie hin, lege die Arme um sie und richte sie auf, drücke ihr den Becher in die Hand. Sie ist so erschöpft, daß sie mich gewähren läßt. Wir trinken Kaffee und frieren und sagen in den anderthalb Stunden, die vergehen, nicht viele Worte zueinander, bis wir die Nachricht bekommen, daß Gustav tot ist.

◦ ◦ ◦

DRITTER TEIL

11.

Der Pfarrhof hat sich verschlossen. Zwei ganze Tage ist es, als hielten Hvium und Peterslund den Atem an. Selbst die Autos, die wenigen Autos auf den Straßen hier, vermindern die Geschwindigkeit, wenn sie sich der Kurve an der Kirche nähern. Unten am Ende der Pappelallee, wo die Berge anfangen, liegen Blumensträuße am Straßenrand. Rote Rosen in Zellophan aus den grünen Eimern des Konsums. Einige sind in ihren eigenen Gärten gewesen und haben weiße Phlox hingelegt, die so schnell sterben. Rot für Schmerz und Weiß für Trauer. Einige wenige schleichen sich auf den Hofplatz des Pfarrhofs und stellen Blumensträuße auf die Treppenstufen. Selbst der alternde Arzt, Linus Køpp, kommt in seinem kleinen, blauen Auto angefahren und parkt es auf dem Parkplatz an der Kirche, bevor er durch das Einfahrtstor hereingehumpelt kommt und an der Tür klingelt. In der Hand hat er eine Flasche weißen Portwein, die er linkisch hinter seinem Rükken versteckt, als die Tür aufgeht, plötzlich im Zweifel, ob es passend ist. Er will nur hören, wie es geht. Aber zu so etwas taugt er nicht, er ist unbeholfen und altmodisch, er kann besser Pillen verschreiben, und davon wollen Lisa und Frederik nichts wissen. Nicht ohne Grund laufen die Leute zu Lisa, wenn sie Hilfe brauchen, und jetzt, nachdem sie sich im Pfarrhof eingeschlossen hat, sind alle merkwürdig still.

Aber die Mähdrescher fahren in dem trockenen Augustwind immer noch. Die Männer in den Fahrerhäusern sitzen mit ihrem Gehörschutz hoch oben. Ihre Körper heben und senken sich leicht über den weit abfallenden Feldern. Sie sind fern und unwirklich. Die Ernte ist doch das Allerwichtigste. An diesem Ort, an dem sonst alle bei der geringsten Gelegenheit grüßen, sind diese Männer abgeschirmt, und im Augenblick erwartet niemand etwas von ihnen, nicht einmal eine erhobene Hand.

Spelzen und Stroh und Staub füllen die Luft über den schmalen, bleichen Straßen, und als ich an einem späten Nachmittag die Straße nach Lundsager entlanggehe, fühlt es sich an, als würde man von einem Sandsturm überrascht. Für einen Augenblick bin ich so blind wie taub, ich bleibe stehen und huste, die Hand vor dem Gesicht. Plötzlich hört das frenetische Rasseln des Mähdreschers auf, und eine Tür knallt zu. Dann steht er vor mir, Gert. Seine Gesichtshaut ist dunkelrot und braun, und die Augen leuchten, wie immer in einem schmutzigen, schweißnassen Gesicht. Er kratzt sich im Nakken. Ich warte, aber er sagt nichts.

»Woran ich gedacht habe … wie geht es?« fragt er schließlich.

»Gut«, antworte ich. In Anbetracht der Situation ist das eine schreckliche Antwort. Aber da ist diese Sache mit dem fremden Hund. Fremde Hunde sind unberechenbar und wirken außerdem intelligenter, als sie vielleicht sind. Er nickt und nimmt die Schirmmütze ab, so daß ein roter Streifen vom Schweißriemen hervortritt. Ohne Schirmmütze sieht er besser aus. Sein Gesicht ist fast rund, und, das ist am besten so, ganz nackt.

»Ja, das ist nicht gut«, antwortet er nachdenklich.

»Nein«, sage ich.

»Haben sie was herausgefunden?« fragt er dann und fährt mit der Hand wieder vor und zurück über den kahlen Schädel.

Diese Frage stellen im Augenblick alle, mehr oder weniger offen. Was sie meinen, ist, ob die Polizei den unfallflüchtigen Fahrer gefunden hat. Es wäre indiskret, Lisa und Frederik zu fragen, also fragen sie mich und Manne, uns beide, die der Familie auf dem Pfarrhof am nächsten sind. Aber wir haben keine Antwort. Wir wissen nichts. Unten im Konsum hört man, daß die Polizei jetzt, wo Gustav tot ist, ihre Suche sicher verstärken wird. So besteht das Wissen, das ich habe, nur aus Bruchstücken von Vermutungen, und diese Vermutungen führen nicht weit. Alle hier wissen, was passieren kann, wenn man ein Streichholz an etwas Trockenes hält. Aber was zu Hause an den Eßtischen geredet wird, ist selbstverständlich etwas anderes.

»So!« Sein breiter Mund formt sich um das Wort. Ich kann sehen, daß es früher einmal der Mund eines Kindes gewesen ist, denn er hat etwas Weiches, aber ich glaube auch, daß er verächtliche und furchtbare und intolerante Dinge ausstoßen kann.

»Bleibst du lange?« fragt er.

»Ich weiß es nicht«, antworte ich. »Auf jeden Fall, bis die Beerdigung vorbei ist. Danach werden wir sehen.«

»Ja, sie braucht bestimmt Hilfe«, sagt er, ganz unerwartet zärtlich.

◦ ◦ ◦

Jetzt sitzt Lisa in ihrem Büro, das Gesicht in den Händen verborgen. Sie arbeitet an einer Grabrede. Wenn sie einen ihrer Kollegen bäte, würde er alles stehen- und liegenlassen, um das zu übernehmen. Alle wollen helfen. Sie kann wählen und verwerfen, sie kann den tüchtigsten Pastor der Gegend aussuchen oder einfach den, zu dem sie das größte Vertrauen hat, aber sie tut es nicht. Sie will selbst.

Frederik ist dagegen, und ich bin es auch. »Du mußt auf dich aufpassen«, sage ich. »Das hier kann zuviel für dich werden, Lisa.«

»Nein!« sagt sie. Halt. Hier ist die Grenze. Sie will ihr Recht nicht diskutieren. Sie geht umher, gerade wie eine Kerze, gehalten von ihrem eigenen bleichen Willen, und sie beachtet weder Frederik noch Marie, die ab und zu die Tür zum Büro öffnen und fragen, was sie macht. Aber als Marie zum Gott weiß wievielten Mal gefragt hat, gibt sie ihr schließlich eine Art Antwort. »Ich lege Gustav ins Bett«, sagt sie. »Ich decke ihn zu, Marie.« Ich höre ihre Stimme aus dem Büro bis in die Küche, wo ich gerade das Gemüse vorbereite. Sie ist spröde und brüchig, zitternd auf einer Saite des Wahnsinns. Ich wünschte, ich könnte alles hinschmeißen, mich ins Auto setzen und aus Hvium, Peterslund, davonrasen. Aber statt dessen gehe ich zu der offenen Tür und hole Marie. »Laß uns Manne besuchen«, sage ich. Sie sieht mich aufmerksam an, als müsse sie zuerst überlegen, und nickt dann.

◦ ◦ ◦

Manne wohnt in Lund, das aus einer Ansammlung von Häusern am nördlichsten Zipfel der Halbinsel besteht. Zwei Straßen enden hier. Die eine kommt direkt aus Hvium und Peterslund, die andere macht eine Kurve um Lundsager, bis sie in einer Sandspur vor einer Garage endet. Weit draußen sind flache Strandwiesen und geschützte Moore, wo im Frühjahr seltene Meeresvögel nisten. Es gibt dort eine alte, lange geschlossene Schule, ein dunkelroter Ziegelbau mit einer großen Blutbuche und alten Obstbäumen im Garten. Dann ist da noch ein ebenfalls geschlossenes Lebensmittelgeschäft, das bessere Tage gesehen hat, ein paar Höfe und ein kleines, weißes Haus aus den dreißiger Jahren mit einem Dacherker und einem Parabolspiegel auf dem Giebel. Hier wohnt Manne. Das Haus hat sie von ihrer Großmutter übernommen, die im

Pflegeheim liegt, und sie kann hier so lange wohnen bleiben, wie sie will. Wir sitzen in der Küche und trinken Kaffee, während Marie auf dem Fußboden mit einer Eisenbahn herumpusselt. Wir haben Manne wohl überrascht, als wir plötzlich auf ihrer Küchentreppe standen, jedenfalls dauerte es eine ganze Weile, bis die Tür aufging, und da sah sie im Gesicht ganz knitterig aus, als hätte sie im Bett gelegen und geschlafen. »Stören wir?« habe ich gefragt, aber das, sagte sie, taten wir nicht.

»Ich habe heute nur solche Kopfschmerzen«, sagt sie, während sie Kaffee eingießt. »Das habe ich seit einiger Zeit ab und zu, ich verstehe es nicht.«

Ich murmele irgend etwas Mitfühlendes und rede eine Zeitlang über Wetter und Wind und gehe dann dazu über, ihre Küche zu loben, in der all die alten Schränke cremeweiß angestrichen sind. In den beiden Fenstern zur Straße hängen Kränze aus getrockneten Rosenknospen, und sie erzählt mir, daß sie sie aus einem Brautstrauß, den sie bei der Hochzeit einer Freundin gefangen hat, selbst gemacht hat. Entlang den Sockeln unter den Schränken liegen Schmutz und Staubmäuse, und auf den Fensterbänken ist es auch nicht sauber. Vielleicht war das immer so bei ihr, vielleicht nicht. Langsam geht das Gespräch zu persönlicheren Themen über. Wir sprechen von ihrer Familie. Ihr Vater ist vor fünf Jahren gestorben, sagt sie, aber ihre Mutter lebt noch. Sie hat eine kleine Schwester, die nach Århus gezogen ist, um Krankenschwester zu werden.

»Aber was ist mit dir, Manne? Hast du keine Pläne?«

Manne zuckt die Achseln und dreht an ihrer Tasse. »Nö«, sagt sie. »Nichts weiter als hierzusein.«

»Aber das bleibt ja nicht für immer interessant.«

»Nicht?«

»Du bist viel tüchtiger, als du glaubst«, sage ich aufmunternd, und sie lächelt schwach in ihren Becher.

»Warum fragst du mich nach alledem«, sagt sie und schiebt plötzlich das Kinn vor. »Du weißt ja garantiert schon alles.«

»Nein, Manne«, sage ich verblüfft. Es wird still. »Was soll ich wissen?«

Sie zuckt die Achseln und studiert den Boden ihrer Tasse. »Ich dachte, du hättest vielleicht mit Lisa geredet.«

»Lisa erzählt nie was. Das weißt du sehr gut.«

Wieder Pause.

»Geht es um die Narben, die du da an der Hand hast?« frage ich, plötzlich fordernd. Meine Stimme ist scharf, und ich räuspere mich, um es abzumildern. Aber sie weiß genau, was sie hinter all den freundlichen Redensarten erwartet. Manne guckt aus dem Fenster und wieder in die Tasse. »Ich habe oft mit Lisa geredet«, sagt sie so leise, daß ich mich anstrengen muß, um es zu hören. »Sie glaubt nicht, daß mit mir etwas nicht stimmt, aber ich weiß, daß es so ist.«

»Ist es was mit Männern?« frage ich.

Sie überlegt kurz, ohne zu antworten. Dann nickt sie.

»Ich verliebe mich immer in die Falschen.«

»Da bist du nicht die einzige.«

»Ja, aber du kannst das auf so eine …« sie schnaubt, »zynische Weise sagen. Als wäre es dir ziemlich egal.«

»Ich habe nicht gesagt, daß ich von mir geredet habe.«

»Laß nur.« Sie wirft mir einen Blick zu, und ich lächle sie an. Sie lächelt sofort zurück. Ihr Mund ist sehr breit, und die Mundwinkel biegen sich auf eine so niedliche und lustige Art nach unten. In diesem Augenblick habe ich Manne gern.

»Aber es ist mir nicht egal«, ruft sie plötzlich aus. »Ich würde für die Liebe alles tun.«

»Das klingt ja schön«, sage ich.

Sie fährt mit der Handwurzel hart über eine Augenbraue. Ich erwähne nichts von alledem, was sie für Marie und Lisa tut. Ich bilde mir ein, daß ich genau weiß, wie es ihr geht. Ein Versuch zu trösten ist nur Verschwendung von Energie, sonst nichts. Sie glaubt nicht daran, daß sie lieben kann, zumindest nicht auf die richtige Weise. Jedesmal, wenn sie etwas von Liebe sagt, haßt sie in Wirklichkeit sich selbst. Wir ähneln einander, sie und ich, aber obwohl ich fünfzehn Jahre älter bin als sie, habe ich ihr nichts zu bieten, keinen Rat, kein Stück Erfahrung, das ich ihr über den Tisch zuschieben könnte. Einsamkeit und Begehren sind die Gefühle, die ich am besten kenne. Hier, Manne, nimm. Nein, das kann ich ja nicht. In Gedanken sehe ich die Reihe von Männern vor mir, die ich gehabt habe. Verhältnis auf Verhältnis, Begehren um Begehren. Einige für kurze Zeit, andere etwas länger. Ich habe die Männer, mit denen ich zusammen war, nicht gezählt, und ich sage mir selbst, daß das nicht wichtig ist. Sex ist nur eine Lebensäußerung. Und was ist Begehren? Nichts anderes als Sehnsucht danach, klar durch die benebelten, halb geschlossenen Augen zu sehen. Aus Trotz zu handeln. In langen Perioden habe ich von Minute zu Minute in einem brennenden Jetzt gelebt, in dem das, was ich will, und das, was ich nicht will, sich in einem rasenden Strom aus Ekel und Lust mischen. Ab und zu glaube ich, daß damit jetzt Schluß ist, daß ich in ein neues Lebensalter eingetreten bin. Aber ich habe im Grunde genommen meinen Zweifel, denn ich weiß nicht, was ich an dessen Stelle setzen soll. Etwas muß es geben. Aber was? Vor dieser Frage halten meine Gedanken immer inne, und ich kehre zu den alten, ausgetretenen Pfaden zurück.

»Ich hatte gerade ein Verhältnis mit einem verheirateten Mann«, sagt sie. »Das ging nicht.« Sie lacht kurz. »Kennst du das, daß man sich Leuten an den Hals wirft, die mit einem eigentlich nichts zu tun haben möchten, und wie das Ganze nur peinlich wird?« Sie wartet meine Antwort nicht ab. »Ich habe mich selbst so satt, du kannst es dir nicht vorstellen«, sagt sie heftig. »So satt, daß ich mich selbst zerquetschen könnte! Oh! Ich habe ein Gefühl, als ob es etwas gibt, was ich tun muß, etwas wirklich Wichtiges, aber ich sehe nicht genau, was es ist! Und jetzt ist Gustav tot!« Sie stöhnt und verbirgt das Gesicht in den Händen. Marie, die während unseres Gesprächs damit beschäftigt gewesen ist, die Eisenbahn aufzubauen, wirft ihr vom Fußboden aus einen aufmerksamen Blick zu. Manne wirft die Haare zurück und schluchzt auf. »Ja, ich sitze hier und heule, Marie«, sagt sie und lächelt sie liebevoll und zugleich verlegen an. »Schöne Bescherung. Ich sollte wohl lieber runterkommen und dir bei der Eisenbahn helfen.«

° ° °

Am vierten Tag wird Gustav begraben. Die Kirche von Peterslund ist gedrängt voll, selbst die schmalen Sitzplätze an den Kirchenbänken müssen herausgezogen werden, und es liegen Blumen und Schmuck von dem weißen Sarg über den ganzen Mittelgang verstreut. Ich komme rechtzeitig und setze mich allein in eine der hinteren Reihen. Im Bewußtsein der Leute bin ich schon eine Art Tante, ein Mitglied der Familie. Sie sehen mich und drehen die Köpfe und grüßen ernst, und ich grüße zurück. Vielleicht glauben sie, daß ich mehr weiß als sie und daß ich eine Art Zugang zum Mysterium der Familie habe. Die Art der Leute, sich über den Kirchenboden zu bewegen, hat etwas Andächtiges. Für einen Augenblick nehmen sie selbst am Mysterium teil.

Frederik, Marie und Manne sitzen ganz vorn. Sie sind in

einer Bewegungslosigkeit erstarrt, die alle sehen können. Keiner will sie stören, aber in der Reihe hinter ihnen sitzt Hans-Morten. Seine Haare sehen aus, als käme er gerade aus der Dusche, vielleicht sind sie aber auch nur sehr fettig. Man kann unter den dünnen, grauweißen Haaren die Streifen vom Kamm und den rosa Haarboden sehen. Er dreht sich um, grüßt mit der Hand, nickt und lächelt traurig.

Es ist totenstill in der Kirche. Niemand murmelt oder flüstert. Ab und zu ist da jemand, der hustet oder ein Gesangbuch fallen läßt. Gustavs kleine Klassenkameraden sitzen zusammen mit ihren Eltern und der Lehrerin mitten im Kirchenschiff, und selbst sie sind still. Niemand hat Lisa hereinkommen sehen, aber ich weiß, daß sie, verborgen hinter dem Chorgewölbe, auf einem Stuhl sitzt. Wenn ich den Hals recke, kann ich einen Blick auf einen ihrer schwarzen Schuhe erhaschen. Ihr Fuß bewegt sich nicht. Die Gebetsschläge haben gerade angefangen, als die Kirchentür zufällt. Hans-Morten steht auf, und die Leute drehen sich vorsichtig um und sehen, wie er den Mittelgang hinunter auf eine Frau zugeht, die dort unten stehengeblieben ist.

Sie trägt ein dunkles, pflaumenfarbenes Kostüm, pflaumenfarbene Wildlederschuhe und einen pflaumenfarbenen Wildlederhut mit sehr breiter Krempe. Langsam nimmt sie die Sonnenbrille ab und sieht sich suchend um. Es sind nur Sitzplätze am Ende der Kirchenbänke übrig, und auf so einem kann diese Frau nicht sitzen. Aber da kommt der gute Hans-Morten angetrottet. Er verbeugt sich leicht und führt sie, die Hand unter ihrem Ellenbogen, hinauf zu seinem eigenen Platz. Zum Dank schenkt sie ihm ein blendendes Lächeln, bevor sie sich mit ihrer kleinen, trockenen, eleganten Gestalt an den Platz schlängelt. Den Hut nimmt sie nicht ab, wir alle können ihn während des ganzen Gottesdienstes sehen. Es ist Dot, die gekommen ist. Dot Grotrheim, Frederiks Mutter.

Ich bin ihr schon begegnet, vor bald fünfzehn Jahren, bei irgendeiner Zusammenkunft, nach der sie mich zu sich nach Hause eingeladen hat. Lisa und Frederik wurden nicht mit dazugebeten. Ich erinnere mich, daß wir auf einem stilvollen blauen Zweisitzersofa an einem achtbeinigen, runden Couchtisch aus Mahagoni in ihrer Wohnung in der Dalgas Avenue in Århus gesessen haben. Die Fenster waren ungewöhnlich schmutzig, und unten auf der Straße rollte der Verkehr schwer vorbei. Sie servierte Fernet Branca und bitteren Tee, eingetrocknete Schwarze-Johannisbeer-Marmelade und geröstetes Brot, das so hart war, daß es zwischen den Zähnen zerbrach wie gesprungenes Email. Die Hand mit der dünnen Haut und den blauen Adern hob das Glas. »Skål!« sagte Dot mit bedeutungsvoller Miene, während ihre großen Augen direkt in meine blickten. Sie war ein Winzling, ein Vögelchen. Schon damals waren ihre Beine dünn wie Streichhölzer. Starke Hände konnten einen solchen Knöchel brechen wie nichts. Ihr Name bedeute Haus aus Stein, erzählte sie. »Grotr ist altnordisch«, belehrte sie mich. »Man findet es auch in Wörtern wie gross und drot.«

Ich hatte den Eindruck, daß sie sich oft mit dieser Art von hausgemachten sprachhistorischen Theorien aufhielt.

»Was ist das bloß für eine idiotische Idee, die deine Freundin jetzt hat?« fragt sie plötzlich. »Theologie studieren zu wollen. Es gibt Hunderte andere Fächer, auf die sie sich stürzen kann. Ja, Tausende. Ich *habe* sie gefragt, ob das wirklich ihr voller Ernst ist, als sie sich tatsächlich vorgenommen hat, *Pastorin* zu werden. Das ist ja verdammt noch mal ein selbstgerechter und beschränkter Menschenschlag, der nur brillieren will. Das ist eine Berufskrankheit«, rief sie aus. Der Fluch klang falsch in ihrem kleinen, feinen, faltigen Mund. »Sie leiden alle an derselben Engstirnigkeit.« Sie nahm einen Schluck Tee und schnitt eine Grimasse. »Mich überlaufen Kälteschauer beim Gedanken an die dänischen Pfarrhöfe«, fuhr sie fort, »und ihre Schornsteine, wo die Grundvigschen Furze aufsteigen. Die Frage ist nur, ob es die Engstirnigkeit ist, die die Leute die Theologie wählen läßt, oder die Theologie, die sie in Leuten hervorruft. Was meinst du?«

Sie ist Sozialrentnerin, nachdem sie eine Treppe hinuntergefallen ist und sich das Rückgrat gebrochen hat. Sie war Studienrätin gewesen und hatte viele Jahre lang an der Kathedralschule Dänisch unterrichtet. Es war ein fast unmöglicher Gedanke, sich Dot als junge Lehrerin und alleinstehende Mutter von Frederik vorzustellen. Konnte sie Frühstück machen und dafür sorgen, daß sie beide aus dem Haus kamen? Bekam er zu essen, putzte er sich die Zähne? Bekam er Gutenachtgeschichten vorgelesen? Kam er abends zu ihr ins Bett? Diese Fragen wurden mir selbstverständlich nicht beantwortet.

Aber ich weiß, daß sie nie in Hvium zu Besuch kommt. Zu Weihnachten und Geburtstagen der Kinder schickt sie einen Scheck über hundert Kronen und bittet Lisa, ihnen irgend etwas zu besorgen. »Ich verstehe ja nichts von Kinderkram«, schreibt sie im Begleitbrief.

Aber jetzt ist sie doch aufgetaucht. Der Hut da vorn ist in seiner Position erstarrt, und der Gesang beginnt.

○ ○ ○

Es ist ein schöner Tag. Der Himmel ist voller Licht, das durch die hochsitzenden Fenster hereinströmt, über die Blumen, die Kirchenbänke und die singenden Gesichter. Vielleicht sitzt der Unfallfahrer zusammen mit uns hier drinnen?

Vieles spricht dafür. Obwohl es ein Dienstag und somit ein

Arbeitstag ist, ist halb Hvium und Peterslund erschienen, und sagt man nicht, daß ein Täter immer zurückkehrt? Ich sehe mich diskret um. Es sind nur wenige hier, die ich kenne. Doris, Manne, Ellen und Hans-Morten und die Kassiererin vom Konsum und Linus Køpp, der neben einer schönen, grauhaarigen Frau sitzt, die eine Ruhe und eine Tiefe ausstrahlt, die er absolut nicht besitzt. Es würde mich wundern, wenn sie seine Frau wäre. Die Ehe ist eine merkwürdige Institution.

Gert ist auch hier, eingeklemmt in der Bank, die großen Hände auf den Knien ruhend, fühlt er sich unwohl beim Stillsitzen.

Jeder hier ist auf irgendeine Weise berührt. Auf den ersten Blick fällt niemand durch sein Auftreten auf, aber vielleicht sollte man nach jemandem Ausschau halten, der anders ist als sonst? Zu sehr trauernd oder gar nicht?

Es ist nur ein Spiel mit Gedanken. Ich habe keine Voraussetzung für derartige Überlegungen. Draußen bewegt sich das Blattwerk unruhig und bringt das Licht dazu, sich in unzählige Lichter aufzusplittern. Kurz bevor die Leute anfingen, in die Kirche zu strömen, war Lisa mit einer Korrektur der Choralnummern oben beim Organisten, und da ist etwas passiert. Ich weiß nicht, was. Ich habe nur ihre großen, schwarzen Schuhe die Treppe herunterpoltern hören, und als ich mich umgedreht habe, sah ich, wie sie angelaufen kam, daß die Falten des Talars flatterten, als wäre sie von der Empore geflüchtet. Ihr Gesicht war rot und geschwollen und hilflos, und sie starrte blind vor sich hin. Danach ist sie dann hinter dem Chorgewölbe verschwunden.

Aber jetzt, während der letzten Strophe des Chorals, tritt sie nach vorn. Sie ist wieder ruhig. Nur wenn Leute sehr aufmerksam hinschauen, können sie sehen, daß ihre Augen geschwollen sind. Auf jeder Wange ist ein feuerroter Fleck. Sie steht neben dem Sarg, die Agende in der Hand. Einen Augenblick ist es völlig still in der Kirche. Dann fängt sie an.

Ihre Stimme zittert fast nicht, und ihre Augen sind wieder klar. Sie spricht nicht zu uns, sondern zu Gustav, und wie sie Marie gesagt hat, tut sie es, als säße sie an seiner Bettkante und wollte ihn zum Einschlafen bringen, während seine runden blauen Augen zu ihr aufsehen, leuchtend vor Energie. Er will hier nicht liegen. Doch, Gustav, du mußt jetzt schlafen. Aber warum? Weil morgen noch ein Tag kommt. Aber das ist noch so lange hin, klagt er. Dann mußt du mir jedenfalls was erzählen, Mama. Du mußt mir was vom Kämpfen erzählen! Sie erzählt von Egil Skallagrimsson, der als kleiner Junge seinen ersten Gegner getötet hat. Alle um ihn starben, aber er selbst wurde ein alter Mann, der das Leben nicht ertragen konnte. Aber Mama, murmelt Gustav und schließt die Finger um ihr Handgelenk, du darfst nicht gehen. Ich gehe nicht, antwortet sie. Du mußt mehr erzählen, murmelt er, und sie erzählt von einem Garten voller Licht. Da bist du jetzt, sagt sie, und du wirst niemals allein sein.

Sie spricht lange von dem Garten, und ich sehe nach unten. Ich kann es fast nicht aushalten, länger zuzuhören, ihre Vorstellungen sind peinlich, und ihr Schmerz ist so innig. Er bohrt sich in uns alle hinein. Es ist wie der Ruf eines kleinen Mädchens nach seiner Mama. Ich habe Lust, aufzustehen und zu gehen. Es durchwogt mich, mein ganzer Körper will hinausstürzen und weg, aber ich bin hier gefangen. Neben mir sitzt eine ältere Frau wie versteinert. Sie verzieht keine Miene. Und Dots Hut hat sich auch nicht bewegt.

◦ ◦ ◦

Der Wind zerrt an uns, als wir schließlich hinauskommen. Gleich östlich von der Kirche ist ein kleines, frisch ausgehobenes Grab. Der Sandwall ist rotgelb und feucht. Ich habe gewartet, während sich die Kirche geleert hat, und stelle mich ganz hinten zu der Schar, wo ich nur wenige der Worte höre, die vom Wind mitgerissen werden. Hier draußen, am äußersten Rand eines Kreises von Schwarzgekleideten, ist alles luftig und unwirklich. Weiter vorn steht Gert zusammen mit Manne. Er hat einen Arm um ihre Schulter gelegt, und sie strahlen etwas Sicheres und Vertrautes aus, wie man es von zwei Menschen kennt, die einander immer gekannt haben. Irgendwann dreht er sich um und läßt den Blick über die Leute gleiten. Nach wem schaut er? Seine Augen begegnen meinen, und er dreht sich wieder um. Seine Hände umklammern leicht Mannes Schulter, und dann läßt er los.

Weit draußen, im Norden und im Westen, glitzert das Meer. Gustav wird an einem schönen Platz liegen. Ich weiß, daß der Grabstein schon bestellt und für die Grabpflege hundert Jahre lang bezahlt ist. Gustav Grothreim wird darauf stehen und die beiden Jahreszahlen. Selbst in fünfundneunzig Jahren, wenn Lisas und Frederiks Gräber sicher längst eingeebnet sind, werden Leute an seinem Grab stehenbleiben und sich darüber wundern, was für ein kurzes Leben er gehabt hat. Aber etwas anderes als seinen Namen und ihre eigene Verwunderung werden sie nicht erfahren.

Lisa und Frederik haben an alles gedacht. Choräle, Predigt, Leichenschmaus und Grabstein. Ein Todesfall zieht viel Überlegung nach sich. Wie soll alles ablaufen? Es ist wichtig, das zu entscheiden, denn du hast nur eine einzige Chance. Du wirst nie mehr den richtigen Choral singen können, wenn der, den du gewählt hast, falsch war.

Was sollst du mit all deinem Schmerz anfangen? Du mußt

hinter dir aufräumen. Du mußt dein Haus bestellen, denn du sollst sterben und nicht leben.

◦ ◦ ◦

Beim Leichenschmaus, der in zwei dunklen Räumen im Wirtshaus von Hvium serviert wird, sitze ich neben Dot, zu deren rechter Seite Lisa sitzt. Sie erinnert sich auch sehr gut an mich und packt mich, als ich mich suchend umsehe, indem sie mein Handgelenk umfaßt und mich hinunter zum Tisch zieht, als sollten wir ein Gespräch fortsetzen, das gestern unterbrochen wurde. Sie hat klare und intelligente Augen, die einen mit Röntgenblick ansehen, und einen Augenblick fühle ich mich beobachtet. Aber es zeigt sich, daß es in dem Gespräch um Dot selbst gehen soll. Ihre Gedanken springen von einem zum anderen und schleppen mich mit wie an einer Schnur.

Es quält mich, daß Lisa direkt daneben sitzt und jedes einzelne Wort hören kann. Diesmal erzählt mir Dot von ihrem Vornamen. In Wirklichkeit heißt sie gar nicht Dot, vertraut sie mir an, sondern Elisabeth, und sie war nicht älter als ein Jahr, als sie die Sache geregelt hat. Sie hat sich einfach geweigert zu reagieren, wenn Leute sie Elisabeth nannten. Elisabeth war ein schwerer und prätentiöser Name. Dot wollte einen leichten und lebhaften haben. »Ich war phantastisch gelenkig, als ich klein war«, erklärt sie. »Ich konnte die Beine über den Nacken schlagen und auf zwei Händen gehen wie ein Schlangenmensch. Aber das hat natürlich keiner bemerkt.« Ich muß eine Hand auf ihren Arm legen und sie zum Schweigen bringen, denn jemand hat an sein Glas geklopft. Es sollen Reden gehalten werden.

Von jetzt an löst eine Gedenkrede die andere ab. Ab und zu

wird gesungen. Während des Gesangs sitzt Dot schweigend da und guckt halb zum Schein in das Gesangbuch, das Lisa ihr reicht. Sie hat eine Mit-den-Wölfen-muß-man-heulen-Miene aufgesetzt. Beherrscht, aber gequält. All diese Bauern. »Leichenschmaus ist eine schreckliche Tradition«, teilt sie mir mit lauter Stimme mit. Ich frage mich, ob sie betrunken ist, aber wenn ja, kann sie es geschickt tarnen. An ihrem Atem ist nichts zu spüren.

Den Rest der Zeit nutzt sie, angespornt von der Speisekarte des Lokals, die sie in der Hand hält, um darüber zu lamentieren, was für ein durch und durch entsetzliches Dänisch die Leute schreiben, und nennt zahlreiche Beispiele aus Werbetexten, Broschüren und Zeitungsartikeln. Neben ihr sitzt Lisa bleich und in sich gekehrt. Sie kann sich nicht mehr zusammenhalten. All ihre Energie ist dabei zu verebben. Mir geht auf, daß ich Dots peinlichen Redeschwall nicht zu fürchten brauche.

Lisa hört nichts. Sie ist nicht mehr hier.

° ° °

12.

Es ist warm und stickig in der Wohnung, als ich zur Tür hereinkomme. Heute abend will ich in eine Kneipe. Ich habe das Bedürfnis, über alles und nichts zu reden, vor allem letzteres, und zu vergessen, was gestern für ein Tag war und daß morgen ein neuer kommen wird. Ich will das leichte Vibrieren spüren, wenn alles im Rausch zittert, wenn man losläßt und sich dessen bewußt ist. Wenn mir danach ist, lerne ich einen Mann kennen. So kann es mir hier gehen. Während der ganzen Fahrt habe ich mich nach zu Hause gesehnt. Und ich habe mich nach dem Herbst gesehnt, wenn in der Stadt die Lichter angehen, wenn das Geräusch der Schritte der Leute auf den Trottoirs im Dunkeln durch die Straßen widerhallt und wenn man zu sich nach Hause kommt, verfroren und naß vom Regen, und die Welt abschüttelt. Ich habe mich danach gesehnt, unter dem weißen Schein der Lampe Stunde um Stunde zu arbeiten.

Der Fußboden ist mit Post überhäuft. Ich habe ein Schild an der Tür, auf dem steht, daß ich keine Werbung will, aber etwas ist schiefgegangen. Ich muß mich durch das Werbungsmeer kämpfen, um die Tür richtig aufzubekommen. Jedesmal, wenn ich weg bin, stelle ich mir vor, daß bedeutungsvolle Mitteilungen daliegen und auf mich warten. Ich lasse die Tasche auf den Boden plumpsen und sammle die Stapel auf und trage sie auf den Küchentisch. Da steht immer noch der Aschenbecher, den ich in Hinblick auf die Brandgefahr nicht geleert habe, bevor ich abgefahren bin, und ein Glas, aus dem ich Wasser getrunken habe. Ich bin verblüfft darüber, wie hübsch und ordentlich und ruhig es hier aussieht. Mit den Autoschlüsseln in der Hand stehe ich da und durchwühle die

Post. Es sind nur uninteressante Briefe von der Bank und der Rentenkasse, die mich mehrmals jährlich darüber informiert, daß ich der glückliche Inhaber einer Rente von 304 Kronen bin und daß mein Tod einen Pauschalbetrag von 1457 Kronen auslösen wird. Die Zeit hat stillgestanden, während ich weg war. Gleich werde ich zum Telefon gehen und den Hörer abheben und anfangen, rundherum Leute anzurufen, die ich kenne, getrieben von einem Hunger, den ich nicht stillen kann. Ich weiß schon, daß meine Gedanken, während ich mit dem einen rede, rastlos zum nächsten weiterziehen werden, denn ich habe das schon viele Male erlebt.

Ich öffne den Kühlschrank, in dem diverse Dosen und Gläser mit Leckereien stehen, die nicht für sich allein gegessen werden können. Ich hätte unterwegs daran denken und irgendwo halten sollen, um etwas zu mir zu nehmen. Jetzt habe ich Hunger, und die Mattheit bricht über mich herein. Es war Verkehr auf der Autobahn. Lange Konvois von Lastwagen durch ganz Jütland. Ich bin ein sicherer Autofahrer, und ich fahre gern. Erst am Ende einer Fahrt geht einem auf, daß es anstrengend gewesen ist. Diesmal kam auch ein unbekanntes Geräusch aus dem Motorraum, wenn ich über 120 fuhr. Das Geräusch war vorher nie da, und ich muß es untersuchen lassen. Ich muß sofort die Werkstatt anrufen und einen Termin vereinbaren. Aber plötzlich fange ich an zu weinen. Ich stehe mitten im Raum und weine laut. Es gab eine Zeit, in der ich davon geträumt habe, nach Hause in eine Wohnung zu kommen, wo andere Menschen sind. Ich habe davon geträumt, daß mich jemand mit einem Hej empfängt.

All meine Jahre allein haben mich gelehrt, daß es gefährliche Situationen gibt, und zu denen gehört, zu einer Tür hereinzukommen, nachdem man lange weg war. Wenn man allein ist, ist es schwierig, mit den Übergängen umzugehen, und die Gefahr, die Orientierung zu verlieren, groß. Aber obwohl ich das weiß und vorbereitet bin, werde ich immer wieder aufs neue von meiner Ratlosigkeit überrumpelt. Ich weiß, daß es hilft, Essen zu machen. Gern komplizierte Gerichte, die den Gebrauch des Ofens und mehrerer Kochplatten erfordern und mehrere Stunden in Anspruch nehmen. Aber es ist zu heiß, und ich bin zu hungrig. Ich habe jahrelang nicht geweint, und ich begreife nicht, warum es jetzt passiert. Ich habe Gustav nie liebgehabt, dazu kannte ich ihn nicht lange genug, und alles in allem interessieren mich Kinder nicht sehr.

Aber vielleicht ist es doch der Unfall. Mein Weinen hört ebenso plötzlich auf, wie es angefangen hat. Es ist, als ob ein Fremder einen Hahn geöffnet und geschlossen hat. Ich stehe kurz da und warte, aber es passiert nichts mehr. Dann trage ich die Werbung hinunter zum Papiercontainer, lüfte und rufe die Werkstatt an der Tankstelle an. Dort kann man das Auto sofort drannehmen.

Während das Auto repariert wird, erledige ich verschiedene Einkäufe. Ich telefoniere auf der Straße mit dem Handy. Das Menschengewimmel läßt das Blut in meinem Körper schneller fließen. Es gelingt mir, mich mit vier von meinen Freunden für heute abend in einer Kneipe in der Innenstadt zu verabreden. Ich kaufe ein, und weil ich Hunger habe, kaufe ich allzu viel, das nicht zusammenpaßt und von dem ich weiß, daß ich es im Laufe von ein paar Tagen wieder wegwerfen werde. Ich komme an einem Paar schicker, hochhackiger Sandaletten mit sandfarbenen Riemen vorbei und kaufe sie. Ich esse eine geröstete Ciabatta mit geschmolzenem Mozzarella und Spinat, und das warme Öl dringt zwischen der Serviette und meinen Fingern hervor. Ich hole das Auto ab und bezahle die Rechnung sofort und komme schließlich bei mir zu Hause die Treppe hoch, wo mich dieselbe Mutlosigkeit wie vorher einholt, sobald ich den Schlüssel ins Schloß gesteckt habe. Aber als ich in den Flur komme, höre ich drinnen auf meinem Tisch das Telefon klingeln.

Es ist Frederik. Ich höre seine dunkle Stimme im Hörer, und ich bin erstaunt und sehr unruhig, denn warum ruft er mich an? Sofort bricht mir auf dem Rücken der Schweiß aus, und mein Herz klopft so stark, daß es in den Ohren hämmert. Etwas stimmt nicht mit mir. Ich weiß nicht, was, ich weiß nur, daß ich so nicht reagieren sollte. Er fragt, ob ich gut nach Hause gekommen bin und ob die Fahrt gutging, und ich sage ja. Dann schweige ich. Frederik ruft nicht an, um Konversation zu machen. Sein Sohn ist gerade begraben worden, sein ganzes Leben steht kopf. Ich warte darauf, zu hören, was er will. Das Wohnzimmer ist von goldener Nachmittagssonne erfüllt. Ich stehe an meiner Fensterbank und knipse welke und frische Blüten ab, ohne zu wissen, was ich tue.

»Hast du mit Lisa geredet?« fragt er.

»Seit meiner Abreise heute vormittag nicht mehr«, antworte ich. »Wieso?«

»Ich dachte nur.« Mehr sagt er nicht.

»Was dachtest du?«

»Daß du vielleicht mit ihr in Kontakt gewesen bist.«

Es ist dieses Wort, Kontakt. Es klingt nach bestimmten Dingen.

»Ist was passiert?« frage ich.

»Nein«, er zieht es in die Länge.

»Was?« frage ich.

»Es ist nur so, daß ich nicht weiß, wo sie ist.«

»Du weißt nicht, wo sie ist?«

»Hör mal«, sagt er plötzlich sehr schnell. »Laß uns später reden.«

Der Hörer wird aufgelegt.

Ich überlege einen Augenblick, bevor ich ihre Nummer wähle. Er hebt sofort ab und klingt ärgerlich, als er hört, daß ich es bin.

»Du mußt mir sagen, worum es geht«, sage ich. »Du hast mich unruhig gemacht.«

»Ich weiß nichts. Sie war nicht da, als ich vor drei Stunden nach Hause kam. Sie nimmt das Handy nicht ab, und sie hat weder mit Manne noch mit Ellen geredet, auch nicht mit irgend jemand von den anderen, mit denen sie sonst redet.«

»Wo ist das Auto?« frage ich.

»Das hatte ich.«

»Was ist mit ihrem Fahrrad?«

»Das ist weg.«

Ich muß ihm alles aus der Nase ziehen. Er ist unruhig und rastlos. Ich zwinge ihn zu versprechen, daß er zurückrufen wird, sobald Lisa nach Hause gekommen ist, und dann legen wir auf.

Ich öffne das Fenster und werfe die Blüten hinaus. Sie landen unten auf dem schmalen Trottoir und werden bald von Wind und Fußgängern zerstreut werden.

◦ ◦ ◦

Die Zeit vergeht. Frederik ruft nicht zurück. Hin und wieder bilde ich mir ein, ich könnte das Klingeln des Telefons heraufbeschwören, wenn ich es mir nur stark genug vorstelle. Es ist so leicht, so selbstverständlich. »Hallo. Ja, sie ist nach Hause gekommen, sie hat nur eine kleine Radtour gemacht und ist mit jemandem ins Gespräch gekommen.« Ich kann förmlich seine Stimme hören. Oder ihre. Ja, selbstverständlich ruft sie selber an. Lisa ist ordentlich. Wenn sie jemanden nervös gemacht hat, sorgt sie danach selbst für die Beruhigung. Gegen acht, als die Dunkelheit anfängt, über den Himmel herunterzukriechen, und das Licht immer noch über den Dächern steht, kommt mir der Gedanke, daß sie mich einfach vergessen haben, und ich rufe zuerst im Pfarrhof und dann auf Lisas Handy an, aber niemand hebt ab. Dann gehe ich ins Netz und finde die Nummer von Lundsager.

Ich bekomme Gert an die Strippe. Er weiß nichts, nicht einmal, daß Lisa weg ist. Er muß den Hörer hinlegen und zu Ende kauen. Er ist gerade vom Feld hereingekommen, ich habe ihn in einer kurzen Pause erwischt, in der er sein Essen verschlingt, bevor er wieder raus muß. Die Dunkelheit senkt sich jetzt auch über Hvium, das Schwarz frißt den Sonnenuntergang draußen über dem Fjord. Wenn er gleich wieder hinausgeht, wird es nach diesen wenigen Minuten viel dunkler geworden sein. Um diese Zeit geht es sehr schnell. Im Scheinwerferlicht wird er vielleicht leuchtende paralysierte Tieraugen sehen, bevor sie im Gebrüll des Schneidwerks unter ihm verschwinden.

Es tröstet mich, daß er nichts weiß. Nicht alles und jeder ist mit unvorhergesehenen Ereignissen und bösen Ahnungen befaßt. Selbst in Hvium, wo es unsichtbare, allgegenwärtige Kommunikationslinien gibt, wo alle auf unergründlichen Wegen über alles informiert werden, gibt es Ausnahmen. Er sagt mir, ich soll ruhig bleiben. Aber wenn ich will, kann er am Pfarrhof vorbeifahren und reinschauen.

Das will ich.

»Ich rufe zurück«, sagt er.

Ich mache Essen und fülle die Waschmaschine. Das Küchenfenster steht zum Hof hin weit offen, ich höre da unten jemanden pfeifen und die Deckel der Mülltonnen knallen. Ich kenne den Unbekannten da unten, ich nenne ihn den

Pfeifer. Hier zum Hof liegen über fünfzig Wohnungen, wir nicken einander etwas verschämt zu, unsicher, ob der Mensch von gegenüber hier ansässig oder nur zu Besuch ist. Dann klingelt das Telefon, und ich stürze hin und hebe ab.

Es ist Gert. Er sagt, daß alles in Ordnung ist. Lisa ist zu Hause, es ist nichts passiert, er hat mit Frederik geredet. Es ist nichts passiert, sagt er wieder, er macht es kurz. Ich danke ihm mehrere Male und gehe zurück in die Küche. Das Essen ist fertig, aber ich habe keinen Hunger mehr. Ich setze mich mit dem Teller vor mir an den Tisch, aber ich rühre die Gabel nicht an. Ich glaube nicht daran, daß alles in Ordnung ist, und ich habe längst die Lust verloren, in die Stadt zu gehen.

Trotzdem gehe ich ins Bad und wasche mir die Haare und schminke mich. Ich habe immer die müde alte Frau ablegen und eine neue auftragen können, wenn ich wollte. Das einzige, was ich dazu brauche, ist eine halbe Stunde im Badezimmer. Als ich den Haartrockner abstelle und mich aufrichte und die Haare zurückwerfe, begegne ich meinem eigenen strahlenden Blick im Spiegel. Die Leute sagen, ich bin schön, und in den Augenblicken, in denen ich es sein will, bin ich es auch. Nicht sehr viele kennen mich so, wie ich bin, unbeachtet von anderen und mir selbst. Dann sehe ich aus wie eine freikirchliche Häuslersfrau aus den zwanziger Jahren. Die Falten treten hervor, und mein Gesicht wird streng und blaß. Instinktiv wähle ich im Kleiderschrank die häßlichsten Sachen, denn in dieser Situation kann ich nicht einen schicken Rock oder hochhackige Schuhe tragen, denn selbst die Kleider sitzen nicht, wie sie sollen, und meine Bewegungen werden steif und eckig. So bohre ich mich mit einem abwesenden, gleichgültigen Blick durch das Menschengewimmel auf den Straßen und sehe nichts.

Es ist fast zehn, und ich will gerade aus der Tür gehen, als das Telefon wieder klingelt. Es ist Frederik.

»Ich habe es gehört«, sage ich, um ihn wissen zu lassen, daß er nicht mit peinlichen Erklärungen zu kommen braucht. Aber das hat er gar nicht vor. Er fragt direkt, ob ich mir vorstellen könnte, wieder nach Hvium zu kommen und eine Zeitlang dort zu wohnen. »Lisa braucht dich«, sagt er. »Sie hat immer so gut mit dir reden können.«

»So?« frage ich verblüfft.

»Glaubst du, du kannst kommen?« wiederholt er, und ich antworte, daß ich das selbstverständlich glaube.

◦ ◦ ◦

13.

Es gibt eine Zeit danach, an die man sich nie mehr erinnern kann. Es gibt eine Zeit, die in Dunkel gehüllt, unidentifiziert ist. Man weiß nicht, was passiert ist oder ob überhaupt etwas passiert ist. Man weiß nicht, ob man gegessen hat, ob man geschlafen hat, ob man gesprochen hat, ob man jemanden berührt hat. Man weiß nicht, ob man sich aus- oder angezogen hat, und man will es auch nicht wissen. Es gibt Übergänge, die so schwer sind, daß nichts, nicht einmal viele Jahre Abstand, einen versöhnlichen Schein darauf werfen können. So entstehen Löcher in der Zeit. Blackouts. Eines Tages wacht man auf und erinnert sich an nichts anderes, als daß der Rausch davor fieberheiß gewesen ist. Eine Qual. Und man schließt die Augen im Schmerz. So beginnt eine neue, in Dunkel gehüllte Zeit. Wie lange sie dauert, wird man nie erfahren.

Aber eines Tages entdeckt sie, daß sie einen Pfad entlanggeht. Er ist matschig. Der Schlamm saugt unter ihren Füßen. Keiner weiß, daß sie hier ist. Zu ihrer linken Seite ist ein See, zu ihrer rechten eine moorähnliche Landschaft mit schlanken Birken und Roterlen, in denen sich ein Schwarm Saatkrähen versammelt hat. Es ist spät am Nachmittag, und sie weiß nicht, wie sie hierhergekommen ist. Die Luft ist rauh, beinah salzig. Das ist der Wind, der vom Meer hereinzieht. Die Krähen krächzen und kreischen, steigen von einem Baum auf und lassen sich im nächsten nieder, um gleich wieder aufzufliegen. Der Pfad weitet sich, sie kommt zu einer kleinen Brücke über einem Wasserlauf. Erst jetzt sieht sie, daß sie am Stilledammen ist. Alles ist hier zugewachsen. Baumstämme liegen umgekippt auf dem sumpfigen Boden, es sind alte Weiden, die aufgescheuert sind bis ins Mark, wo die gelbe Lohblüte leuchtet. In mehreren von ihnen ist noch Leben. Aber draußen im See sind die Bäume tot, und die Stämme sind schwarz, entrindet, glänzend. Es stehen Bläßhühner darauf, mucksmäuschenstill. Lisa beugt sich über das Geländer der Brücke. Ich brauche nicht zu leben, wenn ich nicht wirklich will, fällt ihr plötzlich ein. Sie kann aus dem Leben gleiten. Es braucht keinen Riesenspektakel zu geben. Wenn sie hier hineinglitte, in den sumpfigen Boden. Das Wasser ist schlammig und würde sich um sie schließen wie ein Sack, den man zubindet und in die große Mülltonne unterhalb der Küchentreppe legt.

Aber sie geht weiter über die Brücke, vorbei an einer Reihe von vom Wind gefällter Tannen mit gewaltigen Wurzelballen, von denen Fasern voller Schlamm und Sand herunterhängen. Eine Amsel gibt einen scharfen Warnschrei von sich und flattert im Gebüsch auf. Das Geräusch von der Krähenkolonie klingt wie von fern. Ich will gleiten, denkt sie. Zum ersten Mal seit langer Zeit fühlt sie sich leicht und klar im Kopf. Es ist, als ob sie ein wenig über dem Boden geht, als ob ihr Hals sehr lang ist. Sie reckt ihn über den Wald und sieht auf sich selbst hinunter, daß sie Hose und Schuhe und Pulli angezogen hat, und darüber wundert sie sich, denn da geht sie ja, als ob Dinge etwas bedeuten, als ob der Körper etwas bedeutete. Aber das ist nicht wahr. Nicht der Körper ist es, um den es geht, sondern ein Gedanke, eine Idee davon, zu existieren oder nicht zu existieren. Das einzige, was beides unterscheidet, ist eine Negation, und wenn der Unterschied so klein ist, bedeutet das, daß es keinen Unterschied gibt.

Sie schwebt hin über Baumwurzeln und schwarze, aufgeweichte Erde. Sie wird nie wieder nach Hause kommen, und es ist das letzte Mal, daß sie weggeht. Sie ist ruhig und nüchtern, es ist keine Erregung in ihr. Sie hat das Gefühl, daß sie, wenn sie die hundert Meter, die sie sehen kann, vorwärts geht, durch eine Tür gehen wird. Sie wird sich hinter ihr schließen. Was da drinnen passieren wird, ist belanglos. Wenn sie sich erst einmal geschlossen hat, öffnet sie sich nicht mehr. Es geht nur darum, dorthin zu kommen.

Sie hat das Ende des Sees erreicht, und der Pfad macht eine Biegung. Hierher kommen selten Menschen. Umgekippte Fichtenstämme und dünne Birken blockieren den Pfad, und ihre Hände werden mit grünlichem Schleim beschmiert, als sie darüberklettert. Sie geht in eine Tannenbepflanzung. Es ist, als komme sie in einen schallisolierten Raum. Es riecht süß und stark. Die Tannennadeln sind ein dicker Teppich unter ihren Füßen, jedem Schritt, den sie macht, folgt ein dumpfes Echo. Es ist nicht sehr hell hier drinnen, und deshalb ist sie schon fast an der Jagdhütte angekommen, bevor sie sie sieht.

Die Hütte ist schwarz geteert und winzig klein. Die Dachüberstände sind früher einmal weiß gewesen. Auf dem Dach liegt bemooste Dachpappe. Das Fenster sitzt zu hoch, als daß sie hinaufreichen und hineinsehen könnte, deshalb geht sie zur Vorlaube und versucht, die Tür zu öffnen. Sie ist abgeschlossen. Die Klinke ist rostig und kratzt an der Haut. Sie reckt sich und läßt die Finger der Kante über der Tür folgen, bis sie auf einen Schlüssel trifft. Die Tür braucht einen kleinen Extraschubs.

Sie kommt in ein Zimmer, es ist winzig klein und durch eine Theke von der Küche getrennt. Es ist sehr dunkel hier drinnen. In einer Küchenschublade findet sie, zwischen Schrotpatronen und grauschwarzen Dubleegabeln, eine Schachtel Streichhölzer und zündet eine Kerze an, die auf der Fensterbank schief im Leuchter steht. Langsam dreht sie sich um sich selbst. In einer Ecke ist ein Kamin mit rußgeschwärzten, groben Holzscheiten und ein paar Bierdosen. In der anderen Ecke stehen feste Bänke und ein quadratischer Tisch.

Eine Treppe führt hinauf zu einem Hängeboden, wo eine Schaumgummimatratze über die Kante hinausragt.

In der Küche ist ein Ausguß, aber kein Wasserhahn. Auf einem Tisch steht ein Gaskocher. Die Wand hinter dem Kocher ist schwarz und rußig, als sei nur mit Mühe und Not ein Unglück vermieden worden. Am Ausguß stehen leere Flaschen, und in den Schränken darunter sind leere Anderthalb-Liter-Wodka- und Gin-Flaschen.

Hinter dem Kamin sind zwei Türen. Die erste führt in eine winzig kleine Kammer mit einem Etagenbett, das mit Ölzeug und Watstiefeln und Fischereiausrüstung beladen ist. Es riecht streng, und sie weicht zurück und öffnet die andere Tür und kommt in einen Raum von der Größe eines Besenschranks. Der Boden ist gegossen, und der Beton liegt in rohen Kreisen. Sie geht ins Zimmer und setzt sich auf die Bank, steht aber sofort wieder auf. Sie darf sich nicht hängenlassen. Wie bei einem Umzug geht es darum, die ganze Zeit etwas zu unternehmen. Man darf nicht in Gedanken über seine Angelegenheiten versinken und nicht anfangen, Briefe zu lesen oder über die Vergangenheit nachzudenken. Sie geht in die Küche und stellt die Kerze ab. Ihre Hand ist voller Wachsflecken. Sie öffnet den Schrank und zieht eine Gasflasche heraus. Sie hat keine Erfahrung mit so etwas. Aus ihrer Kindheit erinnert sie sich an die Küche der Großmutter mit der grünen Schlange hinter dem Herd. Die durfte sie nie anrühren, nie! Jetzt beugt sich das viereckige, weiße Gesicht ihrer Großmutter wieder über sie und flüstert Warnungen und Drohungen. Der Mittelscheitel ist schnurgerade in den dünnen, braunen Haaren, die straff am Schädel liegen. Sie liebte ihre Großmutter, das tat sie, aber sie wollte diese Schlange nie anrühren, allein aus dem Grund, weil sie den Kopf der Großmutter nicht so ins Gesicht gesteckt haben wollte.

Sie geht hinaus in den kleinen Raum und klopft an die Wand. Das sind dünne Holzplatten, aber dahinter ist eine aus Klinker gebaute Außenwand, und zwischen beiden muß eine Isolierung sein. Der Raum ist nicht einmal einen Quadratmeter groß. Sie kann sich nicht hinlegen, und die Gasflasche ist von der rundlichen, niedrigen Sorte, die reichlich Platz braucht. Sie geht in die Küche und holt sie.

Sie ist schwer, und während sie sie davonschleppt, flucht sie fast ununterbrochen. »Was zum Teufel verdammt noch mal ist das für eine Scheiße.« »So eine verfluchte Scheiße.« »Gib mir eine Pistole, dann zeig' ich's dir, zum Teufel noch mal.« Sie ist rot im Gesicht und ihr ganzer Körper heiß, der Schweiß liegt auf der Haut, als wäre es nicht ihrer, als käme er von einer Fremden. Sie fängt an, verwirrt zu werden, und fragt sich, ob der Schweiß rein oder raus will oder ob er von innen oder von außen kommt. Ein rastloser Gedanke löst den anderen ab.

»*Scheiße*«, denkt sie. »Das ist doch alles Scheiße. Jetzt spreng' ich's in die Luft, mitsamt dem großen Schwein, das hier gewohnt hat. Haha. Ich geb's dir … Was rede ich?« murmelt sie vor sich hin, um sich zur Vernunft zu bringen. Aber sie ist nicht vernünftig. Alles rast in ihr. Es gibt keine klaren Gedanken mehr, falls es überhaupt welche gegeben hat. Aber sie hat ein Gefühl von Fokus und Aktivität gehabt, und das ist jetzt verschwunden.

»Gib mir zehn Messer«, schreit sie. »Ich stech' dich, du Sau, du durchgefickter Scheißhaufen, du sollst bluten!« Sie macht kehrt, schleppt die Gasflasche zurück und wuchtet sie mitten auf den Tisch und fängt an, fieberhaft auf und ab zu gehen. Sie spricht ununterbrochen mit sich selbst. Einen Augenblick bleibt sie stehen und guckt wie eine Wahnsinnige scheel zu einer Kuckucksuhr an der Wand. Die ist schwer beschädigt.

Der Kuckuck hängt an der Feder aus seinem Haus, und eine Wand fehlt. Aber in Wirklichkeit sieht sie es gar nicht. Dann nimmt sie ihre wütende Wanderung wieder auf. »Zerquetschen«, murmelt sie verbissen, »zerquetschen. Alles zerquetschen.« Wieder und wieder wiederholt sie das Wort. »Ich geb's dir, ja, dir!« schreit sie und hebt die geballten Fäuste vor ihr Gesicht. »Ich drehe dir den Hals um, drehe, drehe, drehe, drehe, drehe!« Sie zischt die Worte hervor. Aber plötzlich hat sie genug. Sie fährt herum, tritt die Tür auf und marschiert durch die Vorlaube und weiter die Stufen hinunter. Sobald sie nach draußen kommt, passiert etwas mit ihr.

In der Hütte ist sie zwei Personen gewesen, die zu einer zusammengesetzt wurden. Ein Mensch und ein Mensch, die nicht identisch waren, die es aber wurden. Sie wurden zu etwas Drittem, das seine eigene Idee hatte, die verfolgt wurde. Sie war nicht einmal eine Frau gewesen. Eher nur ein Wesen. Aber jetzt ist es, als ob etwas zwischen sie und dieses andere lebendige Wesen gleitet. Es kommt Luft dazu, und das ergibt eine Schiefheit, eine Verzerrung, die sie innehalten läßt. »Was ist das hier?« fragt sie laut. »Was ist das? Was ist das? Was ist das?« Auf einmal dringt der Laut ihrer eigenen Stimme zur ihr durch, und sie schweigt. Es rauscht still zwischen den Tannen. Sie stößt ein rauhes Gelächter aus, denn sie will dieses Fremde, das sie so in Anspruch genommen, so wunderbar vergeßlich gemacht hat, nicht loslassen. Aber es ist zu spät. Sie hört ihr eigenes hohles Lachen und fährt herum, um von ihm wegzukommen. Dann merkt sie, daß es längst dunkel geworden ist. Sie denkt plötzlich an Frederik und Marie.

Sie hat die Bepflanzung fast hinter sich gelassen, als sie sich erinnert, daß sie die Tür der Jagdhütte hat offenstehen lassen. Einen Augenblick überlegt sie, ob sie zurückgehen soll. Käfer, Insekten, Füchse und Mäuse werden hineinkommen. Neugierige Damhirsche werden in der Vorlaube stehen und lange wittern, bevor sie sich hineinwagen. Es werden Rücken an der Theke gerieben, Klauen an den weichen Holzwänden geschärft werden. Waldschnecken werden über die Schwelle rutschen und eine glänzende Schleimspur hinterlassen. Nester und Exkremente werden darin sein. Grünliche Vegetation an den Wänden. Es wird nur eine Frage der Zeit sein, bis die Hütte für Menschen unbewohnbar wird. Trotzdem geht sie nicht zurück, sondern geht weiter. Sie findet ihr Fahrrad am Waldrand, setzt sich darauf und fährt nach Hause. Von weitem sieht sie Frederik, der ihr auf der Straße entgegengelaufen kommt.

»Wo bist du gewesen?« fragt er atemlos, und es ist das erste Mal, seit Gustav überfahren worden ist, daß sie das Gefühl hat, daß er sie nicht wie eine Fremde ansieht. Sie umarmen einander. »Ich hab' nur eine Radtour gemacht«, murmelt sie an seiner Schulter.

Später gehen sie zu Manne und holen Marie. Sie machen Abendbrot, sie essen, sie lassen das Telefon klingeln und versuchen, sich selbst und sich gegenseitig Frieden zu geben, aber erst als sie mit Frederik im Wohnzimmer sitzt, nachdem Marie ins Bett gebracht worden ist, geht ihr auf, daß an diesem Tag etwas passiert ist. Sie weiß nicht, was es ist. Sie sieht Frederik an, und er senkt sein Buch und schenkt ihr ein Lächeln, das sie im Herzen an der Stelle trifft, wo alles weh tut. Ganz einfach unerklärlich. Und furchteinflößend.

All dies erzählt sie mir in ihrem Büro an dem Tag, als ich nach Hvium, Peterslund, zurückkehre. Da ist es knapp eine Woche her, daß Gustav tot ist.

◦ ◦ ◦

14.

Wir verbringen mehrere Vormittage in Lisas Büro. Sie möchte mich in der Nähe haben, sie sagt, das tut ihr gut. »Du bist der einzige Mensch, den ich immer gekannt habe«, sagt sie, und obwohl ich nicht verstehe, was das in diesem Zusammenhang für eine Rolle spielt, hat sie in gewisser Weise recht. Mit ihren Brüdern hat sie im großen und ganzen keinen Kontakt, und ihre Mutter lebt zwar noch, aber sie sitzt umnachtet in einem Pflegeheim in Givskud, wo höchstens eine weiße Katze, die das Pflegepersonal für die Dementen angeschafft hat, ihr eine Reaktion entlocken kann. Sie weiß nicht mehr, daß sie die Mutter von Lisa und ihren Brüdern ist und daß sie Enkelkinder und sogar ein kleines Urenkelkind hat. Es ist, als wollte sie von Menschen nichts mehr wissen, als hätte sie an ihrem Platz in den endlosen Sternennebeln nur noch eine Erinnerung daran, daß Leute Kummer und Sorgen verursachen. Aber die weiße Katze, die im Gemeinschaftsraum an ihrem Rollstuhl vorbeigeht, die bringt sie dazu, einen Augenblick aufzusehen.

Der Wind hat sich endlich gelegt. In der Lindenallee liegen schon gekräuselte braungelbe Blätter, und früh am Morgen, wenn die Düfte am stärksten sind, meine ich, den Herbst riechen zu können. Ich wäre gern im Garten. Die Tür zur Terrasse steht den Tag über offen, aber Lisa will nicht, und deshalb sitzen wir in ihrem Büro, von wo aus ich durch das Fenster hinaus zu Montbretien und den späten rostbraunen Hortensien gucken kann. Zwischen uns steht ein Teetablett. Wir sitzen hier Stunde um Stunde.

Einmal ist Gustav von zu Hause weggegangen, erzählt sie. Sie hatten über irgend etwas gestritten, und plötzlich war er verschwunden. Es war ein Samstag. Sie merkte es, als sie die

Kinder zum Mittagessen hereinrief und nur Marie aus dem Garten hereinkam. Kurz danach begann die Suche. Sie riefen nach ihm und suchten überall. Sie gingen durch den Garten, doch Gustav war nicht da. Er war auch nicht im Fahrradschuppen, im alten Stall, im Geräteschuppen, im Gemeindesaal. Er war nicht im Auto. Sie riefen die Nachbarn rundherum an. Keiner hatte Gustav gesehen. Sie und Frederik radelten in einem Radius von mehreren Kilometern in der Nachbarschaft herum und fragten jeden, dem sie begegneten. So verging mindestens eine Stunde. Sie trafen sich zu Hause vor der Haustür und gingen ins Eßzimmer, wo sie am Eßtisch niedersanken. Jetzt blieb ihnen nichts anderes mehr übrig, als einzusehen, daß sie bald die Polizei anrufen mußten. Da saßen sie, außer sich vor Sorge, als plötzlich hinter der Truhe ein lautes Gebrüll erscholl und Gustav aufsprang, lachend und glücklich. Da hatte er sie reingelegt! Das hätten sie nicht gedacht, was? Frederik und Lisa waren so erleichtert, daß sie ihren Zorn fast vergaßen. Beeindruckt waren sie in gewisser Weise auch. Der Junge hatte ja stundenlang zusammengekauert dagesessen, mucksmäuschenstill. Und so lebendig ist das jetzt in Lisas Erinnerung, daß sie, während sie hier drinnen am Eßtisch sitzt, glaubt, daß er den Kopf über die Truhenkante stekken, sie mit seinen blauen Kulleraugen begeistert ansehen und rufen wird: *Haha!* Das hättet ihr wohl nicht erwartet, oder? Oder, Mutter? Das habt ihr nicht, oder?

Sie sieht mich an und fragt, ob ich glaube, daß sie ihn auch in fünf Jahren so rufen hören wird oder in zehn oder in zwanzig Jahren? »Ist es so«, sagt sie mit kleiner Stimme, »daß er immer sieben Jahre alt bleiben wird. Sind das die einzigen Erinnerungen, die er hinterlassen kann? Wird es nie mehr werden?«

Sie erzählt mir, daß er ihr Augenstern ist.

Sie spricht viel, und zwischendurch schweigt sie lange, die Hand vor den Augen. Ich weiß nicht, was schlimmer ist, ihr Redestrom oder das Schweigen, das plötzlich entsteht und das zu brechen mir so schwerfällt.

◦ ◦ ◦

Welche Erinnerungen hast du an dein Kind? Die, die du hast, sind klein und schwach. Es sind dünne Spelzen, die vor deinem Gesicht hin und her fliegen. Du läufst außer Atem mit ausgestreckten Händen. Sie tanzen auf der warmen Luft deiner Atemzüge davon. Wenn du gerade glaubst, du kannst die Hand um sie schließen, weichen sie aus. Du bleibst stehen und suchst, du drehst dich um dich selbst. Aber sie sind weg. Du verstehst es nicht. Sie waren doch eben noch hier. Und du brauchst sie. Das ist lebenswichtig. Du findest ein Buch im Regal. Es ist ein Fotoalbum. Die Seiten sind zusammengeklebt und so schwer, daß sie sich fast selbst umblättern. Da ist dein Kind auf dem Wickeltisch. Das Bild ist etwas von der Seite aufgenommen. Zuerst sieht man seine Knie. Danach folgt der Bauch, merkwürdig weißgelb, der Nabel ist stark vergrößert, und dann kommt das Kinn. Er hat den Kopf gedreht, er guckt etwas an, wovon du nicht weißt, was es ist. Du kannst sein Gesicht nicht richtig sehen, und das Bild ist unscharf. Der, der es aufgenommen hat, hat sich beeilt, denn gerade in diesem Augenblick war er so niedlich, daß es nicht schnell genug gehen konnte.

Andere Schnappschüsse folgen. Der kleine Junge kommt stolpernd auf dich zu. Sein Gesicht strahlt. Er ist auf dem Weg zu dir, du sitzt hinter der Kamera. Als er dich erreicht hat, legst du die Kamera hin und schließt die Arme um ihn. Auch dieses Bild ist unscharf, aber du erkennst es wieder, und es berührt eine dunkle Saite tief in dir. Alle Luft geht aus dir. Du sinkst zusammen. Das Album trifft mit einem dumpfen Geräusch den Schreibtisch, und du stößt ein abgehacktes, trockenes Brüllen aus und schweigst dann jäh. Das hier kommt nie ganz raus. Es kommt nie weiter als jetzt. Denn es ist steckengeblieben. Es ist etwas Physisches. Es ist in deinem Körper, in deinem Blut, stöhnst du. Du wirst dich nie von deiner Sehnsucht trennen.

Früher einmal lebtest du in der Verbundenheit der Körper. Jetzt sitzt du da und hast kleine gefärbte Papierstücke vor dir liegen.

∘ ∘ ∘

»Ich denke manchmal an deine Mutter«, sagt sie.

»Warum denn?« frage ich.

»Ich denke daran, wie ihre Haare über Nacht grau wurden, als Linda starb.«

»Das wurden sie nicht«, protestiere ich. »Ihre Haare waren dunkelbraun. Das waren sie, bis sie Rentnerin war.«

»Das stimmt nicht«, sagt Lisa. »Deine Mutter bekam graue Haare, als Linda starb, und das passierte im Lauf von vierundzwanzig Stunden. Ich dachte, du wußtest das.« Sie wirft mir einen Blick zu, den ich nicht ganz deuten kann. »Sie hat sich die Haare nur gefärbt.«

»Du warst damals noch nicht geboren«, sage ich.

»Das war ich doch. Ich war ein Jahr alt.«

Wir starren einander an.

»Du kannst sie ja fragen, wenn du willst«, sagt Lisa. Ich nehme einen Schluck kalten Tee und antworte nicht. Es ist etwas in ihrer Stimme, das ich von alten Zeiten kenne, etwas, worauf ich mich damals gestürzt habe. Aber im Augenblick bin ich gelähmt. Ich muß dort sein, wo sie mich haben will, und das ist ein so durchgreifendes Gefühl, daß ich noch nicht einmal das Notebook aus der Tasche gepackt habe, seit ich hier bin. Ich bin völlig passiv.

»Das ist so lange her«, sage ich nur.

»Ja«, antwortet Lisa. »Aber sicher nicht für deine Mutter.«

Aus den Zimmern hört man Maries und Mannes Stimmen. Zur Zeit ist Manne ständig im Haus. Sie findet nicht, daß Marie in den Kindergarten soll, wenn sie es nicht selbst will. Aber ich glaube, daß Manne gern hierherkommt. Sie kommt früh am Morgen und geht erst nach Hause, wenn Marie ins Bett gebracht worden ist. Sie ist ein Engel, sagt Lisa und sieht sicher nicht, wie blaß und abgezehrt Manne ist und wie komisch ihr Lächeln sein kann. Ich frage mich, wie lange sie das durchhält. Eine Hausfrau soll ihre Mädchen nicht mit ihrem Privatleben belästigen, sagte meine Mutter immer, sie konnte sich etwas altmodisch ausdrücken, aber vielleicht hatte sie recht. Ich weiß selbstverständlich auch nicht, ob Lisa mit Manne redet, wie sie es mit mir tut. Oder, wenn es um Gustav geht, mit Frederik.

»Kannst du dich an das Puppenservice erinnern?« frage ich, und Lisa steht jäh auf und stellt ihre Tasse auf das Tablett.

»Darüber will ich jetzt nicht reden«, sagt sie scharf. Ich sehe ihr erstaunt nach, als sie aus dem Büro geht, denn ich begreife nicht, was passiert.

Noch haben wir den flüchtigen Fahrer mit keinem Wort erwähnt.

◦ ◦ ◦

15.

Jemand hantiert im Fahrradschuppen. Die Sonne scheint auf die weißgekalkte Wand. Da taucht Marie mit ihrem roten zweirädrigen Fahrrad auf, das sie noch nie benutzt hat. Sie sieht mich nicht. Sie führt es mit einer Hand am Lenker, und die andere Hand liegt auf dem Sattel, so wie sie es die Erwachsenen hat machen sehen. Die beiden Stützräder drehen sich in der Luft. Über ihr die Krone der Blutbuche, und kein Wind rührt sich. Sie setzt sich auf den Sattel und blickt über den abfallenden Garten hinaus. Dann radelt sie langsam zum Ende des Rasens. Die kleinen Beine treten die Pedale, als wäre gar keine Kraft in ihnen, und das Fahrrad legt abwechselnd das Gewicht auf das eine Stützrad und dann auf das andere. Sie muß den Rücken schräg halten, während sie mit leerem, ernstem Blick geradeaus vor sich hin guckt. Niemand kann sehen, wie großartig sie sich fühlt und wie sinnvoll es ist. Sie tut es wieder und wieder. Das unendlich langsame Rundherumtreten der Beine hat eine beinah hypnotisierende Wirkung. Oft versinkt sie in Gedanken, wenn sie unten angekommen ist, und sitzt eine Zeitlang, ohne sich zu bewegen, auf dem Fahrrad, bis sie absteigt und es wieder heraufführt, mit einer Miene wie ein müder Schwerarbeiter nach seinem harten Tagewerk.

Als ich das nächste Mal vom Buch aufsehe, ist sie verschwunden. Das Fahrrad steht an die Hauswand gelehnt. Aber da kommt sie ja wieder. Sie hat den Spielzeugtraktor mit und rollt ihn tief vornübergebeugt mit einer Hand an dem kleinen blauen Lenkrad vor sich her. Als sie an den Weg kommt, setzt sie sich darauf und versucht, den Traktor abwärts rollen zu lassen. Aber das geht viel schwerer als mit dem Fahrrad.

Ihre Beine sind zu lang, und sie kriegt die Pedale nicht zu fassen, die sich schnell drehen, obwohl sie fast nicht vorwärts kommt. Nachdem sie den Rasen ein Drittel hinuntergekommen ist, gibt sie auf und kehrt zurück zum Fahrrad.

Ich sehe nicht die ganze Zeit hin, ich sitze auf der Terrasse und lese, aber ab und zu hebe ich den Blick, um zu sehen, ob sie Fortschritte macht. Manne liegt mit Kopfschmerzen zu Hause in Lund, Frederik ist wohl im Institut, und Lisa hält im Schlafzimmer im Giebel oben Stunde um Stunde Mittagsschlaf.

Irgendwann höre ich ein Geräusch. Marie ist direkt in den Spielzeugtraktor hineingefahren, so daß er auf die Seite gekippt ist, und sitzt jetzt da und blickt vom Sattel oben über ihn hinweg. Schließlich richtet sie den Traktor auf und setzt sich wieder aufs Fahrrad, und die Szene wiederholt sich – Marie fährt in den Traktor. Das tut sie mehrere Male. Ich höre das dumpfe Bumsen und einen etwas knirschenden Laut. Am Anfang denke ich, ich will mich nicht einmischen, aber auf die Dauer kann ich es nicht aushalten. Ich lege das Buch hin. Marie fährt schon wieder an und hört und sieht mich nicht, bis ich ganz bei ihr bin. Ich richte den Traktor auf. Das kräftige rote Plastik hat eine Beule abbekommen. Sie sieht mich schweigend an und protestiert nicht.

»Marie«, sage ich, »laß uns die Stützräder abmachen. Es ist viel leichter, ohne sie radzufahren.«

Sie sieht mich verständnislos an, und ich wiederhole, daß ich meine, wir sollten die Stützräder abmachen. Dann nickt sie. Wir gehen zusammen um die Ecke zum Hofplatz. Ihr Eifer beginnt zu erwachen. Sie nimmt mich mit in den Hauswirtschaftsraum und zieht in dem großen Schrank eine Schublade heraus und zeigt mir, wo das Werkzeug ist. Während ich schraube, hält sie das Fahrrad. Danach gehen wir wieder zurück zum Rasen. »Ich halte«, sage ich. Marie steigt auf, und ich laufe mit einer Hand am Gepäckträger den ganzen Weg hinter ihr her den Rasen hinunter. Das machen wir zweimal. Beim dritten Mal lasse ich los, und Marie fährt, ohne es zu wissen, allein weiter. Als sie zur Allee hinunterkommt, sieht sie, daß ich da oben stehe und winke, und fällt dann. Wir fangen wieder von vorn an. Aber von jetzt an fällt Marie nicht mehr. Sie sagt kein Wort, das ganze kleine runde Gesicht strahlt.

Der Traktor steht gelb und rot allein mittendrin in all dem Grünen.

∘ ∘ ∘

»Muß es ein Personenwagen gewesen sein?« sage ich, während wir am Abend im Gartenzimmer sitzen. Es ist halb neun, und es dämmert. Ein niedriges blaugraues Licht steht über dem Gartenwall und trifft den Spiegel gegenüber den Fenstern. Es ist ein merkwürdiger Unterschied zwischen den dunklen Wänden und dem leuchtenden Spiegel, der Abend hat sich schon breitgemacht, aber Frederik geht unten am Dahlienbeet mit einer Blumenschere in der Hand herum. Ich hatte nicht geglaubt, daß er sich für den Garten interessiert, und frage mich, ob ich es bin, die ihn aus dem Zimmer vertreibt. Die kleine Vertrautheit, die entstand, bevor Gustav starb, ist weg. Ich kann es ihm nicht verdenken, wenn er mit Lisa ein wenig allein sein möchte, aber wenn ich sage, daß ich zu mir hinübergehen will, hat Lisa immer alle möglichen Einwände oder sieht mich mit so bittenden Augen an, daß ich meinen Rückzug aufschiebe. Frederik ist sehr still in diesen Tagen. Jeden Tag frage ich mich, warum er mich gebeten hat zurückzukommen und, ja, auch, warum ich überhaupt bleibe.

»Was?« fragt Lisa widerwillig, als hätte ich sie aus Gedanken gerissen, denen sie gern nachgegangen wäre.

»Es gibt so viele Traktoren hier. Vielleicht war es einer von ihnen?«

Sie fängt an, ihre Unterarme zu reiben, als friere sie.

»Hast du nicht mit der Polizei geredet?« fahre ich fort.

»Nein«, sagt sie mit einer kleinen Stimme und kauert sich in der Sofaecke zusammen. Da sitzt sie und reibt ihre Arme. Etwas stimmt nicht.

»Stimmt etwas nicht?« frage ich.

»Nein«, sagt sie klagend. Ihre Augen sind blank und verängstigt. Ich stehe auf und öffne den großen Schrank und nehme eine Flasche Cognac heraus, schenke ein Glas ein und gebe es ihr. Sie leert es gehorsam. »Sie sagen, es ist ein rotes Auto«, sagt sie dann. Sie hat also doch Kontakt mit der Polizei gehabt. Ja, denke ich im selben Augenblick, selbstverständlich hat sie das. Sie rufen wohl ab und zu an, um von ihren Fortschritten zu erzählen. Das ist wohl ein Teil ihrer Aufgabe.

»Ein rotes?« wiederhole ich und sehe sie die Augen schließen. »Das ist ein weiter Begriff«, sage ich. »Es gibt viele Arten von Rot.«

»Briefkastenrot«, wimmert sie.

»Wie können sie das wissen?« frage ich.

»Ich will nichts davon hören«, schluchzt sie.

»Du willst nichts davon hören?«

»Nein.«

»Aber warum nicht?«

»Oh, Birgitte, mir geht es dann so schlecht«, jammert sie wie ein kleines Kind. »Es geht mir so schlecht, so schlecht, so schlecht, so schlecht.« Mit jedem Wort, das sie sagt, wird ihre Stimme tiefer und tiefer. Es ist wie ein jäher Sturz, dem ich unmöglich folgen kann. Sie gleitet mir aus den Händen. Sie stöhnt, als müsse sie sich übergeben, und hält beide Arme fest um den Bauch, während sie vor- und zurückschaukelt. Ich bin sehr erschrocken und gehe vor ihr in die Knie und umfasse ihr Gesicht mit beiden Händen. Aber sie guckt geradeaus vor sich hin und wiederholt immer wieder meinen Namen. »Birgitte, Birgitte, Birgitte, oh, Birgitte, hilf mir, was ist das hier?« stöhnt sie, ohne mich anzusehen. Es strömt aus ihr. Sie ist festgefahren. Mit Mühe bringe ich sie dazu, aufzustehen, und schaffe es, ihren Arm um meinen Nacken zu legen. Schritt für Schritt schleppe ich sie mit nach oben und ins Schlafzimmer, wo ich die Deckenlampe anmache. Sie sagt jetzt nichts mehr, und sie zieht selbst den Arm zurück und steht selbst mitten auf dem Teppich. Aber ihre Zähne klappern in ihrem Mund, so daß ihr ganzer Körper zittert. Ich bringe sie dazu, sich aufs Bett zu legen, und decke sie mit der Bettdecke zu. Die großen Schuhe ragen unten am Fußende heraus, aber ich lasse sie so und gehe zum Fenster. Jetzt, wo das Licht hier oben brennt, liegt das Dunkel wie ein schwarzblaues Rouleau vor der Scheibe.

»Ich gehe runter und hole Frederik«, sage ich.

»Nein!« Die Stimme ist scharf und kommandierend. Ich antworte nicht. Eine Weile ist es still im Schlafzimmer. Dann fängt Lisa an, sich zu bewegen. Sie beugt sich über ihre Schuhe und zieht sie aus und läßt sich dann wieder im Bett zurückfallen.

»Willst du nicht das Licht ausmachen?« fragt sie dann kurz darauf.

Ich tue, worum sie mich bittet, und kehre zum Fenster zurück. Dort steht ein Sessel in der Nische, in den ich mich setze. Lisas Gestalt ist ein schwerer Schatten drüben unter der Bettdecke.

»Es geht wieder gut«, sagt sie plötzlich.

»Das ist gut.«

»Ich weiß nicht, was passiert ist.«

»Du brauchst mir keine Rechenschaft abzulegen, Lisa.«

»Deshalb ist es schön, daß du hier bist«, sagt sie matt. »Du hast mich immer so gut verstanden.«

○ ○ ○

Es ist trotz allem nicht ganz dunkel. Eilige Schatten durchqueren die Luft über dem Hof, als ich draußen auf der Treppe stehe. Das sind die Mauersegler, die noch fliegen. Der Abend ist lau und voll mit dem Geruch von reifem Korn, und als ich durch die Gattertür hinausgehe, sehe ich das Licht vom Giebelfenster, das sich in einem Viereck auf das Gras vor dem Rosenbeet legt. In der Einfahrt höre ich Schritte im Kies. Das rote Türchen im Zaun klappt zu, und gleich darauf kommt eine Gestalt auf mich zu. Frederik ist auf dem Friedhof gewesen. Er nickt mir zu und will wissen, ob ich jetzt auf dem Weg zu mir bin und was Lisa macht, und ich antworte, daß es ihr schlechtgeht.

»Wo ist sie?« fragt er.

»Sie ist ins Bett gegangen.«

Er sagt nichts. Das überrascht mich nicht. Ich habe gemerkt, daß er oft so reagiert. Frederik ist nicht dumm und nicht abgestumpft, und er ist nicht kalt. Ich kenne Männer mit geringer Empathie und wenig Phantasie, und nichts deutet darauf hin, daß Frederik einer von ihnen wäre. Wenn ich etwas glaube, dann glaube ich, daß Frederiks Schweigen vielleicht ein Weg ist, den Überblick zu behalten. Solange die Worte das Feld nicht eingeengt haben, hat er noch alle Manövriermöglichkeiten zur Verfügung. Er ist der Typ, der zuhört und einschätzt, aber wenn er zwischen Worten und Taten wählen muß, wählt er die Taten. Er steht da, die Hände in den Taschen, ganz leicht zu mir gebeugt.

»Danke, daß du dich um sie gekümmert hast«, sagt er.

»Das weißt du doch, daß ich das tue.«

Er begleitet mich über die Straße. Wir bleiben einen Augenblick in meiner Einfahrt stehen. Der Augustmond steigt hinter den Eichenhecken im Osten auf, groß und halbrund, gelb wie eine Frucht.

»Ich will wieder anfangen, richtig zu arbeiten«, sagt er. »Lisa ist dagegen, aber ich brauche es.« Er schweigt kurz. »Ich kann diesen Stillstand nicht ertragen.«

»Es ist so kurze Zeit vergangen«, antworte ich. »Das ist noch kein Stillstand.«

»Hm«, sagt er. Sein Mund ist sehr dunkel im Mondlicht, und seine Gesichtshaut ist sehr weiß. Selbst jetzt, wo er müde und unglücklich ist, ist er ein schöner Mann. Einer von denen, die man berühren möchte, um zu sehen, was passieren wird. Wir sehen einander an, beugen uns etwas aufeinander zu, als ob wir überlegten, was wir als nächstes tun werden. Wir küssen einander, und das Gefühl von seinem Mund an meinem löst sich im selben Augenblick auf, als es vorbei ist. Hinter uns verschwindet das Lichtviereck im Giebel. Frederik richtet sich auf, sieht über die Schulter zurück. Ich streiche mit einer flachen Hand die Haare zurück.

»Ich muß zusehen, daß ich reinkomme«, sage ich und gehe den Plattengang entlang zur Tür. Ich bin sehr müde, und plötzlich kann ich mir nicht vorstellen, wie ich morgen aufstehen und weitermachen soll mit dem inhaltslosen Dasein, das ich hier führe. Aber das ist ein Luxusproblem, und ich weiß es. Im Grunde genommen stimmt bei mir nichts anderes als das Gefühl, daß mein Leben nutzlos ist, und das ist, letzten Endes, nur ein Gefühl.

◦ ◦ ◦

16.

Das Geräusch der Mähdrescher ist die ganze Zeit da. Der Raps ist eingebracht, und die abgeernteten Felder liegen mit harten, blaubraunen Stoppeln und voller Unkraut da. Es sieht aus wie Flecken von Schimmel und Holzfäule, und es verändert das Aussehen der Landschaft. Jetzt ist die Gerste an der Reihe. Die schönen seidigen Teppiche aus Korn sind dabei, in Hellbraun überzugehen, und alle hoffen darauf, daß das Wetter sich hält.

In der Schule lernen Gustavs kleine Klassenkameraden die roten und die blauen Buchstaben, erzählt Asmund peinlich berührt, als er, eskortiert von seiner Mutter, mit ein paar Zeichnungen, die die Klasse gemacht hat, einen Besuch im Pfarrhof abstattet. Lisa serviert Saft im Garten und redet lange mit Asmund. Sie will alles hören, will wissen, was passiert ist, sie will von Rumpelstilzchen hören, von dem sie im Lesebuch lesen, und wie weit sie im Rechnen gekommen sind und wovon sie in Religion geredet haben. Sie streichelt ihm über den Nacken und sagt, er soll so oft kommen, wie er will, er darf mit Gustavs Spielzeug spielen, und er darf auch gern einen Kameraden mitbringen. Asmund sieht zu Boden, beißt sich in die Lippe und nickt, und die bleiche Doris lächelt aufmunternd und sagt, wobei sie sich an allen Ecken und Kanten der dänischen Sprache stößt und viele Male nickt, daß er das sicher sehr gern will.

Im selben Augenblick fängt das Baby an zu weinen. Es ist Zeit zum Aufbruch.

Als wir sie hinausbegleitet haben und sehen, wie sie durch die Pappelallee davonziehen, Asmund auf seinem Fahrrad und Doris mit dem Baby in einem Kinderwagen, wendet mir

Lisa ihr lächelndes Gesicht zu und bricht innerhalb einer Sekunde in ein Weinen aus, das mich völlig überrumpelt. »Ich konnte kaum die Finger von ihm lassen«, schluchzt sie heftig und stößt ihren Kopf gegen meine Schulter. »Nur weil ich mich daran erinnert habe, was ich einmal gewußt habe, konnte ich ihn in Ruhe lassen.«

»Es kommt ein Tag, an dem du es wieder weißt«, sage ich tröstend. Das ist mein Mantra geworden, das ich wieder und wieder vortrage. »Nichts ist endgültig, Lisa.« Das sage ich, denn ich habe nichts anderes zu sagen.

Am Tag darauf fahren Lisa und ich auf unseren Fahrrädern zusammen zum Konsum. In der Stadt sehen wir Gustavs ganze Klasse, alle acht, an der Kreuzung am Wirtshaus auf ihren kleinen Fahrrädern hinter ihrer Lehrerin anhalten. Ihre laute Stimme wird vom Wind bis zu uns getragen, während sie ihnen beibringt, zuerst nach links, dann nach rechts und dann wieder nach links zu sehen. Sie ist eine lebenskräftige junge Frau, deren breites Hinterteil sich nach hinten schiebt und sich zögernd über den Sattel senkt, als sie schließlich fahren können. Nach ihr folgen all die Kleinen, die Jungen mit blauen Fahrradhelmen, die Mädchen mit roten. Auch die Lehrerin hat einen auf, und ihrer ist schwarz. Die lockigen mittelblonden Haare gucken an den Ohren zwischen den Bändern hervor. In gewisser Weise erinnert sie mich an Lisa selbst, zumindest an die Lisa, bevor Gustav starb.

Jetzt hat sie viele Gestalten, sie kommt auf so unterschiedliche Weisen auf mich zu, als schreiender Säugling, als jammerndes kleines Mädchen, als hitzige Zehnjährige, als verschlossene Pubertierende, als die Erwachsene, reif trauernd, sie verkörpert all ihre Alter auf einmal, und ich weiß nie, welches von ihnen ich gleich zu Gesicht bekommen werde. Es kann sich von Minute zu Minute ändern, und ihre Gemütsstimmungen sind für mich eine Art Gesetz. Sie hat ein Recht auf sie alle.

»Redest du mit Frederik?« fragt sie auf dem Heimweg, während wir uns mit den Einkäufen in unseren Fahrradkörben den Hang hinaufmühen.

»Was meinst du?« sage ich.

»Ich frage mich nur, ob er was gesagt hat.«

»Was gesagt hat, Lisa?«

Sie zuckt die Schultern. Ihr Gesicht ist rot von der Wärme und die Brille leicht beschlagen. Auf dem Hemdrücken ist zwischen den Schulterblättern ein großer Schweißfleck hervorgetreten. Sie fragt so leichthin, daß sie entweder auf etwas Bestimmtes hinauswill oder nicht weiß, worauf sie hinauswill. Ich glaube eher an letzteres. Lisa hat im Augenblick nicht die Kraft für verborgene Tagesordnungen.

»Ich rede mit ihm«, sage ich zögernd. »Aber meistens über Wind und Wetter. Er sagt nicht sehr viel.«

»Nein, genau!« ruft sie erleichtert aus. »Er hat nie sehr viel geredet. Seine Mutter war wohl ein abschreckendes Beispiel. Aber manchmal geht es mir auf die Nerven. Ich habe so ein Bedürfnis zu reden.« Sie bleibt stehen und wischt sich mit dem Unterarm über die Stirn. »Ich brauche es so sehr, daß er mich beachtet«, fährt sie fort. Manchmal überrumpelt mich ihre Ehrlichkeit. »Ich will nicht unsichtbar sein.« Sie hat wieder blanke Augen bekommen. Sie können sich jederzeit mit Wasser füllen, diese Augen.

»Jeder hat seine eigene Art«, sage ich. »Vielleicht braucht er ein bißchen Ruhe.«

»Die könnte ich ihm nie lassen«, wimmert sie. Kurz darauf weint sie. Wir legen unsere Fahrräder in den Graben und klettern hinauf auf seinen hohen Rand. Hier sind lauter Zichorien und verirrte Roggenhalme. Unter uns liegen der Fjord und Hvium, das aus dieser Entfernung wie eine Legostadt aussieht. Der Himmel ist dunstig blau. Lisa nimmt die Brille ab und wischt sich mit einem Zeigefinger um die Augen und sitzt mit der Brille in der Hand da. Es ist lange still zwischen uns.

»Glaubst du, er ist untreu?« fragt sie plötzlich.

»Nein«, antworte ich. »Ich glaube, er ist traurig.«

»Du hast recht«, sagt sie auf eine Weise, daß ich begreife, daß sie meiner Meinung nicht wirklich Bedeutung beimißt. »Ich weiß nur im Moment nicht, was oben und unten ist.« Sie fängt an, in ihrem Rucksack zu wühlen, und findet ein Papiertaschentuch, in das sie sich schneuzt. »Ich höre ihn nachts schnarchen«, murmelt sie. »Ich kann es nicht fassen, daß er nachts schlafen kann. Ich liege Stunde für Stunde wach und höre seinem Schnarchen zu.« Sie faltet das Taschentuch zusammen und behält es in der Hand. »Ich kenne ihn nicht mehr. Wie kann er schlafen? Wie kann er arbeiten?«

»Hast du ihn das gefragt?«

»Ja, ja«, nickt sie. »Ich habe ihn gefragt. Und er sagt, daß die Dinge, die früher sinnlos waren, wenn man sich hinsetzte und intensiv darüber nachdachte, das jetzt schon von vorneherein sind.« Sie macht eine Grimasse. »Wie morgens aufzustehen, zur Arbeit zu gehen, zu essen, zu reden, sich abends ins Bett zu legen. Mir kommt es vor, als wollte er mich verhöhnen, wenn er so was sagt.«

»Aber du weißt doch, wie es ihm geht, Lisa«, sage ich.

»Du weißt nicht, wovon du redest«, sagt sie plötzlich zornig, legt das nasse Taschentuch wieder in den Rucksack und drückt sich die Brille heftig auf die Nase. »Du hast keine Ahnung, was es heißt, sein Kind zu verlieren.«

Ich antworte nicht. Ich bin ganz leer, ganz hohl im Kopf.

◦ ◦ ◦

Ich lasse das Fahrrad unten an der Straße stehen und gehe durch die Kastanienallee nach Lundsager hinauf. Hinter den schweren dunkelgrünen Blättern liegt Ellens Garten, schimmernd von der Nachmittagssonne. Sie ist auch selbst da, über die Reihen in ihrem Küchengarten gebeugt und mit einem Eimer zwischen den Füßen. Ich gehe um den Giebel herum und über den Rasen, vorbei an einem großen ovalen Beet mit roten und rosa Knollenbegonien. Mir haben diese Blumen nie gefallen, aber hier, wo sie so dicht stehen und so viele sind, sind sie wunderschön. Mehrere Male rufe ich sie, um sie nicht zu erschrecken, aber sie hört mich nicht, und ich gehe in einem Bogen außen herum, um mich ihr nicht von hinten zu nähern. Dann hebt sie den Kopf und bleibt einen Augenblick stehen, mit den Ellenbogen auf den Knien, in den Hüften gebeugt und die erdigen Hände voller Kartoffeln, bevor sie sich aufrichtet. Das gleiche Zögern in den Bewegungen kenne ich von vielen anderen alten Menschen, aber es überrascht mich dennoch jedesmal durch seine Schönheit, diese Bewegung, mit der sie verbergen wollen, daß sie Schmerzen haben.

»Ich wüßte gern, ob du Eier zu verkaufen hast?« frage ich.

»Ja, das ließe sich schon machen«, antwortet sie.

Sie wirft die letzte Handvoll Kartoffeln in den Eimer, wischt sich die Hände an der Schürze ab, und wir gehen zusammen über den Rasen und vorbei am Schweinestall zum Kücheneingang, in einen großen Hauswirtschaftsraum. Während sie aus einem laut brummenden Kühlschrank die Eier nimmt und in einen Karton legt, holt sie vernehmlich Luft, und mir geht auf, daß sie vermutlich Asthmatikerin ist und daß ihre Stimme deshalb diesen trockenen, knisternden Ton in sich hat. Sie sagt, daß sie wegen ihrer Taubheit nicht gleichzeitig reden und herumwerkeln kann, und lädt mich zu einer

Tasse Kaffee ein. Wir nehmen ihn auf der Terrasse, wo die Insekten um einen Schmetterlingsstrauch summen.

»Haben sie Maries Ohren untersuchen lassen?« fragt sie. Ich sehe sie leicht verwirrt an und antworte, nein, ich glaube nicht. Das muß ihre diskrete Art von Neugier sein. Die Sache ist wohl die, daß sie hören möchte, wie es im Pfarrhof geht. Ich weiß nicht, wieviel ich erzählen kann. Wird alles, was ich sage, in Hvium und Peterslund die Runde machen? Aber ich glaube es nicht. Im Gegensatz zu den meisten anderen, denen ich hier begegnet bin, wirkt Ellen nicht klatschhaft.

Deshalb erzähle ich, daß Lisa in den letzten Tagen ein paar seltsame Anfälle gehabt hat und daß mir das etwas Sorgen macht.

»Was sind das für Anfälle?« fragt sie ruhig und führt die Tasse an den Mund.

Ich versuche, es zu erklären. »Einen großen Teil der Zeit ist sie in ihrem Büro«, sage ich. »Es sieht so aus, als ob sie schreibt. Es liegt stapelweise Papier auf dem Schreibtisch. Aber ich habe den Eindruck, daß es ein Vorwand ist, damit sie ihre Ruhe hat, und daß sie mit Gesellschaft nicht zurechtkommt. Aber wenn sie von da drinnen rauskommt, klammert sie sich fast an uns.«

»Aber so soll es wohl sein«, bemerkt Ellen.

»Ja«, sage ich. »Aber sie verliert auch das Bewußtsein, wo sie geht und steht im Haus.« Ich will nicht erzählen, wie ich sie habe dastehen und nach Luft schnappen hören und ihre leeren, blanken Augen gesehen habe, während sie sich selbst umfaßt und sich vor- und zurückwiegt, als wollte sie sich bis zur Spitze treiben und nicht lockerlassen, bevor sie dort angekommen ist, wo man festsitzt und nicht zurückkann. Das ist vielleicht meine Phantasie, die mit mir durchgeht und mich dazu bringt, übereilte Schlüsse zu ziehen. »Sie wirkt ängstlich«, sage ich nur.

Ellen nickt. Sie scheint zu verstehen. Mit ihr zu sprechen heißt auch, mit den Augen zu sprechen. Weil sie so schlecht hört, ist man gezwungen, sie die ganze Zeit anzusehen, und inzwischen gräbt sich ihr blauer Blick langsam und gründlich in einen ein. Ich habe den Eindruck, daß sie die Hälfte hört und den Rest im Gesicht des anderen liest, und vielleicht ist das einer der Gründe dafür, daß ich so gern mit ihr zusammen bin.

»Warum?« frage ich sie direkt. »Wovor hat sie Angst?«

»Das kann niemand wissen«, antwortet sie und sieht doch so aus, als ob sie es weiß.

»Die Leute sagen, daß es einer hier aus Hvium war.«

Sie nickt wieder. »Ja, das habe ich auch gehört.«

»Ja, aber das ist es ja, woran ich denke«, sage ich. »Lisa ist immer zu allen nett gewesen.«

»Das ist sie«, sagt Ellen.

»Es muß schwer für sie sein, daß der Betreffende nicht das Vertrauen hat, zu ihr zu kommen und es ihr zu sagen«, sage ich versuchsweise.

»Wenn es denn einer von hier *ist*«, sagt Ellen. »Das können wir ja nicht wissen.«

»Nein.«

»Wie lange ist sie krankgeschrieben?« fragt sie.

»Noch vierzehn Tage«, antworte ich. »Aber das kann sie sich wohl ganz leicht verlängern lassen.«

An der Ecke des Giebels verabschieden wir uns voneinander. Die Tassen bleiben auf dem kleinen Tisch im Sonnenschein stehen. Ellen kehrt zurück zu ihren Kartoffeln, und ich gehe mit den Eiern in der Hand über den Hof. Aber anstatt hinunter durch die Allee weiterzugehen, steuere ich direkt auf das große Scheunentor mit den Schiebetüren zu. Ich werfe einen Blick über die Schulter. Abgesehen von einer Katze mit einer dünnen, zitternden Schwanzspitze, die im Schatten an der Stallmauer angelaufen kommt, ist nichts zu sehen. Ich stemme die Handfläche gegen das Tor, und es gleitet mit einem Kreischen auf. Aber niemand kann es hören. Ellen ist im Garten, und Gert erntet Gerste.

Mitten auf dem Betonboden steht ein großer John Deer. Er ist nicht briefkastenrot, sondern grün, und das sollte mir schon reichen, Gert hat Gustav nicht umgefahren, zumindest nicht mit seinem Traktor. Trotzdem trete ich ein und ziehe die Tür beinah zu, so daß das Licht in einem schmalen Spalt hereindringt, daß ich noch sehen kann. Die Räder des Traktors reichen mir bis zu den Augenbrauen. Das Muster der Reifen ist so breit, daß ich einen Zeigefinger hineinstecken kann. Ein Traktor ist normalerweise dreckig, aber das ist der hier nicht. Selbst die Reifen sind sauber. Das Gummi ist grauschwarz, fast glänzend. Gert ist offenbar ein Ordnungsmensch. Ich schleiche um den Traktor herum, fast mit einem Gefühl, als wollte ich jemanden beim Schlafen beobachten. Dann fällt mein Blick auf eine weitere Schiebetür am anderen Ende der Scheune.

Unten ist sie aus Aluminium, oben aus Plexiglas. Ich lasse den Traktor zurück und gehe zu der Tür und öffne sie. Der Boden und die Wände sind fleckig von Autolack. Jetzt sind keine Autos hier drinnen, aber auf dem Metallregal, das fast leer ist, stehen verschiedene Bottiche. Ich gehe hin und sehe mir die Farben an. Es sind recht viele. Schwarz und weiß und ein silberfarbener. Ein blauer und ein grüner. Aber kein briefkastenroter.

Warum hat niemand erzählt, daß Gert Autos lackiert?

Im selben Augenblick sind draußen auf dem Hofplatz Schritte zu hören, ganz nahe, und dann wird die Tür aufgeschoben.

Ich drehe mich um, eine Hand am Türrahmen. Das Sonnenlicht fällt herein. Auf der Türschwelle, in dem weißen Licht vom Hof, steht eine Gestalt.

»Gott!« sagt eine Stimme überrascht.

Es ist Manne.

◦ ◦ ◦

»Was machst du hier?« fragt sie, als ich durch den Raum auf sie zugehe. Sie steht da und stützt sich mit einer Hand über dem Kopf und einer anmutigen Kurve in der Hüfte an den Rahmen. Die langen blonden Haare sind auf den Rücken gekämmt, und über der Schulter hat sie eine geräumige Leinentasche mit großen blauen Punkten. Es ist eine Beule darin, wie von etwas Schwerem. Sie ist selbstsicher, ihrer Sache sicher. Hierher kommt sie oft, und mit vollem Recht, erzählt mir ihr Körper.

»Ja, und was machst du?« antworte ich, und gleich ist Manne nicht mehr so sicher, zieht sofort die Hand zurück und richtet sich auf.

»Ich habe gedacht, Gert ist hier«, sagt sie, nach einem kleinen Zögern, das sie nicht zu verbergen schafft. »Aber das ist er vielleicht nicht?«

Nun könnte ich sie fragen, ob sie denn nicht weiß, daß er Gerste erntet, wie man zur Zeit sehen und hören kann, hoch über dem Kornfeld. Aber ich tue es nicht. Ich antworte stattdessen auf ihre Frage.

»Und ich war nur neugierig«, sage ich, nachdem ich mich einen Moment lang fassen konnte, und mehr brauchte ich nicht. »Ich habe mit Ellen Nachmittagskaffee getrunken und bin auf dem Heimweg. Ich wußte nicht, daß Gert hier eine Werkstatt hat.«

»Das hat er ja auch nicht«, sagt sie. »Nicht mehr.«

»Doch, ich glaube, daß er die Autos hier hinten lackiert.« Ich mache eine kreisende Bewegung mit der Hand, und sie lächelt und schüttelt den Kopf.

»Nein, das ist lange her«, sagt sie.

»Aha«, sage ich nur. Es gibt keinen Grund, darauf zu bestehen. Wir bleiben kurz zwischen Licht und Dunkel auf der Schwelle stehen. Ihr Gesicht ist fremd und wirkt angestrengt. Heute trägt sie das langärmelige Sommerkleid, das sie auch an Gustavs Geburtstag anhatte, und die Fuchsweste. Wir bleiben stehen, denn wir möchten beide freundlich und zuvorkommend sein, aber das ist schwierig für uns, jetzt, wo wir nicht von der Familie im Pfarrhof umgeben sind.

»Du fühlst dich hier sicher zu Hause«, sage ich und lasse den Satz stehen und verklingen, ohne am Ende nach oben oder nach unten zu gehen, denn ich will es Manne überlassen zu entscheiden, ob es eine Frage ist oder nicht, aber Manne nickt nur.

»Ellen ist eine Tante meiner Mutter«, sagt sie. »Sie hat oft auf mich aufgepaßt, als ich klein war, und jetzt komme ich immer noch zu ihr.«

»Sie ist aber auch eine liebe Tante«, sage ich freundlich, während ich an Mannes ungeschickte Selbstmordversuche und ihre sogenannten Pausen denke. Ihre Kopfschmerzen. Wenn ich so rede, meine ich die Stimme meiner Mutter und die Redensarten meiner Mutter zu hören. Das fällt mir besonders auf, seit ich in Hvium bin. In der Stadt passiert dergleichen nicht, aber hier, auf dem Land, formuliere ich anders, diplomatischer. Ich erinnere mich an die Untadeligkeit meiner Mutter von damals, als ich klein war. Keiner konnte sie je für etwas drankriegen. Sie gluckste sanft und still wie ein Huhn, und nicht ein einziges Mal habe ich sie schlecht über andere reden hören, auch nicht abends zu Hause in einer Ecke des Wohnzimmers, wenn sie mit meinem Vater allein dasaß und sie glaubten, ich schliefe auf dem Sofa. Aber ich bin meiner Mutter nicht sehr ähnlich. Das bin ich nie gewesen.

Wir gehen zusammen über den Hofplatz. Sie hat ihr Fahrrad, ein altes, rotlackiertes Großmutterfahrrad, an die Pumpe gestellt. Ich frage, ob sie schon nach Hause will oder ob sie nicht bei Ellen reingucken und Hej sagen will. Aber sie will gleich nach Hause, sagt sie und legt die Tasche auf den Gepäckträger.

Und dann machen ihre Gedanken einen Sprung.

»Ich kann es nicht fassen, gerade noch haben wir Gustavs Geburtstag gefeiert«, sagt sie. »Manchmal glaube ich, es ist gar nicht passiert. Ich vermisse ihn«, ruft sie heftig aus. »Ich vermisse ihn so sehr, so sehr. Es ist so traurig, daß es nicht auszuhalten ist, wenn ich daran denke.« Ihre Hand schließt sich um den Fahrradgriff, und sie schielt zu mir hin, als wolle sie sehen, wie ich reagiere auf das, was sie sagt. »Wenn ich an ihn denke, dann …« Sie bricht ab. »Wie wird es gehen, glaubst du?« fragt sie. »Werden sie jemals darüber hinwegkommen?«

»Ich weiß es nicht«, antworte ich.

Draußen auf der Straße erfaßt der Wind ihr Kleid. Ihr Rükken ist sehr gerade und lang gestreckt. Während wir radeln, spricht sie weiter von Gustav. Sie erzählt von Erlebnissen mit ihm und von seinen Phantasien und bemerkenswerten Worten und Einfällen. Manne ist eine gute Beobachterin. Sie kann darüber hinaus seine Stimme wiedergeben, so daß man ihn beinah vor sich sieht. Aber wenn man radfährt, läßt sich schwer monologisieren, das geht besser, wenn man irgendwo ruhig zusammensitzt. Ich muß mich anstrengen, um alles zu verstehen, was sie sagt, und ich wundere mich über ihren Redestrom. Er kommt mir falsch vor. Ich zweifle nicht daran, daß sie Gustav wirklich vermißt oder daß sie zumindest über den Zustand im Pfarrhof entsetzt ist. Dieser Ort ist ihr zweites Zuhause gewesen, aber kann sie sich jetzt dort heimisch fühlen? Wer kann sich in die Küche setzen und mit ihr über ihre kleinen Sorgen und Kümmernisse reden? Wer kann bemerken, was Manne alles tut und wie wunderbar sie ist? Wer weiß es zu schätzen, daß sie jung und schön ist? Lisa jedenfalls nicht.

Ich weiß nicht, wie es mit Frederik ist.

Redet sie, weil es jemanden gibt, über den sie die Hand halten will? Oder horcht sie mich einfach aus, wie ich sie aushorche?

◦ ◦ ◦

17.

Seit ich in Hvium bin, hat mein Mobiltelefon fast nie geklingelt. Ich gebe diese Nummer nur selten heraus. Lisa und Frederik haben sie und ein paar andere, ziemlich wenige. Heute abend, als ich hinüber zu mir gegangen bin, höre ich es in der Tasche am Haken im Flur klingeln, aber als ich dran bin, ist es schon still. Ich sehe nach unter unbeantwortete Anrufe, und da steht eine Nummer, die ich nur zu gut kenne.

In der letzten Zeit habe ich versucht, keine Wachträume von meiner unglücklichen Liebe an mich heranzulassen, aber jetzt kommt es wie eine Flutwelle über mich hereingestürzt. Er hat angerufen, denke ich verwirrt und schwindelig. Selbst auf diese Entfernung, mit so vielen Kilometern zwischen ihm und mir, und mit dieser winzigen Nachricht, einer Telefonnummer, streckt er einen langen Arm nach mir aus. So ist unser Verhältnis immer gewesen. Während er gereist ist, während er mit anderen zusammengewesen ist, während Monate fast ohne Kontakt haben vergehen können, habe ich immer gespürt, wenn er sich nach mir ausgestreckt und mich getroffen hat. Es fühlt sich an wie ein kleiner glühender Stich. Eine Art Injektion. Nicht angenehm, dazu ist es viel zu alarmierend und erregend. Aber vor allem ist es etwas, wovon man abhängig wird. Ich denke an all die Tage, die ich mich ohne Stimulantien aufrecht gehalten habe. Die Zeit in Hvium war ein Cold Turkey, aber ich bin immer noch abhängig, und es braucht nicht mehr als einen Anruf, um mich zu alarmieren. Ich gehe im Raum auf und ab, das Telefon in der Hand. Die abgerundeten Ecken sind warm und glatt. Ich habe vergessen, daß ich mich Monate, halbe Jahre lang gequält habe, um mich von ihm zu befreien. Jetzt geht mir nur ein Gedanke durch den Kopf: Soll ich zurückrufen oder wäre es eine bessere Strategie, es zu lassen.

Es wäre das beste, es zu lassen, entscheide ich mich und beschleunige meine Schritte. Ich bin achtunddreißig. Ich habe ein kleines, weißes Gesicht und kleine Füße, meine Haare sind kräftig, und meine Augen sind funkelnd braun. Ich stamme in gerader Linie von den zähen Kartoffeldeutschen ab, die Ende des achtzehnten Jahrhunderts hier heraufkamen und die jütische Heide bepflanzten, aber im Alltag beschäftigt mich mehr, daß mein Hinterteil schlaffer wird. Ich kneife es zusammen, ich gehe ins Fitneßstudio und traktiere das Laufband, während mir mein achtunddreißigjähriger bitterer Schweiß den Rücken hinunterfließt, denn das Leben ist nicht unendlich, und ich weiß, daß ich, wenn nur mein Antrieb stark genug wäre, auch bekommen würde, was ich mir wünsche – ich müßte einfach ausgehen, um einen Mann zu finden. Wie es jetzt aussieht, habe ich das letzte Jahr auf ein erotisches Luxusspiel verwendet, das erst endete, als Jens, wie er heißt, kam und mir erzählte, daß seine Frau ein Kind erwarte. Da war es zuviel, obwohl er mit aller Kraft versuchte, mich davon zu überzeugen, daß es nichts mit der Beziehung zwischen ihm und seiner Frau zu tun habe, daß sie dieses Kind erwarteten. »Du warst dir vielleicht nicht klar darüber, daß du davon *Kinder* bekommst?« fragte ich und kränkte ihn damit tödlich. Trotzdem machten wir mehrere Monate weiter, aber letzten Endes war mein Zorn zu groß. Ich tat Dinge, auf die ich nicht stolz bin, ich machte Szenen und geriet mehr und mehr aus dem Gleichgewicht. Schließlich war es vorbei. Da saß ich, mit einem langen Sommer vor mir. Nicht daß ich nicht gewohnt gewesen wäre, allein zu sein und Dinge allein zu tun, aber gleichzeitig war ich auch gewohnt, in der Vorstellung von ihm zu leben. Wenn ich ein schönes Kleid anzog, tat ich es seinetwegen. Wenn ich morgens aufstand, wenn ich lekkeres Essen für mich selbst machte. Alles, was ich tat, tat ich für ihn, ja, es war, als hinge meine ganze Existenzberechtigung davon ab, daß es einen gab, ihn, der mich begehrte. Nur wenn er mich ansah, konnte ich leben. Aber jetzt war ich *allein*. Ich war auch verzweifelt. Ich hatte keine Ahnung, was ich mit mir anfangen sollte.

Aber dann fielen mir Lisa und Frederik ein. Ich schrieb einen Brief, und Lisa rief sofort zurück, und wenige Tage danach packte ich das Auto und fuhr nach Hvium, wo ich jetzt mit dem kleinen schwarzen Telefon in meiner schweißigen Hand umhergehe.

Zehn Minuten später habe ich trotzdem seine Nummer gewählt. Mein Herz hämmert ganz unsinnig laut, das ist das Vorspiel, und genau jetzt bin ich bereit, all mein mühsames Distanzieren zu verwerfen und mich in was auch immer zu stürzen. Während es klingelt, denke ich an seine liebkosenden Hände und seine Stimme, an die Verschmelzung, die Frauen sich so wünschen. Sie ist unendlich kurz, und zwischen jedem Mal wird sie mit Distanzieren und Nichtbeachten neu aufgebaut. Sie nimmt dir deine Kräfte, so daß du kaum imstande bist, durch die Tage zu kommen, und trotzdem ist sie genau das, was du willst. Du würdest durch Feuer und Wasser dafür gehen.

Er geht nicht dran. Es hört auf zu klingeln. Einen kurzen Augenblick wurde das Blut hitzig in meinem Körper herumgepumpt, jetzt bin ich wirr und betäubt. Mir fällt auf, daß es diese Gefühle von Anspannung und Erschöpfung sind, mit denen ich in Wirklichkeit am meisten vertraut bin, und daß das vielleicht nicht viel ist, um ein Erwachsenendasein darauf aufzubauen. Aber ich kenne keine Alternativen. Ich beobachte Leute um mich, ich sehe, daß sie ein Leben leben, das fern ist von meinem, mit ganz anderen Normen und Interessen, aber ich weiß nicht, was es ist, das sie antreibt, und im Grunde genommen interessiert es mich auch nicht. Ich kann mich stundenlang selbst beschimpfen, aber das berührt nicht die Tatsache, daß es sich so verhält. Ich gehe hinaus und trinke an der Spüle ein Glas Wasser. Das Dunkel liegt dicht und schwer um das Haus. In der Scheibe gegenüber sehe ich meine Hand, die sich hebt, und meinen fragenden Blick über dem Glas.

Dann fällt die Haustür zu, und ich höre Schritte im Flur. Es klopft an die Küchentür.

»Herein«, rufe ich und drehe mich langsam um. Die Tür geht einen Spalt weit auf, und Gert steckt den Kopf herein. Weil sein Körper verdeckt ist, wirken die Augen besonders lebendig.

»Was willst du?« sage ich und leere den Rest des Glases.

Er öffnet die Tür ganz, kommt herein und schließt sie hinter sich.

»Ich höre, du hast nach mir geguckt«, sagt er.

»Ich wollte mich nur bedanken für die Hilfe neulich.« Ich lehne mich zurück und stelle das Glas in die Spüle.

»Welche Hilfe?«

»Das weiß ich nicht mehr.«

Er lacht überrascht. Er ist fertig mit der Arbeit. Er ist im Bad gewesen und hat andere Sachen angezogen und füllt meine ganze Küche mit einem milden Seifengeruch, der mir gut gefällt.

»Was ich sagen wollte«, sagt er und fährt sich mit der Hand über den Scheitel. Aber mehr sagt er nicht, und eine Zeitlang ist es still in der Küche. Die Stille ist gut. Wir sehen einander prüfend an, dann lächelt er mir zu und läßt den Arm schlaff hinunterfallen. Ich fange an, diesen fremden Hund immer interessanter zu finden. Kann man jetzt mit dem Streicheln und den lieben Worten anfangen?

»Möchtest du eine Tasse Kaffee?« frage ich.

»Ja, gern.«

Ich fülle Wasser in den Wasserkocher und nehme Becher und Nescafé heraus. In der Ecke ist ein kleiner, blaugestrichener Tisch, wo wir sitzen können. Wir setzen uns einander gegenüber und trinken Kaffee unter der Lampe. Es ist das einzige Licht, das im Haus brennt, und es zieht die Nachtfalter und Insekten an. Jetzt schwirren die mit ihren pelzigen Flügeln gegen die Scheibe.

»Warum hast du aufgehört als Mechaniker?« frage ich.

»Oh, es war mir zuviel, all diese Autos.« Mir ist aufgefallen, wie er bei den Worten verweilt, die Konsonanten zieht er lang, als spräche er besonders sorgfältig mit mir, die ich ja aus einem anderen Landesteil komme. »Und all diese Idioten, die in der Werkstatt herumgehangen haben. So interessant ist es doch nicht.«

»Also willst du lieber Landwirt sein?«

Er nickt. Sein Blick öffnet sich. Das erste Mal hat er mich nicht angesehen. Jetzt begegnen mir zwei offene Augen. Mir kommt kurz der Gedanke, ob er das mit allen so macht.

»Aber du hast dein altes Metier offenbar nicht ganz aufgegeben?« fahre ich fort.

»Hat dir Manne solche komischen Sachen erzählt?« sagt er ärgerlich und guckt weg und dreht den Becher.

»Nein, ich war in der Scheune und habe die Lackierkabine gefunden.«

»Warum denn?« fragt er verblüfft, und ich zucke die Achseln.

»Ich dachte an Gustav«, antworte ich. Er starrt mich ungläubig an und fängt dann an zu lachen.

»Das ist dir wohl ganz zu Kopf gestiegen, was?« Er trinkt seinen Kaffee aus. »Meinst du nicht, du solltest die Polizei diese Arbeit machen lassen?«

Ich nicke, aber ich habe nicht die Absicht, ihn entkommen zu lassen. Ich hole eine Flasche Rotwein und öffne sie. Er möchte gern ein kleines Glas. Ich fange an, über die Landschaft vor dem Fjord zu reden, wo ich gestern, als ich mit dem Fahrrad unterwegs war, in dem weichen Moos unter Birken und Kiefern Steinpilze gefunden habe. Ich frage, ob es sein Boden ist, und er sagt, ja, das sei es. Das Gespräch bewegt sich weiter. Ich weiß nicht einmal, worüber wir jetzt reden, nur daß unsere Worte den Raum zwischen uns füllen und daß die Zeit vergeht. Er sagt, er kenne den Küster, der früher hier gewohnt habe, und daß es lange her ist, seit er zuletzt hier war. Ich biete ihm an, ihm den Rest des Hauses zu zeigen, wenn er es sehen will. Das will er gern. Er erkennt es fast nicht wieder, jetzt, wo es instand gesetzt ist. Wofür? frage ich, aber das weiß er nicht genau. Der neue Küster wohnt unten in Hvium, und daran wird sich wohl auch in Zukunft nichts ändern. Wir bleiben unten und öffnen die Tür zum Garten, wo ein Vogel in einem Busch krächzt.

»Wie kommt es, daß du zu Hause wohnst?« frage ich und werfe ihm aus den Augenwinkeln einen Blick zu.

»Du fragst und fragst und fragst«, sagt er schleppend. Inzwischen sind wir so frivol geworden, daß andere Dinge ganz natürlich erscheinen. Ich lehne mich an ihn und umfasse seinen runden Kopf und küsse ihn auf den Mund. Seine Lippen sind breit und weich und erwidern den Kuß nicht. Er steht ganz still. Ich küsse ihn wieder, ich nippe ein wenig an ihm, es sind winzig kleine Bewegungen, nur ein Zucken mit den Muskeln, und jetzt erwidert er ihn sofort. Sein Körper ist schwer, und dunkle Wärme strömt auf mich zu. Ich hebe die Bluse und lege seine Hand auf eine meiner Brüste. Sein Gesicht bekommt einen verschlossenen, konzentrierten Ausdruck. Das hier ist nur ein Spiel. Hier habe ich einen Heimvorteil, so fühle ich mich sicher. Es kann alles mögliche passieren, ohne daß es mir etwas ausmachen würde.

Wir liegen jetzt auf dem Boden. Wir küssen einander wieder. Er kostet vorsichtig, fast prüfend an mir, als wäre ich ein Gericht, das er nicht kennt. Ich fange an, sein Hemd aufzuknöpfen. Ich beeile mich nicht. Sorgfältig öffne ich Knopf für Knopf und schiebe das Hemd bei jedem Knopf etwas mehr zur Seite. Er liegt flach auf dem Rücken, die Hände seitlich. Jetzt sehne ich mich danach, unter seiner Haut zu verschwinden, dort verschlungen zu werden, in einer dunklen Achselhöhle, an einem Brustkasten oder einem schweißigen Hals, aber plötzlich spüre ich einen festen Griff um meinen Arm, der mich hinunterdrückt, so daß ich gezwungen bin, ihn loszulassen. Er zieht mich nach unten, so daß wir Schulter an Schulter liegen, und steckt seinen Arm unter meinen Nacken. Ich warte eine Zeitlang, aber mehr passiert nicht.

»Frauen sind merkwürdig«, sagt er schließlich.

»Was?« flüstere ich.

Er dreht den Kopf, so daß seine Augen auf einer Höhe mit meinen sind. »Liegen wir nicht gut hier?« fragt er. Eine seltsame, eine handgreifliche Ruhe hat den Raum erfüllt. Es ist nicht leicht, dagegen anzugehen.

»Doch«, flüstere ich. »Aber nicht so, wie ich geglaubt habe.«

Er lacht ein wenig und umfaßt meine Schulter.

»Das war doch nicht das, was du wolltest«, sagt er.

»Oder das, was du wolltest«, denke ich und schließe die Augen.

◦ ◦ ◦

18.

Ich sitze in Lisas Garten. Es ist Morgen, und die Schatten von den Staudenbeeten sind lang und fallen schräg auf die Terrasse, wo ich einen Fleck Sonne gefunden habe. Ich bin früh aufgestanden und habe zwei Brote gebacken und bin mit einem hier herübergekommen. Sie hat es mit einem Gesichtsausdruck entgegengenommen, den ich nicht hätte sehen sollen. Er hat wohl auch sie selbst überrascht. »Es ist so herrliches Wetter«, sagt sie angestrengt. »Geh mit dem Kaffee in den Garten. Ich bin gleich da.« Das ist jetzt mehr als eine Viertelstunde her. Aus der Küche sind Stimmen zu hören. Manne ist gekommen. Sie ist auf den Hofplatz eingebogen, gleich nachdem ich mich hier draußen hingesetzt hatte, ich habe die Fahrradreifen im Kies knirschen hören. Sie war auf dem Heimweg, nachdem sie Marie zum Kindergarten gebracht hatte, aber dann ist sie hier hängengeblieben.

Sie haben schon lange gesprochen. Selbst jetzt, mitten in der schlimmsten Zeit ihres Lebens, ist Lisa fürsorglich und hört anderen zu. Mannes Stimme ist leise und leiernd. Sie bleibt im Tonfall und kann lange so weitermachen. Worüber sie wohl reden? Weil ich nichts Besseres zu tun habe, stürze ich mich in seltsame Spekulationen, die nirgendwo hinführen. Meine Tage sind nutzlos, ständig an einer Grenze, die ich kaum erkennen kann. Ich bin es gewöhnt, meine Umgebung in Worte zu fassen. Aber weil ich nicht arbeite, lösen sich die Konturen auf, und ich zweifle an allem. Schon jetzt, wo es noch nicht einmal neun ist, habe ich das Gefühl, daß es zu spät ist, den Tag anzupacken, und daß das Beste, was ich tun kann, darin besteht, zu warten, daß es Abend wird und ich wieder ins Bett gehen kann. Ich bin gelähmt von der Trauer, die mich umgibt. Am allerliebsten würde ich sie Lisa abnehmen. Ich habe ein Gefühl, als könnte ich nur so frei werden. Aber nichts kann sie zur Zeit freuen. Sie hat stark abgenommen. Wenn die Kilos purzeln, verliert man seine Jugend, sagte meine Mutter immer. Ihr Gesicht hat Falten und Flecken bekommen und sieht knitterig aus, als wäre sie nach einem langen, langen Schlaf aufgestanden.

Ich nehme einen Schluck halbkalten Kaffee und gehe ins Gartenzimmer. Die Türen zur Diele und zur Küche stehen offen. Jetzt kann ich hören, worüber sie reden. Sie reden über Gustav. Manne erzählt irgendeine Geschichte über etwas, das er einmal gesagt hat, und Lisas Antwort und der Art, wie sie Manne ermuntert weiterzuerzählen, kann ich entnehmen, daß das noch eine Weile dauern wird. Die eine Erinnerung wird die nächste nach sich ziehen.

Bevor Gustav starb, hatte ich nicht den Eindruck, daß Manne besonders an ihm hing. Sie kümmerte sich um Marie und schien sich für Gustavs Einfälle nicht zu interessieren. Und er suchte nicht ihre Nähe. Aber ich kann mich irren. Ich hatte keine Gelegenheit, sie viel zusammen zu sehen.

Sie sitzen, die Köpfe über dem Tisch dicht zusammen, und sehen nicht, daß ich zu ihnen hineingucke. Lisa stützt den Kopf in beide Hände. Zwischen ihnen steht eine Teekanne und ein paar Becher. Das Cornflakespaket, der Milchkarton und die schmutzigen Teller vom Frühstück stehen immer noch da. Das Licht fällt keilförmig aus Lisas Büro, wo die Tür angelehnt ist, auf den Dielenboden. Staubkörner tanzen in dem Spalt. Die Augustmorgen sind immer noch warm. Etwas kratzt von innen am Holz, ich öffne die Tür, und die Katze schlüpft heraus, schnell wie ein Blitz. »Was denn, Miez«, sage ich. »Hast du was angestellt?«

Ich gehe hinein und sehe nach. Sie war oben auf Lisas

Schreibtisch und hat eine Vase umgekippt. Darin stand einer von den vielen Sträußen, die die Leute gleich nach Gustavs Tod gebracht haben. Tagelang waren die Zimmer voll davon. Jetzt sind die meisten verwelkt, nur dieser, der aus grüner, unaufgeblühter Fetthenne und dunkelblauen Astern, steht immer noch da. Winzig kleine Wurzelfäden hängen von den blassen, gummiartigen Stengeln der Fetthenne. Ich fische den Strauß heraus und werfe ihn in den Papierkorb und sehe mich nach etwas um, womit ich aufwischen kann. Auf der Fensterbank steht ein Paket Kleenex, und ich reiße viele Tücher ab und wische über die Tischplatte. Lisas Schreibtisch ist nackter als in der Zeit, als sie gearbeitet hat, aber da ist trotzdem ein Stapel Papier, von ihr mit der Hand beschrieben. Ich ziehe die Blätter auseinander und lege sie aus, damit sie trocknen können. Sie hat mit einer schwarzen Tusche geschrieben, aber das Schwarz ist zerlaufen, und etwas Rot tritt an den Rändern hervor. An einzelnen Stellen sind die Buchstaben ganz verschwunden. Lisa schreibt immer noch Druckschrift, wie sie es in der Schule in der dritten Klasse gelernt hat. Kindliche, runde, wohlgeformte Buchstaben, jeder einzelne wie gezeichnet, fast als ob sie glaubt, daß die Schrift wichtiger ist als der Inhalt.

Das ist es, womit sie die Zeit füllt, wenn sie sich Stunde für Stunde im Büro einsperrt. Einmal, als ich mit einer Tasse Tee für sie hineinkam, legte sie schnell den Unterarm über das, was sie schrieb. Sie muß heute morgen, als ich kam und sie unterbrach, damit beschäftigt gewesen sein, sonst hätten die Papiere nicht offen dagelegen.

»Es war einmal eine junge Frau mit zwei kleinen Kindern«, lese ich, »aber sie sind verschwunden, und man soll nicht nach ihnen suchen. Der kleine Junge starb, das kleine Mädchen starb, und die junge Frau starb. Sie sind alle drei tot. Zurück bleibe ich. Ich bin ganz allein. Meine Augen fühlen sich an wie Quallen, die an den Strand gespült sind. Sie schwellen an und trocknen ein. Ich liege allein an einem Strand. Ich rufe nach dir wie eine Qualle.« Mein Blick läuft von Seite zu Seite. »Hilf mir. Meine Ichbezogenheit und mein Egoismus sind ohne Grenzen. In mir ist nur Platz für mich. Ich denke nur an mich selbst. Ich bin so erbärmlich, so klein, so niedrig. Ich bin ein Kind. Ich morde täglich meine Kinder. Hilf mir. Ich kann nicht mehr. Ich kenne nicht mehr den Unterschied zwischen Nacht und Tag, zwischen Ja und Nein. Nachts liege ich wach, und am Tag gehe ich schlafend umher. Ich sehe nichts. Meine ganze Welt ist wie ein Dunkel mit weißen Blitzen, die mich treffen. Gelbe Augen belauern mich. Hunde stehen bereit mit aufgesperrten Mäulern. Ich rieche ihren Speichel, ihren Atem. Sie zerren meine Kinder aus meinen Armen, sie fressen meine Kinder, während ich in einer Ecke stehe und meine Haut rette. Ich umfasse meine nackten Arme, während die Hunde die Knochen meiner Kinder knacken. Hilf mir. Ich bin ein Mörder und ein Verbrecher, eine erbärmliche Qualle. Hilf mir dabei, mich selbst zu erstechen, hilf mir. Hilf mir! Ich kann nicht mehr arbeiten. Meine Hände sind abgehackt. Sie können nie mehr jemanden berühren. Nie mehr kann ich jemandem die Hand drücken! Die Leute ekeln sich vor meinen Handstümpfen. Sie tun so, als wäre nichts, aber ich weiß es, sie wissen es. Vor ihnen kann man nichts verbergen, sie wissen, daß es kein lebendiger Mensch ist, dem sie gegenüberstehen, sondern eine Qualle. Und was ist es, was sie verlangen? Was verlangst *du*? Ich werde zornig, wenn ich an all die Verlangen denke. Sie wollen die junge Frau und ihre kleinen Kinder zurückhaben. Aber das ist unmöglich. Sie sind tot! Ich kann sie nicht von den Toten erwecken. Das kannst nur du, und du tust nichts! Ich schreie zu dir wegen ihrer Verstocktheit. Tu etwas! Stopf ihnen den Mund! Schließ ihre häßlichen, fordernden Augen!!«

»Birgitte«, sagt eine Stimme. »Was machst du?« Ich sehe auf, immer noch ein Blatt in der Hand. Lisa steht auf der Schwelle. Wie lange hat sie mich beobachtet? Durch das Lesen der Papiere habe ich nichts anderes erfahren, als daß es ihr schrecklich schlechtgeht, und das wußte ich schon vorher. Warum hütet sie sie so? Warum sieht sie mich so an?

»Die Katze hat die Vase umgekippt«, sage ich. »Alles war naß geworden. Ich habe den Stapel auseinandergelegt, damit es trocknet.«

»Das war gut«, sagt sie und kommt herein und schließt die Tür hinter sich.

»Wo ist Manne?« frage ich.

»Sie wollte nach Hause.«

Ich stehe hinter ihrem Schreibtisch, sie auf der anderen Seite. »Ich mag es nicht, wenn du in meinen Sachen wühlst«, sagt sie.

»Ich wühle nicht«, protestiere ich. »Ich habe versucht, dir zu erklären, daß die Katze eine Vase mit Wasser umgekippt hat.«

Sie hebt abwehrend die Hand, als wollte sie nichts mehr davon hören. Sie sieht mich nicht an. Ihr Gesicht ist grau, und sie sieht sehr entschieden aus, tief konzentriert. Aber plötzlich, von einer Sekunde auf die andere, entspannt sie sich. Ihre Schultern senken sich, und sie wirft sich in den tiefen, runden Sessel, den sie für Gäste dort stehen hat, streckt die Beine vor sich aus und schiebt mit einer lockeren Geste eine Locke von der Stirn. »Entschuldige«, sagt sie. »Du mußt entschuldigen, Birgitte.«

»Keine Ursache«, sage ich und lege langsam das Blatt hin, das ich die ganze Zeit in der Hand gehalten habe. Sie stützt die Ellenbogen auf die Knie und begräbt das Gesicht in ihren beiden großen Händen. Ich kann sie nicht sehen hinter ihren Haaren, und ich warte lange, bis sie wieder hervorkommt. »Es geht mir entsetzlich«, sagt sie.

»Das weiß ich«, antworte ich. »Lisa, sag Bescheid, wenn ich etwas tun kann, dann tue ich es.«

»Es ist so viel …« Sie schweigt und sucht nach Worten. »Ich kann es nicht überblicken«, ruft sie aus.

»Was?«

»Ich vermisse Gustav«, weint sie. »Aber es ist nicht nur das. Gustav … Ich habe das Gefühl, daß ich ihn im Stich lasse. Ich werde nicht klug daraus. In mir herrscht ein einziges Durcheinander. Ich kann das eine vom anderen nicht unterscheiden.«

»Was?« frage ich wieder. »Was kannst du nicht voneinander unterscheiden?«

»Das weiß ich eben nicht. Es ist, als würde ich gleich erstikken. Es ist, als wollte mich jemand ersticken.« Sie ist wieder nahe dran an einem dieser Anfälle, die ich schon kenne, und ich gehe schnell hin und packe sie. »Leg dich auf den Boden«, sage ich. Aber sie will nicht. Sie zuckt zurück, als wäre meine Berührung das allerwiderwärtigste, und schnappt heftig keuchend nach Luft. Dann erstarrt sie. »Ich lege mich hin«, sagt sie.

»Gut.«

Ich rühre sie nicht mehr an, sondern gehe zum Fenster und bleibe dort stehen. Sie legt sich flach auf den Sisalteppich, und selbst durch die Jeans treten ihre Hüftknochen scharf hervor. So dünn ist sie noch nie gewesen. Lisa ist der mollige Typ.

»Ich denke nicht nur an Gustav«, sagt sie schließlich, als sehr viel Zeit vergangen ist. »Ich will nur an ihn denken, aber das tue ich nicht.«

»Woran denkst du?« frage ich.

»Ich bin so zornig«, sagt sie mit einer fremden, dunklen Stimme, die die Worte gewissermaßen aufstößt oder erbricht. »Es ist so ungerecht!«

»Ja.«

Wieder lange Pause.

»Es gibt jemanden, der Gustav angefahren hat und ihn hat liegenlassen. Ich halte es nicht aus, daran zu denken. Der Gedanke macht mich verrückt. Ich weiß, daß es einer von hier ist. Das muß so sein. Das sagt die Polizei auch. Alle sagen es. Aber keiner sagt etwas zu mir oder Frederik. Nach allem, was ich für die Leute getan habe. Ich habe ihnen jeden Wunsch erfüllt, Birgitte. Ich bin für sie gesprungen, und ich habe geglaubt, daß sie mich dafür mochten. Als hätten wir eine Art Vertrag unterschrieben. Aber jetzt wirkt alles so hohl, als hätte nur ich mich daran gehalten.« Sie liegt da und massiert sich mit beiden Händen die Stirn, während sie spricht. »Ich glaube, ich kann nicht mehr arbeiten«, sagt sie gequält. »Wie könnte ich jemandem die Hand geben? Wie könnte ich zu ihnen sprechen? Wie könnte ich irgend etwas tun, wenn ich gleichzeitig denke: Bist du es, der es getan hat? Und ich habe angefangen, diesen Gedanken zu denken, Birgitte, das habe ich. Gegenüber jedem. Bist du es?«

Ich gebe einen Laut von mir, um zu zeigen, daß ich zuhöre, und sie läßt die Hände schlaff über ihr Gesicht fallen und starrt mit leeren Augen an die Decke. »Das macht mir solche Angst«, flüstert sie. »Ich weiß nicht, ob ich es schaffen kann. Dieser Zorn, der frißt mich auf. Ich kann damit nirgendwo hin. Ich habe kein Recht darauf. Ich habe einen Maulkorb um! Ich habe kein Recht mehr auf die Worte. Ich darf sie nicht laut sagen. Die Leute würden mich für geisteskrank halten, wenn sie wüßten, was ich von ihnen denke. Weißt du was, in den letzten Tagen kam mir die wahnsinnige Idee, daß es Helga Eriksens Sohn war. Und weißt du, warum?«

»Nein.«

»Weil sie aufgehört hat, mich anzurufen. Sie hat nicht ein einziges Mal angerufen, seit Gustav tot ist.«

»Sie will dich in Frieden lassen«, sage ich. »So viel Feingefühl hat sie zumindest.«

»Ja, ja, ja«, klagt sie. »Das weiß ich ja. Oder sie hat einfach nicht die Kraft zu fragen, wie es mir geht. Das macht auch nichts. Ich habe es nur erwähnt, um dir zu zeigen, was ich über die Leute denke. Es zerreißt mich. Ich finde keine Ruhe.«

»Ich weiß, was du meinst«, sage ich. »Ich mache mir auch meine Gedanken über die Leute.«

»Ja, aber es ist so verrückt.« Sie hört nicht, was ich sage. »Ich denke das auch von dir, Birgitte. Daß du es gewesen sein könntest.« Sie sagt es frei heraus, und ich reagiere nicht darauf. Aber dann wiederholt sie es, und gleichzeitig dreht sie den Kopf und sieht mich von der Seite an. »Du könntest es auch gewesen sein«, sagt sie.

»Aber das ist ja nicht so, Lisa«, sage ich erschüttert.

»Du hast ein rotes Auto«, blafft sie.

»Ja, aber hör jetzt auf. Du weißt doch, daß ich unten im Fjord schwimmen war. Ich bin mit nassen Haaren nach Hause gekommen.«

»Dafür haben wir nur dein eigenes Wort.«

Ich schweige. Das hier ist unheimlich. Ich habe keine Worte mehr in mir, als hätte mir jemand in den Bauch geboxt. Das ist so abwegig, daß ich mich nicht dagegen wehren kann. Ich bin ganz leer, ganz hohl. Langsam finde ich mich.

»Du hast dir selbst das Auto ausgeliehen«, sage ich leise. »Wenn du dich nicht auf mich verläßt, mußt du dich wenigstens auf dein eigenes Urteilsvermögen verlassen. Du bist selbst viele Male darin nach Viborg und zurück gefahren. Sind dir irgendwelche Schrammen, irgendwelche Unregelmäßigkeiten aufgefallen? Nur der kleinste Kratzer?«

»Ich habe nicht nachgeguckt«, sagt sie. »Ich hatte an anderes zu denken.«

»Dann geh rüber und guck jetzt nach.«

»Du warst in Kopenhagen. Du hattest Zeit, es machen zu lassen.«

»Hör auf«, sage ich. Ich bin jetzt eiskalt. »Selbstverständlich wäre es dir aufgefallen, wenn es Beulen oder Schrammen gehabt hätte. Du bist ja nicht blind geworden. Oder?«

»Das weiß ich nicht«, stöhnt sie, sie steht kurz vor einem neuen Zusammenbruch.

»Jetzt habe ich genug gehört«, sage ich laut. »Was du auch anfängst, du brauchst Augenmaß und Vernunft. Nimm dich jetzt zusammen, Lisa. So geht das nicht. Du zerstörst dich selbst auf diese Weise. Und du bist nicht allein. Du mußt auch an Frederik und Marie und alle möglichen anderen denken. Ihr habt auch eine besonders unfähige Polizei. Ein rotes Auto! Ist das das einzige, was sie herausgefunden haben? Es fahren ja Tausende von roten Autos herum.«

Sie antwortet nicht. Die Zeit vergeht. Draußen in der Hekke hüpfen kleine Vögel still herum. Lisa liegt mit geschlossenen Augen bewegungslos auf dem Boden.

»Kannst du nicht gehen«, sagt sie schließlich leise.

Ich antworte nicht, gehe einfach über den Teppich. Ich bin gezwungen, über sie wegzusteigen. Auf dem Weg durch den Flur werfe ich einen Blick in die Küche und sehe Mannes gepunktete Leinentasche auf dem Küchentisch stehen. Ich hatte geglaubt, sie sei gegangen.

° ° °

19.

Es ist zu warm in Hvium, Peterslund. Obwohl wir so nahe am Meer sind, bewegt sich hier kein Wind. Es ist mitten am Nachmittag, und es liegt ein schwacher Duft von Rauch in der Luft, als habe man schon irgendwo angefangen, die Felder abzubrennen. Aber wer tut das in einer solchen Hitze? Ich sitze auf einem Stuhl im Garten und döse. Aber ich kann mich nicht richtig entspannen, ich bin immer noch erschüttert. Ich habe große Lust, von hier abzureisen, meine Sachen zu packen, mich ins Auto zu setzen, mit dem Radio in voller Lautstärke quer durch das Land zu fahren, all das hinter mir zu lassen, dieses ganze Elend, das sich auf Bereiche auszubreiten scheint, von denen man nicht geglaubt hätte, daß sie angegriffen werden können. Wenn ich erst in Kopenhagen bin, ist das alles weit weg. Lisa wird andere finden, die sie stützen können, und mit der Zeit werden wir uns auseinanderleben, um vielleicht in zehn Jahren, in zwanzig wieder zusammenzukommen. Aber ich kann hier jetzt nicht weggehen, nach den Beschuldigungen, die sie gegen mich erhoben hat. Lisa sagt, sie hat einen Maulkorb um. Ich weiß, was sie meint, denn gerade jetzt empfinde ich das gleiche. Ich habe keine Wahl, denn wenn sie will, kann sie mich in allem verdächtigen.

Jedesmal, wenn draußen auf der Straße ein Auto vorbeifährt, öffne ich die Augen. Jederzeit rechne ich damit, daß ein Polizeiauto in meine Einfahrt einbiegt. Ich hoffe fast, daß es passieren wird. Es ist nicht so sehr der Gedanke an ein Gespräch mit der Polizei, der mich erschüttert, sondern die Vorstellung, daß Lisa zum Angriff übergehen kann, einfach so. Sie ist nicht sie selbst, denke ich, das wissen alle. Die Trauer ist selten rein und schön. Sie ist häßlich und laut, sie verzerrt deine Persönlichkeit, und das ist unangenehm für die, die damit konfrontiert sind.

Ich überlege, ob ich zum Schwimmen hinunterradeln soll, aber ich bleibe hier, in dem warmen, summenden Garten. Ich warte. Draußen über dem Fjord steht eine große Wolkenbank, weißgrau, fast rechteckig. Es sieht nicht so aus, als ob sie sich bewegt. Mein Mobiltelefon liegt in meiner Tasche. Ich habe es heute noch nicht angemacht, denn ich habe keine Lust auf einen Anruf von Jens. Gestern habe ich mich nach ihm gesehnt, so sehr, daß ich bereit war, mich einem anderen an den Hals zu werfen, heute ist der Gedanke an ihn so fremd, ja, ohne Belang, und ich weiß, daß ich unsere gemeinsame Sprache, in der wir uns vor allem Geschichten und Witze erzählen, kaum finden würde. Ihm von dem zu erzählen, was hier vorgeht, ist völlig undenkbar.

Gegen zwei höre ich Schritte an der Gartentür, und der Riegel klickt kurz, als sie aufgeschoben wird. Ich drehe mich auf dem Stuhl um und sehe Lisa über den Rasen kommen, aber ich stehe nicht auf.

»Hej«, sagt sie, etwas verschämt lächelnd. »Darf ich mich einen Augenblick setzen?«

»Selbstverständlich«, antworte ich. »Möchtest du ein Glas kaltes Wasser?«

»Ja, gern.«

Ich stehe auf, nehme die halbleere Kanne mit hinein und fülle sie auf, während ich Lisa durch das Fenster beobachte. Sie sitzt aufrecht auf dem Stuhl. Ich trage die Kanne hinaus und schenke ein Glas für sie ein, das sie ergreift und fast in einem Zug leert.

»Danke«, sagt sie.

»Wie geht es?« frage ich.

»Ich habe darüber nachgedacht.« Sie legt die Hände auf

ihre Schenkel, die Fingerspitzen zeigen auf ihren Körper, ein Zeichen von Tatkraft. »Ich glaube, ich muß etwas tun.«

»Ja«, sage ich.

»Ich muß mir Glückspillen besorgen. Die Leute sagen, die tun so gut. Ich habe heute nachmittag einen Termin beim Arzt.« Sie spreizt die Finger, guckt ihre runden, gebogenen Nägel an, die groß sind wie alles andere an ihr. »Du hast recht in dem, was du gesagt hast«, sagt sie leise. »Ich muß mich zusammennehmen.«

Ich sage nichts, warte darauf, daß sie weiterspricht. Eine Zeitlang sitzen wir schweigend da. Schließlich steht sie auf. Bevor sie geht, fragt sie, ob ich sie zum Arzt begleiten will, denn, sagt sie, vier Ohren hören besser als zwei. »Ich dachte«, sagt sie, »wir könnten vielleicht sofort hinfahren.«

Der Arzt ist der alte Doktor Køpp. Es gibt keinen anderen hier in Hvium, und er sieht aus, als sei er kurz davor, unter der Last zusammenzubrechen. Lang und mager hinkt er ins Wartezimmer, schaut auf einen kleinen Zettel, bevor er seinen fernen, grauen Blick über die Leute gleiten läßt und dann den nächsten hereinbittet. Viele sind vor uns dran, und wir müssen lange warten. Ich lese im Gesundheitsblatt, und Lisa hat sich in die dunkelste Ecke hinter einer großen Palme verzogen. Als die anderen Wartenden sie sehen, grüßen sie von ihrem Platz aus. Keiner durchquert den Raum und geht zu ihr und setzt sich neben sie. Verschreckt sehen sie sich nach etwas zum Lesen, einem Stuhl zum Sitzen um. Ich weiß, wie es ihnen geht, und ich fühle mit ihnen. Mich grüßen sie mit einer gewissen Erleichterung. Sie wissen, wer ich bin, all die, von denen ich keinen kenne. Es gibt also jemanden, der sich um sie kümmert, so, stelle ich mir vor, denken sie.

Theke und Wartezimmer sind getrennt durch eine mattierte Glaswand, hinter der sich graue Schatten bewegen. Es sind fast keine Stühle mehr frei, als die Tür von draußen noch einmal aufgeht und eine kleine Familie, bestehend aus Vater, Mutter und Kind, hereinkommt. Zuerst die Mutter mit dem Kind und hinter ihr der Vater mit einer Bettdecke über dem Arm. Sie ist hennagefärbt und üppig und schön, ich kenne sie nicht. Aber ihn erkenne ich sofort. Ich weiß nicht, wie er heißt, und ich hatte ihn inzwischen vergessen, aber er ist der Mann, den ich einmal über die protestantische Beichte belehrt und dem ich eingeredet habe, ich sei die Pastorin hier in Hvium. Es kommt mir vor, als wäre seitdem eine Ewigkeit vergangen. Auch heute sind seine Haare glatt und glänzend, die langen Hemdkragen biegen sich in den Spitzen eine Spur nach oben, ein wenig gebückt steht er da, während sein kühler Blick auf der Suche nach zwei freien Stühlen über die Versammlung wandert. Ich sehe in meine Zeitung hinein, aber zu spät, eine kurze Sekunde hat sein Blick meinen gestreift, und seinem Gesicht entnehme ich, daß er Bescheid weiß. Jetzt warte ich darauf, daß er durch den Raum kommt. Er braucht über meinen kleinen Auftritt gar nicht groß zu sprechen, er kann einfach auf mich zugehen und mir leise irgendeine Unverschämtheit zuraunen, das wäre schon genug. Aber im selben Augenblick geht die Tür zum Sprechzimmer auf, und Køpp steht auf der Schwelle, seinen Zettel in der ausgestreckten Hand, und sagt in einem Ton, als wäre er über den Namen höchst erstaunt, als hörte er ihn zum ersten Mal: »Lisa Riisgaard Grotrheim. Treten Sie bitte ein.«

Selbst an diesem klaren Tag brennt wegen der vorgezogenen dicken weißen Gardinen im Sprechzimmer das Licht. Auf der Pritsche liegt ein Papiervlies, und wir setzen uns alle drei. Køpp studiert uns über die Brillengläser und stößt einen tiefen Seufzer aus, dessen er sich selbst sicher nicht bewußt ist. Dann fragt er, womit er uns helfen kann, und Lisa erklärt, daß sie gekommen ist, um ihn um Glückspillen zu bitten. »Ja, ja«, sagt er mit seiner dünnen Stimme und zieht die oberste Schublade heraus und guckt lange hinein, bis er den Rezeptblock findet und ihn auf den Tisch klatscht. Er ist ein merkwürdiger Mann. Keine seiner Bewegungen wirkt gewöhnlich. Es ist, als wären sie alle einstudiert von einem schlechten Regisseur, der nicht weiß, wie sich ein Arzt, geschweige denn ein Mensch, aufführt.

»Wir würden gern etwas über die Tabletten wissen«, sage ich.

»Sie sollen ganz ausgezeichnet sein.« Er räuspert sich. »Ausgezeichnet.«

Ich will noch mehr fragen, aber Lisa tritt mir auf die Zehen, und da halte ich die Klappe. Während Køpp das Rezept schreibt, macht die Feder halt, er dreht den Kopf und guckt durch die Gardinen zu der öden Tankstelle auf der anderen Straßenseite hinüber, seufzt wieder, holt ein Medizinalhandbuch und schlägt es auf. Schließlich ist das Rezept fertig. Er faltet es sorgfältig zusammen und begleitet uns zur Tür. Er legt Lisa die Hand auf die Schulter. »Schauen Sie vorbei, wenn ich etwas für Sie tun kann«, sagt er herzlich.

Auf dem Weg hinaus müssen wir durch das Wartezimmer, und jetzt nimmt die junge Frau mit dem Kind Lisa wahr. Sie steht auf und kommt auf uns zu, sie nimmt Lisas Hand und drückt sie, ganz ohne Worte. Auch ihr Freund ist aufgestanden und kommt langsam zu uns, auch er will Lisa die Hand geben. Er stellt sich vor, »Albin«, sagt er. Albin und Ninette. Was für ein Paar. Seine stahlgrauen Augen gucken tief in ihre, und danach dreht er sich zu mir um. Es ist kein Lächeln in seinem Gesicht und auch nicht in meinem. Wir sehen einander an, und ich bin zu allem möglichen bereit. Aber es passiert nichts. »Ich höre, daß man vor einem protestantischen Geistlichen beichten kann«, sagt er zu Lisa, und sie ist so müde und schlecht aufgelegt, daß sie nur nickt und ja, selbstverständlich, sagt, ohne näher darauf einzugehen. Wir gehen in die winzig kleine Apotheke von Hvium, die eine der kleinsten des Landes sein muß, und danach kaufen wir fürs Abendessen ein.

Auf dem Heimweg im Auto liest mir Lisa den Beipackzettel vor, über Nebenwirkungen wie Übelkeit, Schlafstörungen, Angstanfälle, Trockenheit im Mund und mangelnde Libido. Sie sagt, daß das nicht stimmen kann, denn das ist ja genau das, wogegen die Tabletten helfen sollen, sie glaubt einfach nicht daran. Sie öffnet die Packung und nimmt eine Tablette und schluckt sie ohne weiteres. »Jetzt werde ich bald richtig glücklich«, sagt sie mit einem Lächeln und schließt die Augen. Es ist das erste Mal, seit Gustav tot ist, daß ich sie lächeln sehe.

◦ ◦ ◦

Aus der Kühltheke des Konsums hatten wir Lammhackfleisch mitgenommen, und ich war unten im Garten, um Kartoffeln, Minze und Salbei zu holen. Hinter dem großen, gezimmerten Kompostbehälter, der am Rand des Küchengartens steht, finde ich lang aufgeschossenen Liebstöckel. Seine Blätter sind schon grob und dunkelgrün, aber ich will ein paar Zweige in den Kartoffeltopf legen, zusammen mit einer Zitrone, die die sowieso schon hellen Kartoffeln fast ganz weiß machen werden. Ich gebe Salbei und Minze zum Hackfleisch, stelle es zum Durchziehen in den Kühlschrank und begebe mich wieder in den Garten, zum Treibhaus, wo es immer noch jede Menge Zucchini und Tomaten gibt. Ihr Duft schlägt mir schwer und heiß entgegen, als ich die Tür aufstoße. Aber die Stengel werden langsam gelb und müde, und die Erde in den Pflanzkästen ist trocken. Ich fülle die Wasserkanne aus einer großen Zinkwanne, die mit einem Gartenschlauch, der schlaff über den Rand hängt, vor dem Treibhaus steht, und wässere alles gründlich. Ein Tagpfauenauge fliegt auf die gekalkten Scheiben zu. Seit ich in Peterslund wohne, ist es hier drin, aber sein Dasein besteht nicht in erster Linie aus vergeblichen Versuchen hinauszukommen. Oft habe ich es ruhig auf den großen gelben Blüten der Zucchini sitzen sehen. Jetzt gelingt es mir, es hinauszuwedeln, und wie ein kleiner, unruhiger Punkt steigt es sofort zu den Baumkronen auf.

Es herrscht ein wunderbarer Friede im Pfarrhof. Der Himmel ist dicht und grau, die Wolke von heute nachmittag ist gewachsen und bedeckt alles, aber es ist noch nicht drückend, und ich glaube nicht, daß es heute abend Regen gibt. Lisa schläft oben im Zimmer im Giebel, Frederik ist auf dem Heimweg von Århus, und Manne und Marie sind auf Fahrradtour. Sie sind gegen drei aufgebrochen, mit Proviant und Decke in einem Korb auf dem Gepäckträger, und ich habe alles für mich allein. An einem kleinen dunklen Ende des Küchengartens, unter einem großen Haferpflaumenbaum, ist eine Reihe Himbeerbüsche, und als ich die Blätter anhebe, entdecke ich, daß da immer noch Beeren sind. Einige sind schon schimmelig und faul, aber andere sind groß und reif, vollkommen, fast blaulila, und als ich eine von ihnen in den Mund stecke, füllt sie die ganze Mundhöhle mit ihrem intensiven Geschmack. Ich leere die Tomaten aus der Schale und pflücke alle Beeren, die ich finden kann. Es wäre schade, sie zu verarbeiten. Ich werde sie mit Sahne servieren. Sahne in einer Kanne auf dem Tisch. Irgendwann, während ich pflücke, habe ich das Gefühl, daß ich beobachtet werde, aber als ich aufsehe, ist da niemand. Aber ich verliere die Lust, noch länger hier in dem grünen, üppigen Dschungel zu bleiben, und als ich über den Rasen hinaufgehe, sehe ich das Auto dort auf dem Hof stehen und Mannes und Maries Fahrräder, die am Giebel des Gemeindesaals lehnen.

Während ich Frikadellen brate und Petersilie für die Tomaten hacke, kommt Frederik in die Küche. Er setzt sich auf einen Küchenstuhl und fragt, ob er mir mit etwas helfen kann. »Du kannst draußen auf der Terrasse den Tisch decken«, sage ich, und er steht ohne ein Wort auf.

Er geht mit Tellern und Gläsern und Besteck hinaus und kommt wieder zurück. Der Dunstabzug lärmt, und wir reden nicht miteinander. Aber als er fertig ist, setzt er sich wieder auf den Küchenstuhl. Ich höre die Wochenzeitung rascheln. Ich spüre auch seinen Blick auf meinem Rücken, und langsam, ohne daß sich unsere Blicke begegnen, geht mir auf, daß etwas Neues im Gange ist.

○ ○ ○

Man gewöhnt sich schnell an das Neue. Es gleitet herein, und im selben Augenblick weiß man, daß das Leben so ist. Während wir essen, erzählt Manne munter von ihrer Tour. Zuerst sind sie nach Lundsager geradelt und haben in Ellens Graben Saft getrunken, und danach sind sie hinunter in den Wald gefahren, wo sie eine Mäusefamilie kennen. Sie erzählt, daß sie für die Familie einen Herd aus Moos gemacht haben, und ab und zu unterbricht sie sich und sagt: Stimmt's, Marie. Marie nickt jedesmal langsam. Im Gegensatz zu Manne ist sie nicht zum Reden aufgelegt. Es ist, als versuchte Manne, eine Leere zu füllen, die nur sie bemerkt. Sie könnte sich entspannen, aber das weiß sie nicht.

Frederik öffnet eine Flasche Wein, und wir bleiben lange über dem Essen sitzen. Das Licht nimmt ab. Wir spannen den Sonnenschirm auf und holen Decken und Tücher, denn keiner von uns hat Lust hineinzugehen. Der Tag war endlos, und jetzt ist es endlich Abend, mild, lau und ein kleines bißchen feucht. Das ist es, worauf wir gewartet haben. In der Ferne, irgendwo unterhalb des Bachs, bellt ein Hund, und langsam verschwindet der Rand der Konturen des Gartens. Marie klettert auf Mannes Schoß und legt deren Arme um ihren kleinen, runden Bauch. »Wie herrlich es hier ist«, sagt Lisa mit einem Seufzer. Unter dem Tisch spüre ich die Wärme von Frederiks Wade, ohne daß unsere Beine einander berühren.

Um acht soll Marie ins Bett. Lisa und Frederik geben ihr einen Gutenachtkuß, aber es ist Manne, die mit ihr nach oben geht. Im Haus werden die Lampen angemacht, und draußen wird das Dunkel tiefer. Über den leer gegessenen Tellern reden wir von ganz alltäglichen Dingen, über die neuesten Nachrichten, über Leute in der Gemeinde, und es überrascht mich, daß Frederik und Lisa immer noch voll informiert sind. Sie müssen mehr Energie haben, als ich dachte, wenn sie diese Dinge verfolgen können. Lisa erzählt von ihrem Besuch bei Køpp, und Frederik schüttelt den Kopf über den unmöglichen alten Arzt, sagt aber nichts, als wäre er eines der Themen, die in der Familie längst zu Ende debattiert sind, oder vielleicht, weil er spürt, daß sie sich jetzt einem Thema nähern, das es in sich hat.

»Willst du nicht wissen, warum ich da unten war?« fragt Lisa.

»Doch«, antwortet er. »Wenn du es mir erzählen willst.«

Lisa blinzelt. Ich sehe, daß seine Antwort sie verletzt, aber ich weiß nicht, warum. Sie schluckt etwas und erzählt mit leichter Stimme von den Tabletten, und Frederik nickt und legt einen Augenblick seine Hand auf ihre. Es herrscht eine Flüchtigkeit zwischen den beiden, bei der ich, das geht mir auf, nach Lisas Willen Zeuge sein soll. Sie will, daß ich das hier höre und sehe. Die ganze Mahlzeit ist eine Art Vorspiel gewesen. Ich habe mich vorhin geirrt. Wir wissen nicht, worauf wir gewartet haben. Erst jetzt geht es los mit dem Eigentlichen.

◦ ◦ ◦

»Ich hoffe nur, sie helfen«, sagt sie.

»Das hoffe ich auch«, antwortet Frederik. Das kann man neutral auffassen, und das kann man als einen Vorwurf auffassen, so wie das meiste. Die Wärme von seinem Bein ist verschwunden. Es ist jetzt kalt unter dem Tisch, und ich hülle die Decke fest um mich, bis hinunter zu den Füßen.

»Ich habe darüber nachgedacht, warum ich sie haben will.«

Frederik hebt langsam sein Glas und nippt daran. Er sitzt zurückgelehnt auf seinem Stuhl, seine andere Hand ruht auf der Tischplatte, sein ganzer Körper signalisiert, daß er Ruhe will, aber Lisa läßt sich nicht aufhalten.

»Ich brauche inneren Frieden, damit ich um Gustav trauern kann«, sagt sie.

»Um Himmels willen, Lisa!« explodiert er.

»Was?« fragt sie, jetzt offensichtlich verletzt. Ihre Augen sind blank von Tränen, aber ob aus Wut oder Verletztheit oder etwas ganz anderem, bin ich nicht imstande zu entscheiden.

»Müssen wir wieder damit anfangen?«

»Ja!«

»Ich habe es dir gesagt, aber es ist offenbar notwendig, daß ich es noch einmal sage.«

»Es kann sein, daß es öfter notwendig wird, als du glaubst«, unterbricht Lisa, und er schweigt, auch er ist verletzt. Ich ziehe mit einem scharrenden Geräusch die Himbeerschale über die Tischplatte, nur um festzustellen, daß sie leer ist und daß keiner von ihnen von meiner Anwesenheit Notiz nimmt. Eine böse, warme Kälte umgibt ihre Körper, jetzt sind sie konzentriert, bereit zuzuschlagen. Aber dann besinnt sie sich. »Entschuldige«, murmelt sie. »Was wolltest du sagen?«

»Du kennst meinen Standpunkt sehr gut. Ich will von diesem Fahrerflüchtigen nichts hören. Ich will nicht an ihn denken, nicht von ihm sprechen, keine Vermutungen anstellen! Er ist für das, was hier passiert, völlig irrelevant. Ich will mit ihm ganz einfach nichts zu tun haben!«

»Aber warum eigentlich nicht?« fragt sie.

Er hebt die Hand und läßt sie schlaff hinunterfallen und hält das anscheinend für eine Antwort, denn er sagt nichts mehr. Er kann ein sehr arroganter Mann sein. Aber Lisa sitzt lange schweigend da. Die Tränen sind verschwunden, und ihre Augen haben angefangen, im Dunkeln zu leben. Ja, es sind zwei lebende Augen, fällt mir plötzlich ein, weiß und leuchtend sehen sie zu einem Punkt jenseits von uns.

»Aber ich will es«, sagt sie, als handle es sich um etwas, das ihr jetzt aufgeht. »Ich will mit ihm etwas zu tun haben.«

Frederik sieht aus, als höre er nicht zu, als finde er wirklich, daß das hier zu weit geht. Aber ich beuge mich über den Tisch und stoße meine Fingerspitzen an ihre. Sie sieht auf und nickt mir zu. Selbst im Halbdunkel kann man sehen, daß sie Farbe in die Wangen bekommen hat.

»An Rache bin ich nicht interessiert«, sagt sie leise und beugt sich über den Tisch. »Gefängnisstrafe und all das. Das bedeutet nichts. Ich habe wirklich darüber nachgedacht, Birgitte, aber ich habe es nicht klar gesehen, bis jetzt.« Sie wendet sich nicht mehr an Frederik, sie hat ihn von sich abgelöst, sie rechnet nicht mit ihm. Aus dem Haus kommt ein Geräusch, von oberhalb der Treppe, etwas, das auf den Boden fällt, und dann wird es wieder still. Frederik trinkt aus seinem Glas und sieht über den dunklen Garten hinaus.

»Was ist es dann?« frage ich.

»Ich will, daß er sich entschuldigt«, sagt sie.

»Entschuldigt?« wiederhole ich, und Frederik stößt auf der anderen Seite des Tisches ein verhaltenes Prusten aus.

»Entschuldige«, hält Lisa fest. »Er soll sagen Entschuldige, damit ich ihm vergeben kann. Das ist das einzige, was ich will. Damit ich all das hier loswerden kann, all dieses Chaos, diesen Modder, diesen Morast. Alles, was dabei ist, mich wahnsinnig zu machen, so daß ich nicht sehen kann, was oben und was unten ist!« Sie stößt die letzten Worte aus und schweigt jäh. Jetzt weint sie wieder, und langsam kommt Leben in Frederik.

»Für mich klingt das, was du sagst, wie der reine Blödsinn«, sagt er ruhig, während er sein geleertes Glas dreht. »Rache! Vergebung!« Er schnaubt verächtlich zu den beiden Worten.

»Ich rede nur von Vergebung«, schluchzt sie.

»Aber das ist doch Hokuspokus. Das ist nur Magie, Lisa.«

»Denkst du, weil du Rationalist bist«, hackt sie hitzig nach ihm.

»Das hat nicht die Bohne mit Rationalismus zu tun, sondern nur mit der Art, wie man im Dasein verankert ist.« Er läßt das Glas los und zündet mein Feuerzeug an, das er direkt vor seine Nase hält. »Vergebung hat in meiner Welt nie existiert«, erklärt er. »Wenn man etwas falsch gemacht hatte, mußte man die Konsequenzen tragen. Da war nichts mit zu Mamma gerannt kommen und heulen. Sie war unbarmherzig …«

»Deine Mutter ist drogenabhängig«, unterbricht ihn Lisa scharf. »Du tust nichts anderes, als ihr ständig zu vergeben.«

»Oh, mit dir ist nicht zu reden«, sagt er irritiert. Dann läßt uns ein Geräusch aufsehen. Da steht Manne auf der Schwelle, an den Türrahmen gelehnt, die Fuchsweste hält sie mit einer

Hand vorne zusammen. Sie ist durch die erleuchteten Zimmer angelockt von unseren Stimmen auf die Terrasse herausgekommen. Sie ist sehr, sehr leise gegangen. »Marie schläft«, teilt sie mit, als sie sieht, wie sich unsere Gesichter ihr zuwenden.

»Danke, Manne«, sagt Lisa zärtlich und schwenkt plötzlich um. »Komm und setz dich zu uns. Trink ein Glas Wein, bevor du nach Hause gehst.«

◦ ◦ ◦

VIERTER TEIL

20.

Ich erinnere mich an bestimmte Wintertage, wenn auf der Wiese gegenüber dem Flüßchen von dem weißen Hügelkamm Frostrauch aufstieg, wenn die Tannen im Dickicht gepudert waren, wenn man an einem Samstagmorgen hinauf zu Lisas Hof ging. Was für eine Frische in der Luft war. Es duftete nach Schnee. Nach Stille. Die weißen Plumeaus der Felder wölbten sich, die elektrischen Zäune hingen schlaff und nutzlos da. Man ging das letzte Stück, wo sich der Schnee in einen Matsch aus aufgefahrener Erde, Traktorspuren und Kuhmist verwandelte, den steilen Hügel zum Misthaufen und zur Stalltür hinauf. Wenn man sie öffnete, schlugen einem der Geruch und die Laute von vierundzwanzig Jerseyrindern und ein paar Schwarzbunten entgegen. Die Tüder rasselten an den Wassertrögen, man hörte das langsame hohle Kauen, das Raspeln der Zungen, das Rotieren und Sickern der Magensäfte, und dann plötzlich ein harter Strahl im Mistgang, wenn eine Kuh den Schwanz hob, gefolgt von dem schweren, weichen Klatklat und dem Klicken der Klauen auf dem Zement, wenn sie sich schließlich bewegte. Alles in dieser friedlichen Welt war eingestellt auf Aufnahme und Ausscheidung.

Es war der Job der Brüder, morgens im Stall auszumisten und die Tiere zu füttern, aber als Lisa zwölf wurde, wurde sie am Wochenende hinübergeschickt, um mitzuhelfen. Schon damals war sie groß und stark für ihr Alter, und wäre sie ordentlich behandelt worden, hätte sie die Aufgabe mit Bravour meistern können. Die Eltern mischten sich in das, was im Stall passierte, nicht ein, vielleicht meinten sie, das sei nichts, wo man sich einmischen mußte, obwohl eine gellend heulende Lisa jeden Samstag und Sonntag über den Hofplatz marschiert kam, die Küchentür aufschlug und in einem heillosen Durcheinander schwatzte und tratschte, was die zwei schwachsinnigen Scheißkerle jetzt wieder getan und gesagt hätten. »Immer mit der Ruhe«, ermahnten sie sie müde, sie solle jetzt nicht hysterisch werden, schlimmer als geärgert zu werden sei es zu tratschen, und so schlimm könne es doch unmöglich sein. Aber da irrten sie sich. Es war sehr, sehr schlimm.

Sie waren sieben und acht Jahre älter als sie, und ich habe den Verdacht, daß alles an dem Tag anfing, als sie zur Welt kam. Ich habe keine Erinnerungen an Lisas Säuglingszeit, aber mir ist tief eingeimpft, daß es immer so gewesen ist. Als Vierjährige wußte ich, daß es wichtig war, sich von Lisas Brüdern fernzuhalten, als Dreijährige wußte ich es auch, und ich glaube, ich habe es noch früher gewußt, auf dieselbe Weise, wie ein Kind weiß, daß ein Hund beißt oder daß ein Hahn, wenn er nur zwei Schritte auf dich zuläuft, dir sehr wohl ins Gesicht springen und es blutig kratzen kann. Damals stellten wir nicht in Frage, warum das so war. Es war vielleicht eine zu unlösbare Aufgabe. Erst später, als Erwachsene, fand ich es merkwürdig, an ihre Brutalität zu denken, denn wie ist es möglich, daß ein Mensch schon durch seine Anwesenheit, schon durch seine Existenz stören und quälen kann?

So erinnere ich mich an Lisa, wenn ich zurückdenke, mit einer alten braunen Zipfelmütze auf dem Kopf, die Cordhose halb in den Gummistiefeln, halb darüber, sich mit einer ordentlichen Ladung Mist im Schubkarren zur offenen Tür hinaus zum Misthaufen hinüber den Mittelgang entlangschleppend. Zu diesem Zeitpunkt gab es eine hohe Stufe abwärts, über die ein Brett gelegt war, denn es sollte eine neue Rinne gegossen werden, aber es herrschte Frost, und Lisas Vater war gezwungen zu warten, bis es Frühling wurde. Der Schubkarren war einer von den großen, und er war übervoll.

Lisa legte sich ins Zeug und schob los und kippte vornüber, schlug beinah einen Purzelbaum mit dem Schubkarren und landete in dem warmen Mist. Schweigend setzte sie sich auf, wischte sich mit dem Unterarm über die Stirn, so daß ein weißer Streifen entstand, und sah dann das Brett, das an die Mauer gelehnt dastand, und ihre Brüder, die schallend lachten, ganz einfach vor Lachen brüllten. Sie kam auf die Beine, füllte die Hände mit Mist und schleuderte eine Handvoll nach der anderen auf sie, ohne zu treffen, während sie schrie und heulte, bis sie Schleim hustete. Als sie schließlich flüchteten, lief sie ihnen nach. Sie verschwanden hinter der Rübenmiete und waren sehr lange nicht zu sehen. Alles war schnell gegangen, und ich hatte mich nicht eingemischt, denn die Welt, die Lisa mit ihren Brüdern teilte, war ganz und gar ihre eigene, und obwohl ich sah, wie es zwischen ihnen zuging, begriff ich nie, daß man hätte eingreifen können. Es war, als läge ein undurchsichtiger Schleier über allem. Zu so kräftigen Ausbrüchen wie diesem hier kam es selten, und ich war nicht darauf vorbereitet. Meistens gaben die Brüder ihr nur einen harten Stoß vor die Brust, wenn sie an ihr vorbeigingen, oder äußerten stumm ihre Verachtung, die gewissermaßen besagte, daß Lisa sich wohl ausrechnen konnte, warum sie nur ein Stück Dreck war, das kleingehalten werden mußte. Es war kein gewöhnliches Geschwistergezänk, sondern etwas, das viel tiefer ging. Die Brüder zeigten eine geistige Verarmung und Erbärmlichkeit, die viel umfassender war als der elende und primitive Kampf ums Dasein früherer Geschlechter. Das einzige Positive, das man von ihnen sagen konnte, war, daß sie nie lieb zu ihr waren und daß sie deshalb nie dazu verleitet wurde, zu glauben, daß sie sie mochten. Zu Weihnachten kaufte ihre Mutter den Brüdern Geschenke für Lisa, konnte sie aber nicht einmal dazu bringen, sie selbst zu überreichen.

»Frohe Weihnachten, Lisa, von Bent«, stand da mit einem dünnen blauen Kugelschreiber auf dem Paket, geschrieben in der Schrägschrift der Mutter, und dafür mußte Lisa dann hingehen und Bent die Hand geben und danke sagen.

Aber jetzt kam sie nicht zurück. Auch die Brüder nicht. Als ich eine Zeitlang gewartet hatte, folgte ich ihnen. Die Spuren liefen den ganzen Weg den Hügel hinunter zum Waldrand, anfangs schmutzig, nach und nach immer sauberer. Ich kam zwischen die Bäume, wo der Schnee noch mehr aufgewühlt war, aber dann wußte ich nicht mehr, wo sie hingegangen sein konnten. Ich rief nicht, denn ich hatte Angst vor den Brüdern. Ich suchte lange, und dann kehrte ich um und ging zurück zum Hof. Von weitem konnte ich den ältesten Bruder vor dem Stallgebäude stehen sehen. Ich ging hinein und die schmale Hühnerleiter zum Dachboden hinauf, wo Lisas Zimmer wie eine braune Kiste unter den Hahnenbalken eingebaut lag. Ich klopfte an. Niemand antwortete, aber als ich kurz darauf meinte, von da drinnen ein Geräusch zu hören, drückte ich die Klinke hinunter und trat ein und fand Lisa halb nackt auf ihrem Bett sitzend, mit nassen Haaren, im Begriff, sich ein Paar lange schwarze Strümpfe anzuziehen. Ihre Beine waren blaumarmoriert und hatten eine Gänsehaut, sie schniefte. Ich ließ mich neben sie aufs Bett fallen, und sie schielte zu mir und konzentrierte sich dann wieder darauf, den Strumpf das schlecht abgetrocknete Bein heraufzuziehen.

»Das sind richtige Scheißhaufen«, äußerte sie schließlich. »Das sind verdammt noch mal richtige Scheißhaufen. Aber weißt du was, Birgitte, ich werde nie mehr an sie denken, denn dann werde ich so verrückt, daß ich daran sterbe. Und das meine ich. Ich will es ihnen nur zeigen.«

»Was willst du tun?«

»Ich will es ihnen *zeigen*! Und Vater und Mutter auch!«

Die kleine Lisa mit den blaugefrorenen Gliedern und dem häßlichen Mund, der Gift und Galle spuckte. Wer konnte ihr glauben, wer konnte sie ernst nehmen? Es war schwer, es war allzu leicht, sie zu ärgern. Aber tat sie es nicht? Zeigte sie es ihnen vielleicht nicht? Begann sie nicht jetzt, im Alter von zwölf, still und besonnener, gewissermaßen treuherziger zu werden? Gutherzig und rein? Das ist ein merkwürdiger Gedanke, wenn es wirklich wahr ist. Der Haß anderer macht Leute gewöhnlich hart. Aber Lisa wurde es nicht. Es war, als wolle sie ihnen zeigen, daß sie mit Weichheit durchs Leben kommen konnte und daß Sanftheit eine Waffe an sich ist. Daß sie nicht eine von ihrer Sorte war. Und später, nachdem sie ihre Ausbildung hinter sich gebracht, Frederik kennengelernt und die Kinder bekommen hatte, wurde sie so sehr sie selbst, daß sie fast einen blinden, forcierten Glauben an das Gute im Menschen entwickelte, so daß sie völlig unvorbereitet auf die Schläge war, die sie trafen. Danach konnte sie verzweifelt versuchen, den Sinn dieser Schläge zu finden, herauszufinden, *warum* sie sie bekommen hatte. Aber wenn ich jetzt nachdenke, glaube ich, daß sie auf dieselbe Weise wie früher unvorbereitet, ja, verständnislos gegenüber der extremen Güte anderer war.

Und was damals unten im Wald passierte, habe ich nie erfahren.

◦ ◦ ◦

21.

Ich höre Lisas Stimme, als ich durch den Kücheneingang hereinkomme. Sie telefoniert im Esszimmer, und sie, die ihre Gespräche sonst immer laut führt, als stünde sie auf der Kanzel, spricht jetzt ziemlich leise. Ich bin gekommen, um zu fragen, ob sie mit hinunter zum Fjord will, schwimmen. Es ist zehn Uhr vormittags, und der Himmel ist golden, leicht diesig, mit zerfließenden Kondensstreifen kreuz und quer. In zwei Stunden wird hier alles vor Hitze pochen. Spät im August kann man das Gefühl haben, daß die Zeit stillsteht, aber das ist nur ein Verharren, bevor der Herbst einsetzt. Ich warte in der Küche, bis sie ihr Gespräch beendet hat, dann gehe ich hin und schiebe die Tür auf. Lisa steht am Telefon und guckt über den Garten. Selbst ihr Rücken zeigt, daß sie jetzt entspannt ist und daß sie einen Augenblick Ruhe hat. Dann merkt sie, daß ich da bin, und dreht den Kopf.

»Oh, du bist's«, sagt sie. Sie lächelt wie ein Engel im Licht und streckt mir einen dünnen braunen Arm entgegen. »Ich habe gerade die Polizei angerufen. Ich habe mit so einem netten Beamten geredet, und er hat mir erzählt, daß sie glauben, daß es ein roter Ford Escort war.«

»Das ist doch wunderbar, Lisa«, sage ich und lasse mit einem Knacken die Klinke los. »Das ist doch ein Schritt vorwärts.«

»Ja, nicht?« Sie hat zum ersten Mal seit vielen Tagen richtige Kleidung angezogen, schöne Sachen, ein ärmelloses hellblaues T-Shirt und eine sandfarbene ⅞-Hose mit einer kleinen Perlenstickerei unten. »Er sagte, sie hätten lange gebraucht, um eine bestimmte Kantenleiste oder so ähnlich zu identifizieren, ich habe es nicht ganz verstanden. Aber ich habe es zur Sicherheit aufgeschrieben.«

»Was wollen sie jetzt machen?«

»Weitersuchen, nehme ich an. Er sagte, sie werden verschiedene Autoverschrotter hier in der Gegend kontaktieren. Möchte wissen, wo es welche gibt ...« Zwischen ihren Brauen taucht eine kleine Falte auf, aber sie lächelt dann wieder. »Und ich dachte, ich sollte heute vormittag eine Runde radeln. Nur ein bißchen herumfahren. Kommst du mit? Wir können einen Korb mitnehmen, falls wir Pilze finden.«

Zwei alte Freundinnen auf Fahrradtour an einem Spätsommertag, so sehen wir wohl aus, und das sind wir auch. Manchmal haben Leute auch geglaubt, wir seien Schwestern, nicht weil wir einander ähnlich sähen, sondern weil wir uns zusammen so verhalten, wie nur Leute es tun, die einander seit ihrer Geburt kennen. Ich habe eine Sonnenbrille auf, Lisa trägt einen billigen, unförmigen Strohhut mit Lochmuster, und Sonne und Schatten legen sich auf ihr Gesicht wie ein Netz oder eine Spitze, die sich ständig verändern, während wir den holperigen Kiesweg hinunter zum Fjord fahren. Die Vogelbeeren sind orangefarben und im Begriff, in Rot überzugehen, und in der dicken, süßen Luft zwischen den Tannen begegnet uns der Aasgeruch der Stinkmorchel. Daß die Pilze schwarz aussahen, lag daran, daß sie schon am Absterben waren, dachte ich, aber als ich nahe genug herankam, habe ich entdeckt, daß es ein Schwarm Schmeißfliegen war, der das weiße Fleisch bedeckte. Ich würde Lisa gern fragen, ob sie weiß, daß die Stinkmorchel im Volksmund »Stinkender Pastorenpimmel« heißt. Früher hätte sie das zum Lachen gebracht. Wir haben Badezeug und Proviant mit und eine zusammengerollte Dekke auf dem Gepäckträger. Wir reden nicht über den roten Ford Escort. Seit ihrem Ausbruch mir gegenüber vor ein paar Tagen hat ein Schatten zwischen uns gelegen, und ich versuche zu spüren, ob er jetzt verschwunden ist. Ja, denke ich, er ist weg. Obwohl Lisa von Autos nichts versteht, weiß sie sehr gut, daß ich keinen Ford Escort fahre, sondern einen Volkswagen. Ich bin erleichtert, und das muß sie auch sein. Aber auch darüber sprechen wir nicht. Lisa hat sich nicht entschuldigt, und ich glaube, ich verstehe, warum. Mitten in all ihrer Trauer nimmt sie sich das Recht, zu kränken und zu brüskieren, und hat nicht die Kraft, hinter sich aufzuräumen, wie man es normalerweise tut.

»Fährst du noch ein bißchen mit mir, bevor wir schwimmen gehen?« fragt sie. »Ich habe das Bedürfnis, richtig loszulegen.«

Wir biegen auf einen anderen Kiesweg ein, aus dem Wald hinaus, fahren vorbei an Häusern und Höfen und Maisfeldern, die in einem unmerklichen Wind ganz leise rascheln. Bei jedem Haus, das wir passieren, senkt Lisa das Tempo und erzählt mir, wer dort drinnen wohnt, wie viele Kinder da sind, was die Leute machen, ob sie allein sind oder krank. Wäre der Unfall nicht passiert, hätte sie das längst getan. Lisa ist in gewisser Hinsicht eigentümlich altmodisch. Der Umgang mit all den Rentnern hat sie alt gemacht. Aus meiner Kindheit erinnere ich mich an die Sonntagsausflüge, wenn wir Gäste hatten. Vater fuhr das Auto und zeigte auf jedes Haus und jeden Hof, an dem wir vorbeikamen, und leierte die Namen von Leuten herunter, die kennenzulernen unsere Gäste nicht die geringste Chance hatten. Schon als Kind fand ich das peinlich, weil es zeigte, wie klein seine Welt war. Lisa erzählt mir von neuen Anbauten und sonstiger Bebauung, und während sie spricht, reckt sie den Hals und schaut noch einmal hin, bevor wir ganz vorbei sind. Ein paarmal steigt sie vom Fahrrad ab, und ich deshalb auch. Wir sprechen mit einer Frau in einer Apfelpflanzung, die nicht sehr redselig ist, aber Lisa fragt weiter nach allen möglichen Details, und obwohl es mich freut, daß sie wieder Energie für so etwas hat, langweile ich mich auch gründlich, und mir fällt ein, daß ich unter normalen Umständen keine Lust hätte, mehr als ein paar Tage lang mit ihr zusammen zu sein. Wir nähern uns einer Gruppe von Häusern, und sie erzählt mir, das sei Lund, die Rückseite davon. Das erste Haus hat rote Schalmauern und liegt weit draußen an der Straße. Das Dach ist schwarz und wie ein viel zu großer Hut über die Mauern gezogen, und im ersten Stock im Giebel gibt es einen Balkon mit schmiedeeisernem Gitter voller Schnörkel. Aus dem Garten hören wir Rufe. »Sitz – steh!« schallt es und dann einige Klatscher. Lisa steigt vom Fahrrad und sagt, daß hier Hans-Morten wohnt. Sie möchte reingehen und Hej sagen.

Ein roter Toyota steht in der Einfahrt. Er ist eher ochsenblutfarben als briefkastenrot, aber sie geht langsam an ihm vorbei und läßt die eine freie Hand den vorderen Kotflügel betasten. Etwas beginnt mir zu dämmern. Lisa ist vielleicht nicht ganz so altmodisch, wie ich geglaubt habe, und vielleicht sind es ganz andere Dinge, die sie antreiben. Sie will mir gar nicht ihre Umgebung erklären. Jetzt verstehe ich besser, warum sie mich bei dieser Tour dabeihaben wollte. Ich bin ihr Vorwand, damit sie anhalten und den Hals recken kann, während sie mir erläutert, wer da wohnt.

Im Garten ist Hans-Morten dabei, seinen Hund zu dressieren. In grünen Satinshorts mit einem weißen Streifen an der Seite, braunen Schlappen und einem weißen T-Shirt mit dem Logo der Maschinengenossenschaft von Hvium steht er auf dem gestutzten Rasen und wirft ein Schlummerkissen über die Schulter, während er zu seinem Hund schielt, einer drahthaarigen Promenadenmischung mit langem, buschigem Schwanz, der sein Herrchen mit schiefgelegtem Kopf beobachtet. »Steh!« ruft er und hebt auffordernd die Hand. Angestrengt bückt er sich und fischt die Schlummerrolle auf und wirft sie wieder über die Schulter. Sie landet nur einen Meter hinter ihm. »Sitz!« ruft er. Am fetten Ringfinger seiner linken Hand sitzt ein breiter Goldring mit einem schwarzen Stein. Hans-Morten ist Gebrauchtwagenhändler in Skive, aber heute hat er frei. Wieder fliegt das Schlummerkissen über seine Schulter und klatscht hinter ihm ins Gras. »Apport!« ruft er. »Ja, komm schon! Komm schon!« Der Hund läuft an ihm und dem Schlummerkissen vorbei auf uns zu und bohrt sofort seine spitze Schnauze in meinen Schritt, während sich das Gesicht von Hans-Morten, der sich langsam auf seinen bleichen, behaarten Beinen umdreht, in einem breiten Lächeln aufhellt, als er uns bemerkt.

»Nein, was sind das für zwei entzückende Schönheiten, die da gekommen sind.« Er eilt die wenigen Schritte auf uns zu, schiebt behende den Hund zur Seite und legt einen Arm um jede von uns. Von seinen Achselhöhlen strömt ein starker Duft von Deodorant und altem Schweiß, und ich versuche behutsam, mich frei zu machen, aber das ist nicht so leicht. Er drückt mich nur noch enger an sich und murmelt abwechselnd mir und Lisa mit warmem Atem ins Ohr: »Na, ihr wolltet also kommen und nach mir sehen, was? Wie geht es meinen beiden kleinen Mädchen denn so? Wir hätten ja so gern, daß es ihnen gut geht. Von was anderem wollen wir ja nichts wissen, stimmt's?« Und mehr in derselben Art. Seine Stimme schwankt zwischen Betrübtheit und halb geflüsterten Schlüpfrigkeiten, die, davon gehe ich aus, ebenso mit seiner Person verbunden sind, wie sein Name und sein Lebenslauf es sind. »Wie wäre es mit etwas Saft? Seid ihr nicht durstig nach der ganzen körperlichen Anstrengung?« Er lächelt einschmeichelnd und blinzelt, betont kräftig seine Rs und drückt die Innenseite seines Oberarms an die bloße Haut an meinem Hals, und schließlich macht Lisa sich frei. »Nein, wir fahren weiter«, sagt sie. »Ich wollte nur hören, wie es mit der Sitzung neulich abend ging.«

Hans-Morten wird sofort ernst. Wenn es darauf ankommt, ist er der Mann fürs Konkrete. Er legt wieder den Arm um Lisa und führt sie ein paar Schritte weg von mir, wo er mit dem Kopf ganz nah an sie herangeht und anfängt, leise zu sprechen. Inzwischen gehe ich zur Hecke, wo ich über die Felder sehen kann. Die Landschaft ist hier ganz flach, und abgesehen von einem Waldrand gibt es nichts als Korn- und Stoppelfelder, so weit das Auge reicht. Und dann, weit hinten auf der Straße, ein Punkt, der sich nähert. Ein Radfahrer in voller Fahrt.

Als er näher kommt, erweist er sich als Manne. Ich winke ihr zu, und sie bremst ab. Wir wechseln ein paar Worte über die Hecke. Sie ist in der Bibliothek in Hvium gewesen, sagt sie. Sie wirkt nicht fröhlich. Ich sehe es vielleicht vor allem daran, daß sie so schwitzt und daß ihre Augen blank sind, wie wenn man richtig lange geweint hat oder kurz davor ist. Sie erzählt, daß sie dort gewesen sei, um nach »Herzschlag für Herzschlag« von Danielle Steel zu sehen, aber daß sie es nicht gehabt hätten. Ich frage, ob sie auf einer längeren Tour gewesen ist, aber nein, sie war nur in der Bibliothek, es ist einfach so *heiß*, sagt sie und wischt sich mit dem Unterarm über das Gesicht. Sie will nicht bleiben, obwohl sie ohne Zweifel weiter hinten im Garten Lisa gesehen hat.

Ich stehe da und gucke ihr nach, als sie wieder davonradelt. Ihr ganzes Fahrrad und ihre Schuhe und Unterschenkel sind bedeckt mit einer dünnen Schicht kreidefarbenem Staub, und das passiert einem, soviel ich weiß, nicht, wenn man nur zur Bibliothek und zurück radelt.

Ich schlendere mit beiden Händen in den Taschen der

Shorts zu Lisa und Hans-Morten. Während Hans-Morten geredet hat, hat er sich rückwärts aus seinen Schlappen hinausgearbeitet, so daß er jetzt mit den nackten Fersen wie eingepflanzt im Gras steht. Seine Beine sind kräftig, kegelförmig. Früher einmal war er ein großer Sportsmann, hat er mir erzählt, und er kann immer noch mitmachen, wenn Hvium jedes Jahr beim Stadtfest im Juli Fußballkämpfe arrangiert. Lisa ist gerade dabei, ihm von dem roten Ford Escort zu erzählen. »Aha, aha, aha«, brummt er und legt das Gesicht in bedenkliche Falten. Seine fülligen, lockeren Wangen werden länger und länger, während sie spricht. Dann fällt beider Blick auf mich, und Lisa reißt sich los und wendet mir das Gesicht zu. »Wollen wir los?« fragt sie. Hans-Morten begleitet uns in die Einfahrt, und es geht darum, aufs Fahrrad zu kommen, bevor er uns zum Abschied umarmen kann. »Kommt bald wieder«, ruft er uns nach. »So netten Besuch erwartet man gern.«

Ich habe lange darüber nachgedacht, und unterwegs, während wir unter einer Eichenhecke an einem Grabenrand sitzen und unseren Proviant essen, erzähle ich Lisa von der Lakkierkabine bei Gert und Ellen. »Ich fand nur, du solltest das wissen«, schließe ich vorsichtig und sehe erstaunt, daß sie lächelt. »Ja, aber das wußte ich sehr wohl, Birgitte«, sagt sie. »Die ist seit Jahren nicht mehr in Gebrauch.«

»Und du glaubst nicht, daß man sie in Gebrauch nehmen könnte, nur für ein einziges Mal?«

»Nein«, sagt sie bestimmt. »Ganz sicher nicht.«

»Wie kannst du das wissen?«

»Gert war an diesem Tag gar nicht zu Hause. Er hatte irgend etwas in Skive zu tun. Ich habe es kontrolliert. Außerdem ist er nicht der Typ, der den Leuten Freundschaftsdienste erweist, und das wissen sie sehr gut. Keiner würde auf die Idee kommen, ihn um so etwas zu bitten.«

»Das hast du kontrolliert?« frage ich verblüfft. »Wie hast du das gemacht?«

»Ach, so auf meine eigene Art«, sagt sie leicht.

Ihre eigene Art. Das ist sicher die, die ich an diesem Vormittag kennengelernt habe. Danach, als wir gegessen haben, will ich hinunter und schwimmen, aber Lisa will immer noch nicht mitkommen. Sie will hinunter nach Hvium und einkaufen und Marie abholen. Diesmal lehne ich ab, sie zu begleiten. Ich sehe sie schon vor mir im Konsum im Windfang stehen und zum Schein die Notizen an der Anschlagtafel studieren oder zwischen den Regalen umhergehen, den Korb halb voll mit Waren, während sie die Ohren spitzt, um den letzten Tratsch aufzuschnappen oder sich nur wohlwollend als Gegenstand des Geschwätzes und Gequassels der Leute anzubieten. Das Ganze mit der Absicht, der Polizei zuvorzukommen, damit die Dinge in die Richtung laufen, die *sie* will.

Sie, Lisa.

◦ ◦ ◦

22.

Auf dem Friedhof von Peterslund, auf der westlichen Seite der Vorhalle, nur wenige Meter von der Eingangstür entfernt, befindet sich eine Sammlung Grabsteine, umgeben von einer niedrigen Hecke, davor ein rostiges schmiedeeisernes Gitter. Eine alte Trauerweide neigt sich über die weißen Marmorplatten. Ich sehe sie nur, weil Dämmerung ist, die Zeit des Tages, wo das Weiß im Halbdunkel aufleuchtet, während alles andere ineinander übergeht. Ich habe bei mir auf der Treppe gesessen und mich etwas einsam gefühlt. Ab und zu kann man feststellen, daß man überflüssig ist und daß das völlig berechtigt ist. Zeitweise hat man ein Bedürfnis nach Gesellschaft, was einen dazu bringt, sich nach außen zu wenden, zu anderen Zeiten arbeitet das Bedürfnis in die entgegengesetzte Richtung, und dann kann man auf einer Türschwelle sitzen und zusammenschrumpfen, bis man die Größe einer Maus hat. Es gibt nicht viele Vergnügungen in Hvium, Peterslund, die einen an einem Freitagabend von derartigen Gedanken ablenken können, aber ein Friedhof ist ein ausgezeichneter Ort, um herumzuschleichen, wenn man findet, daß man sich besser niemandem zeigt. Als ich von der Schwelle aufgestanden und hier herübergegangen bin, habe ich die Tür offenstehen lassen. Man kann von hier aus zur Küsterwohnung spucken, und ich könnte sehen, wenn jemand kommt. Der Friedhof liegt höher als der Pfarrhof, mit Blick durch die beleuchteten Küchenfenster. Die Küche ist der gemütlichste Raum im Haus, im Gegensatz zu den Zimmern ist sie nicht zu groß und nicht mit häßlichen, alten Sachen möbliert, die Lisa geschenkt bekommen hat, weil die Leute fanden, sie seien zu gut, um weggeworfen zu werden. Lisa und Frederik stehen in dem weißgelben Licht und reden.

Es ist interessant, was man alles sieht, wenn Leute miteinander sprechen, ohne daß man hört, was sie sagen. Alles wird deutlicher, die Körpersprache tritt hervor. Lisas verschränkte Arme, Frederiks halb abgewandte Position. Nichts deutet darauf hin, daß es hier um zärtliche Liebeserklärungen geht, und doch stehe ich mit offenem Mund und etwas neidisch da, weil, ja, wohl weil sie ein Recht haben, dort zu stehen, wo sie stehen. Auch wenn sie sich streiten, haben sie doch etwas gemeinsam. Ich selbst habe ja auch irgendwo eine Art Recht, aber je mehr Zeit vergeht, desto mehr vergesse ich, worin es besteht.

Es riecht nach Buchsbaum. Ein flüchtiger Hauch, und dann ist der Duft wieder weg. Was ist es, was diese Luftbewegungen freisetzt, sie bestimmt? Der Wind kann es nicht sein, denn heute abend ist es windstill. Unter einem bedeckten Himmel steht alles still. Ich gehe durch die rostige Pforte, die sich nicht ganz schließen läßt, hinein und stehe vor den weißen Grabsteinen. Es sind insgesamt neun. Ich lese die Inschriften auf den ersten und begreife dann, daß es Kindergräber sind. Eine ganze Geschwisterschar liegt hier, alle gestorben im Zeitraum von 1901 bis 1911. Die Kinder sind zwischen zwei und acht Jahre alt geworden. Ihre Eltern liegen hier auch, Eigentümer des großen Hofes Naverslund, der heute eine staatliche Versuchsanstalt ist. Etwas für sich liegt ein dunkler Stein mit einem Männernamen. Auch dieser Mann ist um die Jahrhundertwende geboren, aber im Gegensatz zu seinen Eltern und seinen Geschwistern ist er alt geworden, sechsundachtzig Jahre. Ich denke darüber nach, was für ein Leben er gehabt hat, er, der einen ganzen Haufen von Toten hinter sich gelassen hat. Ich setze mich auf eine niedrige Steinbank und schließe die Augen. Ein paar kleine Vögel rascheln in einem Busch in der Nähe, sonst ist alles still. Ich sitze da ungefähr eine Viertelstunde, während es dunkel wird. Dann höre ich plötzlich Schritte auf dem Kiesweg. Ich stehe auf und sehe eine große Gestalt, die zwischen den spitzen Thujen aufragt. Frederik ist auf dem Weg zu Gustavs Grab.

»Hej, Frederik«, sage ich, als er mich fast erreicht hat.

Er wundert sich nicht darüber, mich hier zu sehen. »Hej«, antwortet er leichthin und bleibt vor der kleinen Pforte stehen. »Du bist's?«

»Ich bin über die hier gestolpert«, ich mache eine Handbewegung zu den weißen Steinen hin. »Merkwürdig, daß sie alle gestorben sind.«

»Tuberkulose«, er zuckt die Achseln. »Das ganze alte Wohnhaus auf Naverslund wurde 1920 abgerissen. Es lag ja fast im Wald. Es war sehr feucht dort.«

Er hat etwas Distanziertes an sich, als er mir diese Auskünfte gibt. Frederik schafft es, daß ich mich unbeholfen fühle. Es kann schwierig sein, den Übergang von Maus zu Mensch zu meistern. War eine zu große Empfindsamkeit in meiner Stimme, als ich gefragt habe? Auf der anderen Seite kann ein Mensch einen anderen lenken, ohne ein Wort zu sagen. Ein kleines, mißbilligendes Heben einer Augenbraue genügt. Massen von Tyrannen arbeiten auf diese Weise, im verborgenen. Ich werde wütend auf Frederik, mir geht auf, daß ich das schon seit mehreren Tagen bin. Eine Grobheit brennt mir auf der Zunge, ich bin kurz davor, sie abzufeuern, aber im letzten Augenblick erinnere ich mich daran, warum er sich ausgerechnet hier befindet. Frederik ist ein Mann, der einen Abendspaziergang zum Grab seines Sohnes macht, und plötzlich durchströmen mich die Gefühle so stark und in ständigem Wechsel, daß ich nahe daran bin, den Halt zu verlieren. Ich mache einen Schritt nach vorn, fasse seinen Arm und lege eine Hand an seine Wange. Seine Haut ist unter den Bartstoppeln des Tages weich, eine Spur schlaff. »Frederik«, sage ich zärtlich. Er neigt den Kopf und stützt seine Stirn an meine.

Er begleitet mich nach Hause und bleibt mitten im Raum stehen, während ich herumgehe. Ich hänge meine Jacke auf und setze Wasser für Kaffee auf, und plötzlich fällt mir ein, daß ich Rotwein im Schrank habe. Ich frage, ob er ein Glas trinken möchte. Das möchte er. Er steht immer noch da, als ich mit der geöffneten Flasche und zwei Wassergläsern wieder zurückkomme. Weingläser gibt es nicht hier im Haus, aber das macht nichts. Ich schenke ein, wir stoßen an und bleiben so stehen, dicht beieinander. Wir küssen uns. Vorsichtig recke ich mich mit meinem Glas nach hinten und stelle es auf die Fensterbank, und Frederik tut das gleiche. Es ist der Wein, der uns die Schwelle übertreten läßt. Schon der erste Schluck ist das Signal dazu, daß die Dinge, die wir normalerweise tun, jetzt außer Kraft gesetzt werden können, und als es erst einmal passiert ist, gibt es keine Hindernisse mehr. Seine Hände gleiten suchend über meinen Rücken, er umfaßt meine Schultern und preßt seinen Mund an meinen Hals und klammert sich plötzlich so heftig an mir fest, daß ich nahe daran bin zu fallen. Ich schaffe es, ihn aufzurichten, und wir küssen uns wieder. Hier unten brennt kein Licht, aber das Ganze gefällt mir trotzdem nicht. Draußen auf der Straße könnten Leute vorbeikommen, oder Lisa könnte in die Einfahrt kommen. »Frederik«, sage ich. »Bist du sicher?« »Ja«, murmelt er mit offenem Mund an meiner Wange. »Ja, ja, ja.« Wir stürzen nacheinander die Treppe hoch und lassen uns auf mein Bett fallen, und er bohrt wieder das Gesicht an meinen Hals. Seine Haare sind kurz und fühlen sich unter dem Kinn wie eine unendlich weiche Bürste an, während er seinen Mund vor und zurück über meine Haut bewegt. Er will einfach da sein, an diesem Punkt, ohne zu sehen oder zu hören. Trotzdem habe ich das

Gefühl, daß wir uns beeilen müssen. Ich schlinge die Arme um ihn und wiege ihn vor und zurück, bis er losläßt. Erst danach wird es ruhiger zwischen uns. Er liegt mit geschlossenen Augen flach auf dem Rücken. Nach einiger Zeit richte ich mich auf einem Ellenbogen auf und lege eine Hand auf seinen Bauch. »Mach die Augen auf«, sage ich. Langsam tut er, was ich sage. Es sieht aus, als bekämen sie Risse, als käme das Leben endlich unter einer weißen Verkapselung zum Vorschein. Ich kann verstehen, daß man seine ganze Hoffnung auf einen Blick eines solchen Augenpaars setzen könnte. Er lächelt mir zu. Ich lasse einen Finger seiner langen, geraden Nase folgen, glätte die scharfe Falte unter seinem linken Auge, küsse ihn zuerst auf die eine Wange und dann auf die andere, auf die Stirn, auf das Kinn, wieder auf den Mund, und inzwischen gleiten seine Augen wieder zu, als sei er sehr müde und wolle am allerliebsten schlafen. Ich liege da und gucke ihn an. Dieser schöne Mann ist der innerste Kern in Lisas geheimem Leben, aber für kurze Zeit sind es meine Arme, in denen er liegt. Ich mache mir keine Illusionen, keine Hoffnungen. Ich lege mich halb auf ihn, lasse die Hand auf ihm hinuntergleiten. Es fühlt sich an, als wäre jeder Muskel seines Körpers angespannt. Ich knöpfe sein Hemd auf und schiebe es zur Seite. Die Haut darunter ist brennend heiß. Ich küsse eine dunkelrote Brustwarze und dann die andere, stecke die Nase in die Haut auf seinem Bauch. »Du bist so wunderbar«, flüstere ich. »Aber wir tun nichts, was du nicht willst.«

»Ich will das hier«, murmelt er.

»Bist du sicher?«

»Ja, um Himmels willen.« Er nimmt meine Hand, führt sie hinunter über seine Brust und seinen Bauch und läßt dann los. Langsam öffnen wir, ohne uns zu bewegen, eine Tür, durch die wir hineingehen. Still. Völlig still. Es knackt im

Haus, ein paar Fledermäuse fliegen unter der Dachrinne auf. Er reckt eine Hand hoch und macht die Bettlampe aus, obwohl ich protestiere.

»Du bist so angespannt«, sage ich. »Versuch, dich zu entspannen, Frederik, dann wird es besser.« Aber er will nicht hören, er bohrt seinen Kopf mit einer heftigen Bewegung an meinen Hals, schiebt blind den Mund hinauf und hinunter. Etwas stimmt nicht. Ich liege ausgestreckt, völlig steif, es gibt keine Verbindung mehr zwischen uns. So kurz sie auch war, vermisse ich sie trotzdem. Schöner, wunderbarer Frederik, ich hatte gehofft, daß es nicht so kommen würde. Ich hatte gehofft, daß wir einander etwas geben könnten. Jetzt sollte ich aus dem Bett aufstehen, aber ich kann es nicht über mich bringen. Er wälzt sich auf den Rücken, mit den Armen an den Seiten. Einen Augenblick ist es, als ob er ganz zumacht. Es ist sehr still im Schlafzimmer, still und sehr dunkel. Ich nehme mich zusammen. Du bist eine erwachsene Frau, sage ich mir, und du hast Schlimmeres erlebt. Gleich wird er aufstehen und nach Hause gehen, aber bis dahin wirst du dich ordentlich aufführen. Ich mache das Licht an und sehe, daß wir in einem Durcheinander aus Kleidern und Laken liegen, ich versuche zu lachen, ich zupfe ihn an den Haaren, die naß von Schweiß sind, und selbst das macht mich traurig, denn ich weiß, daß wir das hier nie wiederholen werden. Es wird nie eine neue Chance geben.

»Machst du so was oft?« frage ich munter und gekünstelt brüsk.

»Was?« murmelt er mit geschlossenen Augen und einer Hand auf seinem Brustkasten ruhend. Ich will die Hand nehmen und sie küssen, aber sie hat etwas Unberührbares. Ich will auch aufstehen und allein sein, und gleichzeitig will ich mich um alles in der Welt an ihn klammern, solange ich kann.

»Ja, so was, bist untreu?«

Er blinzelt. »Warum willst du das wissen?« antwortet sein Mund dicht an meinem Ohr.

»Lisa hat daran gedacht«, flüstere ich.

»Und das hast du vielleicht auch?«

Es entsteht eine kleine Pause. Die Bettdecke bewegt sich langsam, vorsichtig. »An dem Tag«, sage ich.

»Welchem Tag?«

»Gustavs Geburtstag.«

Er erstarrt und verschiebt sein Bein.

»Lisa konnte dich nicht erreichen«, plappere ich. »Du hast das Handy nicht abgehoben, und du bist zu spät nach Hause gekommen.«

»Das weiß ich«, er räuspert sich. »Ich war in der Stadt, nach meiner Mutter sehen. Sie und Lisa können sich nicht leiden«, fügt er hinzu, »aber manchmal koche ich für sie, sonst würde sie nie was Ordentliches zu essen bekommen.«

Es wird still.

»Ich dachte an dich und Manne«, sage ich gleich darauf.

»Manne?« Er lacht ein unfrohes Lachen. »Sie hat bestimmt genug zu tun mit ihren eigenen Angelegenheiten. Und außerdem fliege ich nicht auf zwanzigjährige Mädchen.«

»Auf wen fliegst du eigentlich?« frage ich zum Spaß und kraule ihn ein wenig an der Brust.

»Niemand«, antwortet er. »Niemand. Ich fliege auf niemanden.« Es kommt ein trockener Laut aus seinem Mund.

»Entschuldige«, flüstere ich erschrocken, und danach sind wir lange still. Sein Körper ist schwer und warm und dunkel an meiner Seite. Wenn ich den Kopf drehe, werde ich sein Gesicht nicht sehen können, so nahe ist es.

»Lisa vermißt dich«, sage ich plötzlich, unerwartet auch für mich selbst, und im selben Augenblick zieht sich etwas in meinem Bauch zusammen, als hätte man mir dort einen Tritt versetzt. »Merkst du das denn nicht?« fahre ich fort, sehr laut.

Er bewegt sich, öffnet die Augen, denn jetzt habe ich seine Aufmerksamkeit geweckt. Er liebt seine Frau und am allermeisten vielleicht jetzt, wo er bereut, was er gerade getan hat. »Vielleicht«, antwortet er.

»Aber was ist das Problem?« beharre ich. »Warum bist du sauer auf sie?«

»Du fragst und fragst«, murmelt er wie ein Echo auf ein anderes Gespräch mit einem anderen Mann, aber diesmal lasse ich mich nicht aufhalten. Ich richte mich auf dem Ellenbogen auf und sehe hinunter in seine weißen Augen.

»Warum?«

»Ich weiß sehr gut, was sie will«, sagt er schließlich. Er ist eigentlich froh darüber, das hier zu erörtern. Vielleicht hat er jemanden zum Reden vermißt, und dann brauchte es nur etwas Sex, um ihm den Mund zu öffnen und die Gedanken in Bewegung zu setzen. Das hat man schon erlebt. Unfaßbar, wie wenig dazu nötig ist. »Sie will, daß ich zu ihr sage: Es macht nichts, daß du nicht runtergefahren bist und Gustav abgeholt hast, als er anrief und nach Hause wollte. Aber das kann ich nicht.« Er legt den Arm über die Augen. »Das tötet Gustav. Das ist doch der ganze Unterschied.«

»Du glaubst, das ist es, was sie von dir hören will?« Ich lege eine Hand auf seine Brust, spüre die Erhöhung dort und das Tal in der Mitte, das es in meinen Handflächen immer vor Wonne hat kitzeln lassen. »Es ist hart für sie«, sage ich. »Sie hat Angst, dich zu verlieren.«

Lange antwortet er nicht. »Sie mit all ihrem Gerede von Vergebung«, flüstert er schließlich unter seinem Arm. »Das macht mich fertig.«

»Aber du machst ja nichts anderes, als dich an Lisa zu rächen«, flüstere ich zurück.

Diesmal antwortet er gar nicht, und ich sage nichts mehr. Ich bin viel zu erschöpft. Als Frederik gleich darauf aufsteht und die Treppe hinuntergeht, bleibe ich in dem zerwühlten Bettzeug liegen, ich drehe mich auf den Rücken, und so schlafe ich die ganze Nacht.

∘ ∘ ∘

23.

Samstag vormittag. Es ist der Tag danach. Marie und Manne suchen auf dem Hofplatz nach Steinen. Sie haben ein Brett quer über die Sandkiste gelegt, und da werden die schönsten ausgestellt, nachdem sie zuerst in Wasser getaucht worden sind, damit die Farben hervortreten. Marie hält erst einen Stein, dann einen anderen hoch und mustert sie und legt dann die, die sie nicht haben will, sorgfältig wieder zurück. Manne kriecht auf allen vieren herum, die blonden Haare über den Kies fegend, während die Mauersegler durch die Luft pfeifen. Sie fliegen niedrig und sind sehr laut. Machen sie sich Sorgen um ihren zweiten Wurf Junge, die Ruhe brauchen, um hier drinnen in dem geschlossenen Hof fliegen zu lernen? Oder spüren sie den Vogelzug? Ich habe schon gesehen, wie sich vereinzelte kleine Gruppen auf den langen Scheunendächern entlang den Straßen versammelt haben. Manne setzt sich hinter Marie und zieht sie an sich. Sie schließt die Augen gegen die Sonne, während Marie weitersucht, eine Hand auf Mannes Schenkel. Die gekalkten Mauern sind blendend weiß. Draußen auf der Straße kommt ein Auto angefahren. An der Kirche biegt es nach links ab und kommt langsam zu uns herunter. Es macht keine Anstalten zu blinken, sondern fährt einfach bei der Hecke herein. Der Motor wird abgestellt, und die Tür geht auf. Hans-Morten steigt aus und steht einen Augenblick breitbeinig und mit schwankendem Rücken da, beide Hände in den Hintertaschen.

Ich beobachte ihn voller Unruhe. Das ist diese undefinierbare Angst, die mir manchmal einen Besuch abstattet und die ich ab und zu wieder zum Verschwinden bringen kann, ohne zu wissen, wie. Der ganze Morgen ist so gewesen. Ich bin spät aufgewacht, schwer am ganzen Körper, und herübergekommen, um zu sehen, wie die Dinge liegen, fand aber nur Manne und Marie im Haus vor. Frederik ist sicher im Institut, Lisa ist in der Stadt, um einzukaufen. Manne sieht schnell auf, aber steht nicht auf. Sie kann Hans-Morten nicht ausstehen. Heute trägt er keine Shorts, sondern eine engsitzende lange Hose und ein dunkelblaues Jeanshemd, das am Hals offensteht. Ich löse mich aus dem Schatten auf der Treppe und gehe ihm entgegen. Der Kies knirscht unter unseren Füßen.

»Guten Tag, kleines Mädchen«, sagt er halb flüsternd und schenkt mir einen langen Blick, während er meine Hand drückt. »Ist unser kleines Lisa-Mädchen zu Hause?«

»Nein«, sage ich. »Sie ist nicht vor zwölf zurück.« Das ist fast noch eine halbe Stunde hin, und ich rechne damit, daß er sagt, daß er später wiederkommt, aber statt dessen fragt er, ob ich ihm ein Glas Wasser geben kann. Ohne ein Wort gehe ich in die Küche und fülle ein Glas mit lauwarmem Wasser, grau von Luftblasen. Als ich wieder auf den Hof komme, ist Hans-Morten nicht zu sehen. Ich gucke auf die andere Seite des Hauses, und da hat er sich auf der Terrasse niedergelassen, mit einem Arm auf dem Tisch und dem anderen schlaff an der Seite hinunterhängend. Er trommelt mit dem Daumen leicht auf die Tischplatte, tief in seinen eigenen Gedanken. Aber als er mich hört, springt er sofort auf. »Du fandest es doch nicht ungehobelt von mir, daß ich mich hierhergesetzt habe?« fragt er einschmeichelnd und fährt mit der Hand leicht durch seine Nackenlocken, die immer feucht sind. Wenn ich nicht unhöflich wirken will, muß ich mich jetzt hinsetzen und mit ihm reden, bis Lisa zurück ist. Ich setze mich, er ist trotz allem ihr Kollege.

Er leert das Wasserglas fast in einem Zug und fragt entschuldigend, ob er so frech sein und um noch ein Glas bitten darf. »Fr-rech«, sagt er mit seinem deutlichen R. Er hätschelt die Worte, so daß selbst die kleinste Aussage eine doppelte Bedeutung bekommt. Ich hole eine ganze Kanne für ihn. Große Schweißflecken sind auf seinem Hemdrücken und unter den Armen hervorgetreten. »Es gibt Nächte, wo man nicht so gut schläft«, sagt er als Erklärung für seinen Durst. »Es gibt Nächte, wo man sich wegen seiner Gedanken dreht und wendet. Aber sie stehen Schlange, das tun sie. Diese Gedanken …« Für mich sieht er eher wie einer aus, der sich aufgrund von zuviel Alkohol im Blut gedreht und gewendet hat. Dann wechselt er das Thema. Er fragt, wie es dem Lisa-Mädchen eigentlich geht, die Gemeinderatssitzungen sind so fad ohne sie, klagt er und trinkt mehr Wasser. Ich antworte ihm einsilbig und halte die ganze Zeit Ausschau nach Lisa. Ich bin wie zerschlagen, als hätte ich tagelang getrunken. Obwohl, fährt er fort, er will ja ungern seine eigene Bedeutung übertreiben, aber er ist jetzt ja seit zwei Perioden Vorsitzender, also sagt er das nicht, um seine eigene Bedeutung zu übertreiben, doch klarkommen tun sie ja, das kann er nicht leugnen. Aber lustig, würde er sagen, ist es nicht, ihnen fehlen ihr heiteres Lächeln und ihre fröhlichen Augen. Man empfindet die Arbeit als schwerer, wenn sie nicht dabei ist. Er rückt seinen Stuhl näher an meinen und versucht, meinen Blick zu erhaschen. Es ist die weibliche Hand, erzählt er, die kann man nicht entbehren. »Was ist mit dir?« fragt er plötzlich und berührt meinen nackten Oberarm. »Hast *du* denn einen Mann, der dich ein bißchen wärmen kann?«

»Nein«, sage ich brüsk und schüttle seine Hand ab. Er versteht die Zurückweisung nicht, sondern begreift es als Einladung und stürzt sich in eine Flut von einschmeichelnden Andeutungen und schlecht verhohlenen Anzüglichkeiten. Seine Augenbrauen gehen auf und ab, sein Blick sucht ganz angestrengt meinen, und weil ich mich weigere, ihn anzusehen, sagt er, daß ich ihm gegenüber nicht schüchtern sein soll, »du hast doch keinen Grund, schüchtern zu sein, was, kleines Mädchen?« Er darf doch wohl fragen, oder? Das ist ja nur normal. Die ganze Zeit tatscht seine Hand an mir herum, während er mir versichert, daß sie Schlange stehen müssen, die jungen Männer, wenn sie mir den Hof machen wollen. Hoof machen wollen. Ich schiebe den Stuhl hart zurück und stehe auf. »Das Lisa-Mädchen kann einem leid tun, daß sie sich mit einem wie dir herumschlagen muß«, sage ich böse. »Du kannst hier sitzen bleiben und warten. Sie kommt dann wohl irgendwann.« Ich bin so rasend, und das Blut hämmert in meinen Wangen, und ich überquere mit langen Schritten den Rasen. Ich sehe nicht zurück. Ich gehe um die Ecke und sehe im selben Augenblick Lisa, die durch die Einfahrt geradelt kommt.

»Hans-Morten ist gekommen«, sage ich.

»Aha«, sagt sie leichthin, während sie den Fahrradkorb vom Lenker wuchtet, ohne mich anzusehen. »Dann muß ich wohl hingehen und mit ihm reden.«

° ° °

Sie bleiben sehr lange im Garten. Ich stehe in der Küche und mache zum Lunch Butterbrote für vier und lege sie eines nach dem anderen auf einen großen Teller. Es ist schon nach halb eins, er sitzt jetzt schon länger als eine halbe Stunde mit ihr zusammen. Ich bereite eine Kanne Holunderbeersaft zu und stelle sie in den Kühlschrank und suche Teller und Besteck heraus, die sich jeder vom Küchentisch nehmen kann. Dann trete ich in die Tür und rufe Manne und Marie und sage, sie könnten sich einfach von den Broten nehmen, wenn sie Hunger hätten. Ich selbst will auf Lisa warten. Sie holen sich ihre Teller und setzen sich auf die Kante der Sandkiste. Marie kann nur winzig kleine Stücke essen, denn sie hat genug damit zu tun, die Steine naß zu halten. Wie immer scheint sie vollauf mit ihren eigenen Dingen beschäftigt zu sein. Einmal hat Lisa zu mir gesagt, Marie könne sie rasend machen, weil sie sich nie stressen lasse. Jetzt betrachte ich das Mädchen in dem kurzen roten Kleid. Solange sie Manne hat, geht es ihr gut. Sie legt den Kopf in den Nacken und sieht auf in Mannes Gesicht und legt dann eine hohle Hand wie eine Schale um Mannes Kinn. Sie lachen in ihrer eigenen gepolsterten kleinen Welt, wo die Steine glänzen, in der Sonne schmorend.

∘ ∘ ∘

Schließlich setzt sich Hans-Mortens großes rotes Auto lautlos in Bewegung und gleitet die Straße entlang. An der Kirche biegt es ab und fährt hinunter nach Peterslund und Hvium und ist bald zwischen den Pappeln in der Allee verschwunden. Es ist ein Uhr. Ich gehe hinein und durch die Zimmer und gucke auf die Terrasse. Sie ist leer. Auf dem Tisch stehen das Wasserglas und die Kanne, die Hans-Morten bis zum letzten Tropfen geleert hat.

Ich spähe hinunter über den Rasen, aber Lisa ist nicht zu sehen, und im Haus ist sie auch nicht, weder im Büro, wo die Tischplatte aufgeräumt worden ist, noch oben, wo die Räume voller Sonne sind. Ich gehe hinunter in die Küche und esse meine Brote. Ich bin rastlos und weiß nicht, was ich anfangen soll. Es ist, als wäre ich von einer Stille umgeben, die von allen Seiten ständig näher rückt und den Raum verdrängt, den ich bisher gehabt habe. Stille. Ich will zu mir hinübergehen, bleibe aber trotzdem hier. Ich leihe mir ein Paar von Lisas alten weißen Holzschuhen und gehe hinunter in den Garten, steige die kleine Treppe zwischen den beiden Linden hinauf, und oben auf dem alten Gartenwall, wo immer noch Gustavs Höhle steht, finde ich Lisa.

Sie sitzt an der Außenseite des Walls, die Arme um die Knie geschlungen, und sieht, den Blick in der Ferne, über die Wiese. Sie dreht nicht einmal den Kopf, als ich neben ihr niedersinke.

»Hej«, keuche ich. »Na, ist er gefahren?«

»Mmm.« Sie reibt das Kinn an ihrem nackten Knie.

»Es ist Lunch für dich im Kühlschrank.«

»Ich will nichts essen.«

»Sonst gibt es noch Roastbeef und Tomaten.«

»Ich habe keinen Hunger«, sagt sie abweisend.

Stille.

»Was wollte er?« frage ich.

Lisa wippt mit ihren bloßen Füßen. Ihr Blick ist immer noch auf einen fernen Punkt unten auf der Wiese gerichtet. »Ich bin etwas wirr im Kopf«, teilt sie mit einer Stimme mit, die mir sagt, daß ich ihr nicht zu nahe kommen soll, ich kann sehr leicht lästig fallen. Aber so etwas hat nie auf mich gewirkt, ich habe keinen Stolz und habe mich immer mit dem größten Eifer denen an den Hals geworfen, die mir gerade deutlich gezeigt hatten, daß sie nicht interessiert waren. Und manchmal ist es ja tatsächlich auch vorgekommen, daß sie ihre Haltung aufgegeben haben.

»Warum?« frage ich. »Ist was passiert?«

Sie dreht den Kopf, sieht mich an. »Was passiert?«

»Ja?«

»Ja, ein paar Kleinigkeiten«, sie lächelt ironisch. »Ich habe zum Beispiel meinen Sohn verloren und …«

»Ach, mit dir ist nicht zu reden«, fauche ich und lege mich

im Gras zurück. Es ist sehr hoch und kräftig, weil es im Schatten wächst und weil es direkt an der Flurgrenze ein Brunnenloch gibt. Hier steht die Badewanne für die Kühe, aus der sie trinken. Im Augenblick befinden sie sich mitten auf der Wiese. Man kann ihre braunen Rücken über dem Hang aufragen sehen. Die Erde um den Trinktrog ist zu einem Morast ausgetreten, mit tiefen Abdrücken von ihren Klauen. Ich sehe zu ihr auf, es zuckt etwas in ihrem Rücken, sie sitzt da und pult an ihren Zehen. Dann wird sie still, und schließlich legt sie sich auch hin.

»Willst du, daß ich nach Hause fahre?« frage ich.

Sie seufzt. Vernehmlich. »Hör jetzt auf.«

»Nein, ganz ehrlich«, ich richte mich halb auf. »Kann ich machen. Ich kann jetzt packen und heute nachmittag fahren. Ein ganz normaler Vorgang. Kennst du nicht das Sprichwort, daß Fisch und Gäste nach drei Tagen riechen? Ich bin jetzt schon seit Wochen hier.«

»Möchtest du denn nach Hause?«

»Es würde mir nichts ausmachen«, murmle ich. »Ich muß ja auch irgendwann meine eigenen Dinge wieder anpacken.« Lisa hebt einen schlanken Arm und legt ihn über ihre Augen. »Ich kann dazu jetzt nichts sagen«, antwortet sie. »Ich habe gerade etwas erfahren.«

»Was?« Lisa dreht sich im Gras und wirft mir einen merkwürdigen Blick zu. So schaut sie, wenn sie einen Entschluß gefaßt hat. »Ich habe gerade erfahren, wer Gustav überfahren hat«, sagt sie leise.

◦ ◦ ◦

»Wer hat dir das erzählt? Hans-Morten?« rufe ich ungläubig aus.

Sie nickt.

»Woher weiß er das? Er ist ja nichts weiter als ein alter Quatschkopf!«

»Hans-Morten ist ganz okay! Außerdem hat er das Auto gesehen. Den roten Ford.«

»An dem Tag?«

»An dem Tag«, nickt sie. »In der fraglichen Zeit, und in voller Fahrt Richtung Hvium.«

»Warum hat er das nicht früher gesagt?«

»Erst, als ich zu ihm kam und von dem Auto erzählt habe, hat er angefangen, eins und eins zusammenzuzählen, sagt er.«

»Was ist das für ein Tratsch?« sage ich aufgebracht. »Jeder würde doch darüber nachdenken, welche Autos einem begegnet sind, wenn es einen Unfall gegeben hat.«

»Birgitte!« sagt sie rasend. »Er würde keinen Tratsch verbreiten. Hast du das nicht langsam kapiert?«

Ich schweige und versuche, mich zu besinnen. »Okay«, murmle ich. »Entschuldige. Jetzt mal immer mit der Ruhe.«

»Ich bin ruhig«, sagt sie hochnäsig, und dann entsteht eine neue Pause.

»Ich verstehe nur nicht«, versuche ich vorsichtig, »warum geht er mit solchen Beobachtungen nicht zur Polizei?«

»Vielleicht tut er es noch«, fertigt sie mich ab. »Aber vorläufig ist er damit zu mir gekommen.«

Mir! Mehr muß man gar nicht wissen. Starrköpfige, selbstzufriedene Lisa. Sie schlingt wieder die Arme um ihre Beine und stützt das Kinn auf die Knie. Ich gucke sie an, und ich glaube, sie spürt meinen stummen, vorwurfsvollen Blick. Schließlich gibt sie nach. »Birgitte«, sagt sie. »Er kennt dieses Auto. Er hat es angesehen, hat es berührt. Denn an Gustavs Geburtstag, am Vormittag, war der Eigentümer des Autos draußen bei ihm, um ihn zu fragen, ob er es kaufen wollte. Deshalb ist er so sicher. Verstehst du das?«

»Warum hat er es nicht gekauft?« frage ich.

»Es war zu schlecht.« Lisa zwirbelt einen langen Grashalm zwischen Zeige- und Mittelfinger. »Er hat gesagt, es war reif zum Verschrotten. Durchgerostet.«

»Wem gehört es?«

»Niemand, den du kennst.« Sie starrt geradeaus vor sich hin, mit diesem brennenden Blick, den ich oft gesehen habe, wenn es ihr schlechtzugehen droht.

»Wer ist es, Lisa?«

Sie macht eine Bewegung mit der Hand, wie um eine Fliege zu verscheuchen.

»Aber du hast doch vor, zur Polizei zu gehen?«

»Das kann ich nicht.«

»Warum in aller Welt kannst du das nicht?«

»Ich habe Schweigepflicht.«

»Ja, ja«, sage ich. Ich habe Lust zu fragen, ob sie vorhat, Fredrik zu erzählen, wer es ist, traue mich aber nicht, seinen Namen zu erwähnen. Es geht mir nicht sehr gut, und das gilt selbstverständlich auch für Lisa. Es braucht nicht mehr viel, bis die Lunte brennt und alles in die Luft fliegt.

»Was jetzt?« bringe ich schließlich heraus. »Was willst du jetzt tun, Lisa?«

»Das hier ist sehr neu für mich.« Sie stöhnt und legt sich wieder ins Gras. »Ich muß es überdenken. Das kannst du sicher verstehen.« Das letzte kommt wie ein Flüstern.

»Du hast doch nicht vor, etwas Dummes zu tun?«

Darauf antwortet sie nicht. Die Kuhrücken draußen auf der Wiese bewegen sich nicht. Sie sehen aus wie große braune Steine, eine ganze Herde davon.

◦ ◦ ◦

In der Nacht wache ich durch ein Trippeln auf dem Dach auf. Wie Mäusefüße. Das Geräusch ist für mich so ungewohnt, daß es eine Zeitlang dauert, bis mir aufgeht, daß es Regen ist. Zum ersten Mal seit Wochen regnet es. Mir fällt das Buch ein, das ich gestern abend auf dem Gartentisch vergessen habe. Da habe ich genau gesehen, daß es nicht sternenklar war, aber keinen Augenblick geglaubt, daß diese Wolken Wasser von sich geben könnten. Ich gehe nach unten und schiebe die Terrassentür auf. Das Gras legt sich unter meinen bloßen Füßen. Der Regen ist still und fein und dicht, er fällt gerade herunter, nur ein schwaches Rauschen, schwacher Druck. Im Laufe des kurzen Ausflugs zum Tisch und wieder zurück bin ich sehr naß geworden, und als ich hereinkomme, weiß ich, daß es vorläufig keinen Sinn hätte, wenn ich wieder ins Bett ginge. Ich mache unten Licht und finde ein Handtuch und trockne mich ab. Drüben jenseits der Straße, im Pfarrhof, ist auch Licht. Es ist fast drei. Das ist die Einsamkeitsstunde, die Zeit, wo die Geister zu Besuch kommen, bevor das Licht zurückkehrt. Der Gedanke daran, daß man selbst einer von ihnen werden kann, trägt dazu bei, mich wach zu halten. Ich setze mich mit einem Whisky in den einzigen Sessel des Hauses, ziehe die Beine hoch und lausche dem Gluckern des Regens durch das Fallrohr. Ich muß zusehen, daß ich nach Hause, nach Kopenhagen zurückkomme. Was hält mich hier fest? Sind nicht alle Möglichkeiten langsam erschöpft? Doch, denke ich, Birgitte, du alter Doofkopp, mach, daß du wegkommst, bevor du dich in Selbsthaß und Mutlosigkeit hineinziehen läßt und anderen Leuten nicht mehr in die Augen sehen kannst. Andere wären längst schreiend davongelaufen, denke ich. Wer hält es aus, auf diese Weise zu existieren, Woche für Woche, es ist klar, daß man davon verrückt wird. Es ist nicht dein Leben, das hier, sage ich laut und lausche ernst meiner eigenen Stimme. Aber wo ist es dann? frage ich.

Man soll nachts nicht zuviel derartigen Stimmen lauschen, denn sie setzen sich mit ihrem ganzen Gewicht auf einen und bringen einen zum Verzweifeln. Statt dessen soll man aufstehen, packen, aufräumen, putzen. Ich ziehe mich an und hole den Staubsauger und den Scheuereimer heraus. Drei Stunden danach, als das Haus geputzt ist und ich gepackt habe, ist drüben auf der anderen Seite der Straße immer noch Licht. Die Sonne wird bald aufgehen. Sie hängt direkt unter dem Horizont, hinter einer dichten Wolkenschicht. Ich trage meine Sachen hinaus zum Auto und bleibe in der Einfahrt kurz stehen. Es ist fast sechs, und es ist, als wäre der Morgen in Watte gepackt. Keine Vögel singen, und über den abgeernteten Feldern schwebt ein schmaler, kreideweißer Nebelstreifen. Der Asphalt glänzt vor Nässe, aber es regnet nicht mehr. Schönes Fahrwetter. Ich überquere mit einem Umschlag in der Hand die Straße. Ich habe Lisa einen Brief geschrieben, den ich durch ihren Briefschlitz einwerfen will. Es steht nicht sehr viel drin, aber er ist in Ordnung, das wird sie auch finden. Ich höre, wie der Brief auf dem Dielenboden landet, und gehe durch die Einfahrt hinaus. Aber dann höre ich, daß hinter mir ein Fenster aufgeschoben wird.

»Birgitte!«

Lisa lehnt sich aus dem Küchenfenster. Ich kehre um und gehe zu ihr.

»Was hast du vor? Bist du schon auf?«

»Ich habe einen Brief für dich gebracht. Ich fahre nach Hause, bevor es zu warm wird und bevor zu viel Verkehr ist.«

»Jetzt? Kannst du nicht etwas warten?« Sie spricht gedämpft, es ist, als verstünde sie nicht wirklich, was ich sage. »Ich habe gesehen, daß drüben bei dir Licht war. Ich war im Laufe der letzten Stunden mehrere Male auf dem Weg zu dir.«

»Warum?«

»Warte. Ich komme raus.«

Sie schließt vorsichtig die Tür hinter sich, als habe sie Angst, die anderen zu wecken, und zieht mich mit die Einfahrt hinunter.

»Du warst auch nicht im Bett«, stellt sie fest. »Ich habe nachgedacht und nachgedacht. Kannst du mir nicht helfen? Wir können dein Auto nehmen, dann merken es die anderen nicht.«

»Wobei soll ich dir helfen, Lisa?«

»Das kann ich dir nicht erzählen«, sagt sie.

◦ ◦ ◦

Wir fahren mit heruntergekurbelten Fenstern, und auf dem Weg in das schlafende Hvium, wo die Häuser sich von der Straße zurückgezogen haben und alle Gardinen und Rouleaus hinuntergelassen sind, füllt sich das Auto mit reiner frischer Luft. Auf dem Dach des Konsums sitzen in einer langen Reihe Mantelmöwen und Heringsmöwen, die Köpfe unter den Flügeln. Sie bittet mich, über die Eisenbahnlinie weiterzufahren, und dirigiert mich weiter, bis wir an den Kiesweg kommen, der zu Albins und Ninettes Haus hinaufführt. Hier sagt sie, daß ich wenden soll. Nach dem Regen liegt der Staub auf der Straße, festgetreten und weißgelb. Kleine Pfützen sind voll von kalkfarbenem, undurchsichtigem Wasser. Das Auto holpert und rumpelt weiter. Hundert Meter vor dem Haus faßt sie mich plötzlich am Arm und sagt, ich soll hier anhalten.

»Hier?« wiederhole ich dumm.

»Was wollen wir hier?«

»Du kannst hier warten«, sagt sie. »Ich bin gleich zurück.«

»Was?«

»Sch!« sagt sie so heftig, daß ich sehr erstaunt bin.

»Du *hast gesagt*, du würdest mir helfen«, sie sieht mir in die Augen, bis ich den Blick senke, weil ich nicht mit ihr streiten will. Sie steigt aus dem Auto und knallt die Tür zu, geht mit langen Schritten den Kreideweg entlang, an der Hecke vorbei und verschwindet in der Einfahrt. Ich warte ein paar Sekunden, bis ich aus dem Auto aussteige und ihr folge.

◦ ◦ ◦

Auf dem Hofplatz, halb in der Garage, steht Albins und Ninettes silberfarbener Audi. Die großen, gardinenlosen Fenster im Wohnhaus wirken ganz nackt. Dahinter ist es dunkel, da drinnen ist noch niemand auf. Ich weiß nicht, was Lisa hier will oder wo sie abgeblieben ist. Ich gehe herum zur Rückseite des Stalles, wo eine alte Zementmischtrommel und eine verrostete Egge und ein paar blaue Futtertonnen und diverses anderes Gerümpel steht. Ich gehe ganz herum um die Gebäude, ohne etwas von ihr zu sehen, und gucke dann wieder auf den Hofplatz. Keine Lisa. Sie sagte, es würde nur einen Augenblick dauern. Vielleicht sitzt sie schon unten im Auto, immer noch rasend. Ich will gerade zurückgehen, als ich sehe, daß die Tür zu dem grüngestrichenen Carport angelehnt ist, und überlege es mir anders.

Hier hat Albin vor längerer Zeit gestanden und mich beobachtet. Ich erinnere mich, wie er die Tür geschlossen hat, als ich auf ihn zuging. Ein Siebenzollnagel baumelt an einer Schnur von der Klinke. Ich hebe die Hand gegen das graue Licht, das über den Zementboden hereinfällt, und im selben Augenblick kommt eine Gestalt von dort drinnen herausgestürzt. Verwirrt sehe ich, wie Lisa vornübergebeugt, weinend, vor Weinen hicksend durch die Einfahrt herausgelaufen kommt. Ich werfe einen Blick über die Schulter in den Raum, und da steht ein Auto, bedeckt von einer feinen Schicht pulverartigem Staub.

Jemand hat irgendwann zwei dralle Herzen in den Staub auf der Heckklappe gezeichnet, und hier kann man mit etwas gutem Willen sehen, daß das Auto vielleicht einmal briefkastenrot gewesen ist. Jetzt ist es verbleicht, zerbeult und sehr rostig. Seit Jahren hat sich niemand darum gekümmert. Ich gehe rundherum und knie mich davor. Ford Escort. Er war schon einmal in einen Unfall verwickelt. Der linke vordere Kotflügel ist neuer, und die rote Farbe springt einem in die Augen. Ein Stück der Kantenleiste ist abgerissen, und da sind Kratzer und eine große Beule, die jemand auf die amateurhafteste Weise auszubeulen und mit rotem Autolack zu übermalen versucht hat. Mich erfüllt Widerwille, ein unglaublicher Ekel. Ich sinke mit der Hand vor dem Mund zusammen, und im selben Augenblick wird die Luft von einem Kinderschrei aus dem Haus zerteilt.

Ich gehe eilig hinaus, schließe die Tür und drücke den Nagel in den Schließmechanismus. Dann laufe ich über den Hofplatz, und als ich gerade um die Hausecke biege, höre ich die Tür aufgehen und Ninettes Stimme, die unsicher ruft: »Ist da jemand?«

Lisa ist nicht unten am Auto. Ich finde sie in einer Tannenböschung, wo sie mit dem Rücken zu mir steht und sich übergibt und laut weint. Die Haare fallen nach vorn, der Nakken ist hilflos entblößt. Ich selbst setze mich in den Graben und bin im selben Augenblick hinten ganz naß, aber ich stehe nicht auf. Ich kann sie nicht hören und nicht sehen, aber ich weiß, sie ist da. Hinter mir nähern sich zögernd die Pferde. Sie prusten gedämpft und ziehen sich schließlich, als sie das Warten satt haben, vorsichtig zurück.

◦ ◦ ◦

24.

»Willst du selbst anrufen, oder soll ich es machen?«

»Was?«

»Soll ich für dich anrufen?«

»Wen?«

»Wen? Die Polizei selbstverständlich.«

Lisa schüttelt den Kopf und starrt aus dem Fenster. Sie brütet über etwas. Ihr Blick ist in sich gekehrt, sie merkt sicher nicht, daß ich sie im Auge behalte. Es herrscht Aktivität im Haus, Wasser läuft durch die Leitungen, die morgendlichen Routinen, es ist erst Viertel nach sieben. Frederik und Marie sind im Badezimmer, und ab und zu sind über unseren Köpfen Schritte zu hören und plötzlich eine Stimme auf dem Treppenabsatz, die dann hinter einer Tür, die geschlossen wird, verschwindet. Insgesamt sind wir weniger als eine Stunde weg gewesen.

»Na, dann mach' ich es.« Ich will von dem Korbsofa im Gartenzimmer aufstehen, wo wir sitzen, seit wir nach Hause gekommen sind, aber Lisa hält mich auf.

»Nein«, sagt sie.

»Was?«

»Du sollst nicht die Polizei anrufen.«

»Aber warum denn nicht?« frage ich verblüfft.

Sie schüttelt den Kopf. »Nein«, sagt sie nur, als wäre das so einleuchtend, daß sie es nicht erklären muß.

Ich bin heftig irritiert, aber beherrsche mich. Wenn ich jetzt anfange, sie zu kritisieren, ist mit ihr nicht mehr zu reden, ich kenne sie, Lisa, sie ist klein und groß zugleich, das ist eine gefährliche Mischung.

»Falls du an deine Schweigepflicht denkst«, sage ich,

»brauchst du dich ja gar nicht hineinziehen lassen. Ich kann ohne weiteres eine Geschichte erfinden, die dich ganz außen vor läßt. Nichts leichter als das.«

»Daran zweifle ich nicht«, sagt sie in einem Tonfall, den ich nicht deuten kann.

»Aber was ist dann das Problem?«

»Es ist nicht richtig, es auf diese Weise zu machen.«

»Auf welche Weise soll es dann gemacht werden?«

»Ich will nur darüber nachdenken dürfen.«

»Hör mal zu«, sage ich. »Es ist tatsächlich keine Frage von darüber nachdenken. Wir wohnen in einem Land, wo es bestimmte Gesetze und Regeln gibt. Die müssen befolgt werden, und wenn sie nicht befolgt werden, treten andere Dinge in Kraft. Es ist keine Frage von *Denken*, Lisa, da steht etwas ganz anderes auf dem Spiel.«

Sie antwortet nicht.

»Warum wolltest du mich partout dabeihaben?« frage ich.

»Was meinst du?«

»Ja, denn das wolltest du ja. Du wolltest ja, daß ich es sehe, stimmt's?«

Sie starrt vom Korbstuhl zu mir auf. Ihre Augen sind weit offen, aber sie sieht mich nicht. Plötzlich wallt die Wut in mir auf, sie kommt in einer heftigen Welle, die mich fast umwirft, und ich schnappe nach Luft. Es hätte mich so unsagbar gefreut, die Polizei anzurufen, jetzt könnte ich fast heulen über ihr merkwürdiges Recht, mir dies zu verweigern. Die Tür zur Diele steht offen. Zuerst sind auf der Treppe Maries langsame Schritte zu hören und kurz darauf Frederiks schnelles Poltern. Im nächsten Augenblick steht er in der Tür. Für den Bruchteil einer Sekunde erstarrt er bei meinem Anblick, dann überwindet er sich, ich kann direkt sehen, wie er Stück für Stück die Schultern sinken läßt. Selbst jetzt sieht er wunderbar aus, frisch rasiert, in einem frischgebügelten Hemd und dem hellen Leinensakko, in das ich einmal die Nase gebohrt habe, während ich seinen Duft schnupperte.

»Hej, Birgitte«, sagt er leicht. »Du bist früh auf heute, nicht?«

Ich murmle irgend etwas zur Antwort.

»Ich gehe jetzt, und es kann spät werden, bis ich heute abend nach Hause komme.«

Er geht zu Lisa, beugt sich hinunter und küßt sie. Ich sehe, wie sich ihre Hand um seinen Nacken schlingt, eine Sekunde pressen sie ihre Wangen dicht aneinander, als wollten sie mit einem Abdruck des anderen in den neuen Tag hinausgehen. Ich schlage den Blick nieder, höre, daß sie einander wieder küssen. Plötzlich, wie ein Blitz, durchfährt mich die Gewißheit, daß er ihr alles erzählt hat.

»Mach's gut«, sagt er.

Ich gehe direkt nach ihm. Die ungeöffnete Post liegt in einem Haufen auf dem Dielentisch, mein eigener Brief liegt zuoberst. Er hat eine seltsame Wirkung auf mich, als ob ich es nicht ertrage, daß da plötzlich eine Äußerung von mir auf dem Tisch liegt. In meiner Wut schnappe ich ihn mir und knülle ihn zusammen und stecke ihn in die Hosentasche. So. Jetzt liegt alles offen.

Der neue Tag wartet. Ich habe keine Ahnung, was er bringen wird.

◦ ◦ ◦

Nach dem Regen ist eine leichte Kühle in die Luft gekommen. Nicht einmal gegen Mittag, als die Schatten am kürzesten sind, erreicht die Temperatur mehr als achtzehn Grad. Das ist der erste sichtbare Angriff auf den Sommer, und ich frage mich, wie wohl der Herbst hier in Hvium, Peterslund, ist. Ich kann mir fast nicht vorstellen, wie es ist, im Dunkeln aufzustehen und unten den Elektroradiator anzustellen und vor den kleinen Fenstern den grauen Himmel vorbeirollen zu sehen. Er ist da, und die kleinen Kreise werden noch kleiner werden. Aber zu dieser Zeit bin ich nicht mehr hier. Das darf ich einfach nicht. Ich bin sehr rastlos. Ich mache einen Spaziergang, und später radle ich hinein zu Hviums Bibliothek, die in einem Flügel der Schule untergebracht ist. Es ist still zwischen den Regalen und viel Raum zwischen den Neuanschaffungen. Ich bemerke jedoch, daß sich meterweise Bücher von Danielle Steel auf den Regalen befinden, darunter »Herzschlag für Herzschlag« in gleich zwei Exemplaren. Hinter der Theke sitzt ein ernster junger Mann mit Schnurrbart, eine geöffnete Box mit belegten Broten neben sich auf dem Tisch, und blättert in der *Jyllands-Posten*. Ich stehe vor einem Regal und stecke die Nase in eine Topographie von Hvium, und das Rascheln des Papiers dringt bis zu mir herüber. Die Topographie wurde irgendwann in den sechziger Jahren von einem Hofbesitzer geschrieben und vom lokalhistorischen Archiv herausgegeben. Schön eingebunden in kobaltblaues Leinen und versehen mit schwarzweißen Amateurfotografien der ersten Konsumgenossenschaft, das Eishaus, die Molkerei, die nur siebenunddreißig Jahre in Funktion war und in sechzehn verfiel, bis sie 1973 abgerissen wurde. Der Gasthof, der sein Aussehen im Laufe eines ganzen Jahrhunderts nicht verändert hat, abgesehen davon, daß er jetzt gelb ist und nicht weiß, Höfe und bäuerliche Kleinbetriebe. Naverslund, selbstverständlich. Die Kirchen und die Pfarrhöfe in Peterslund. Da steht eine Geschichte über den alten Pfarrhof in Hvium, die fast identisch ist mit der, die mir Frederik auf dem Friedhof erzählt hat. Abgerissen in der Zeit um den Ersten Weltkrieg, weil sein Standort ungesund war.

Jedesmal, wenn ich an Frederik denke, zieht sich etwas in mir zusammen.

Ich blättere das ganze Buch durch, und dabei fällt mein Blick auf eine kleine Reihe von Bildern der Berge, aufgenommen im Frühjahr. Die Landschaft sieht flach und mißhandelt aus, unendlich trostlos, schwappend, fast unterminiert von Nässe. Die Berge selbst, die ich jeden Tag, sich über den Feldern wölbend, sehe, sind nur Hügelchen, bewachsen mit nassem Gras. Da steht, daß der Name der Berge Brogårdshøje lautet. Ich gehe zur Theke, um zu hören, ob ich mir einen Leserausweis ausstellen lassen kann. Der junge Mann fragt, ob ich nicht die Freundin von Lisa Grotrheim bin, und schlägt vor, daß ich einfach ihren benutze. Ich wende ein, daß ich ihn ja nicht mithabe, aber er sagt, das sei kein Problem, er könne die Nummer heraussuchen. Wir kommen ins Gespräch, und ich höre nur mit einem Ohr zu, was er sagt. Er erzählt, daß er in Aalborg ausgebildet worden ist und daß er an den beiden Wochentagen, an denen die Bibliothek hier geöffnet ist, von der Bibliothek in Skive ausgeliehen wird. Er murmelt, als sei er sehr schüchtern. Er erzählt, daß er mit dem Bücherbus nach Lund und Lundsager und Brogårde und zu all den anderen Nestern hier in der Gegend fährt. Er wirkt wie einer von denen, die in der Schule gemobbt wurden, schon damals ein Pedant und Langweiler, aber sein Mienenspiel hat eine Art von feinem, verstohlenen Humor, was mich in etwas bessere Laune versetzt. Ich entleihe nur ein Buch. Es ist Danielle Steels »Herzschlag für Herzschlag«.

◦ ◦ ◦

Als ich an der Schule vorbeikomme, läutet es zur Mittagspause. In einem Augenblick ist der Platz voller Kinder, und die

Luft hallt von Stimmen und Rufen wider. Ein kleines Mädchen folgt mir auf der anderen Seite des Maschendrahtzauns mit dem Blick, als ich, mein Fahrrad schiebend, vorbeigehe, und ich bin so wenig selbstbewußt und so bedrückt heute, daß ihr Blick mich verlegen macht. Es ist wie mit Tieren, aber es muß eine Art Aberglaube sein, der einen zu der Annahme bringt, Kinder könnten Kummer und Ratlosigkeit, die man empfindet, von weitem spüren. Ich setze mich auf den Sattel und fahre schnell aus der Stadt. In Peterslund biege ich ab, und anstatt entlang der Berge hinaufzufahren, radle ich hinunter zum Fjord. Man merkt hier den Wind, er schlägt einem nicht entgegen, verursacht aber kalte Schauer am Körper, und ich ziehe die Jacke am Hals zusammen. Das Schilf blüht am Uferstreifen, und das blaugraue Wasser kräuselt sich. Heute habe ich keine Lust zu schwimmen, aber ich lege dennoch das Fahrrad hin und setze mich in den Sand.

Ich bin nicht die einzige am Strand. Etwas weiter weg liegt eine junge Frau auf einem roten Handtuch. Sie trägt einen Bikini, und sie friert, will aber nicht aufgeben. Sie liegt da und dreht sich herum, zuerst auf die eine, dann auf die andere Seite. Irgendwann steht sie auf und zieht das Bikinihöschen, das zwischen die Hinterbacken gerutscht ist, etwas weiter hinunter, und jetzt sehe ich, daß es Manne ist. Sie sieht mich auch. Wir winken einander zu, sie zieht ihre Sachen an, und kurz darauf kommt sie zu mir. Wie immer sind ihre Arme sorgfältig bedeckt. Der Wind richtet die Haare der Fuchsweste auf.

»Ich habe schon gedacht, du bist nach Hause gefahren.« Sie plumpst neben mir in den Sand. »Das hat Lisa gesagt. Ist was dazwischengekommen?«

Ich murmle irgend etwas zur Antwort.

»Es kann doch auch sehr schön sein, wieder nach Hause zu kommen?« Sie wirft die langen, blonden Haare auf den Rükken und beugt sich vor, die Hände um die Knie gefaltet. Ich höre, wie sie die festen, runden Fersen in den Sand bohrt, das Rutschen der Sandkörner. Selbst hier unten am Strand sind Blumenfliegen in der Luft. Sie stehen fast still mit ihren bebenden gelb und schwarz gestreiften kleinen Signalkörpern, bis sie dann, auf einen Schlag, ein ganzes Stück zur Seite rükken. Sie betrachtet etwas zwischen ihren Beinen. »Lisa will sicher auch wieder anfangen zu arbeiten.« Sie klingt fröhlich. »Sie hat gesagt, sie hat mit dem Propst darüber geredet, daß sie in ein paar Wochen wieder anfängt, schrittweise, nur so viel, wie sie schaffen kann.«

»Glaubst du, das läßt sich machen?« frage ich. »Werden nicht alle Leute mit ihren Hochzeiten und Beerdigungen und Gesprächen über goldene Hochzeiten angerannt kommen?«

»Die ersten paar Monate werden sie wohl etwas Distanz halten«, sagt sie altklug. »Das wird sie also sicher schaffen. Tatsächlich kommt heute abend schon jemand, zu einem Gespräch.«

»Lisa ist zerbrechlich«, antworte ich, »mehr, als sie selbst glaubt.«

»Es kann sein, daß von jetzt an alles anders wird.«

»Warum denkst du das?«

Sie hat ihre Wange ans Knie gelegt, und jetzt lächelt sie mich an. Manne wirft mir einen Blick zu, erfüllt von einer eigentümlichen Güte. Er strömt mir entgegen und will mich dazu bringen, mich zu entspannen. Aber ich kann nicht. Ihre Augen machen mich so verwirrt. Wie kann sie mich auf diese Weise ansehen? Und warum? Als läge irgendwo eine geheime Erlösung verborgen. Wenn nicht irgendwo, dann in ihr selbst.

»Birgitte«, sagt sie.

»Ja?«

»Nein«, sie wischt sich über die Knie. »Nein, nichts.«

Wir stehen beide auf. Sie geht mit mir hinauf zum Fahrrad und wartet, während ich es aufrichte. Ihr eigenes steht, an einen Baum gelehnt, ein Stück entfernt.

»Es war übrigens gut, daß ich dich getroffen habe«, sage ich. »Sieh mal, was ich in der Bibliothek gefunden habe.« Sie nimmt »Herzschlag für Herzschlag« ohne ein Wort entgegen und guckt das Buch kurz an, bevor sie es in die Tasche steckt. Eine leichte Röte ist ihr in die Wangen gestiegen. »Es hatte sich wohl nur auf dem Regal versteckt«, sage ich. »Es gab mehrere Exemplare. Du kannst es ja zurückgeben, wenn du es gelesen hast.«

Sie bedankt sich, und ich frage, ob sie jetzt nach Hause fährt oder ob sie noch weiterradeln will. Sie will weiterradeln, sagt sie, das ist die beste Art, sich zu bewegen, die sie kennt.

»Die kleinen Wege sind nach dem Regen wenigstens sauberer geworden«, sage ich. »Sie stauben nicht mehr.«

»Nein«, sagt sie ruhig, sie hat die Fassung zurückgewonnen, »das tun sie nicht.«

◦ ◦ ◦

25.

Es herrscht Aktivität in der Küche, als ich gegen vier den Kopf in den Pfarrhof stecke. Ich gehe aus keinem besonderen Grund hinüber, plötzlich bin ich einfach da. Lisa kniet vor einem der Schränke, damit beschäftigt, Mehl- und andere Tüten herauszuziehen, und Marie sitzt hinter ihr und ordnet sie in der Reihenfolge, in der ihre Mutter sie ihr reicht. Aus einem kleinen Radio auf der Fensterbank klingt Musik, die Katze liegt ausgestreckt auf dem Boden, beinah platt vor Faulheit, nur die äußerste Spitze des Schwanzes wippt ganz leicht.

»Ach, du bist's«, Lisa sieht mit einer kleinen Falte zwischen den Brauen auf. »Ich habe versucht, dich zu erreichen, damit du auf Marie aufpaßt.«

»Warum?« frage ich.

»Das spielt jetzt eigentlich keine Rolle mehr, ich habe dann Manne erreicht.« Sie steht auf und nimmt eine Schale und eine Waage heraus und fängt an, Mehl und Zucker abzuwiegen. Vor ihr steht ein Teller mit Himbeeren, mit Zucker bestreut.

»Kriegt ihr Besuch?« frage ich neugierig. »Wer kommt denn?«

»Ach, keiner, den du kennst«, antwortet sie flüchtig. Sie bewegt die Hände schnell. Zucker, Mehl, Butter. Ihre Schlüsselbeine liegen offen unter der Hemdbluse, ihr ganzes Wesen steht unter hellwacher Spannung. Sie stählt sich. Mir geht auf, daß ihr Körper im Augenblick in ständiger Veränderung ist. Jedesmal, wenn ich sie sehe, entdecke ich etwas Neues, und mir geht es wie damals als Kind. Bei Lisa beunruhigen mich die Verwandlungen.

»Was willst du backen?« frage ich.

»Etwas Kuchen.«

Ich frage, ob ich mit Marie eine kleine Runde machen soll, ich nehme sie gern mit, sage ich, ich dachte, wir könnten zum Kiosk in Peterslund hinunterradeln und ein Eis kaufen, aber Lisa sagt, es passe nicht so gut.

Sie wollen ihre Ruhe haben, sie und Marie. Beide haben etwas Fremdes, hier in der anheimelnden Küche. Ich sehe sie forschend an, aber sie läßt sich nichts anmerken. Sie steht am Küchentisch und knetet mit der einen Hand, gestützt auf ihren braunen, schlanken, neuen Arm.

◦ ◦ ◦

Wenn ich an Frederik denke, versuche ich, mich zu beruhigen und ganz ruhig zu denken. Ganz nüchtern. Ohne mich ins Spiel zu bringen. Ich sitze im Garten und mache eine Übung. Warum hat Frederik heute morgen gesagt, er werde spät nach Hause kommen? Weiß er nicht, daß seine Frau ihn braucht? Kann er sich nicht vorstellen, daß sie auf dumme Gedanken kommen kann? Was ist es, was so an ihm zerrt? Sind es die Studentinnen, die in seinem Büro Beratung hinter geschlossenen Türen wollen? Oder vielleicht am Kopiergerät, der heiße Atem im Nacken, die Hand, die näher kommt? Es ist nicht schwer, sich Frederik und die langgliedrigen Studentinnen, die an seinen Lippen hängen, vorzustellen. Aber wenn es nun nicht so ist. Die Dinge sind selten so, wie man sie sich vorstellt. Nein, wenn er etwas anderes macht als arbeiten, geschieht das sicher ganz anderswo und nicht in der Universität.

Es ist jetzt spät am Nachmittag, und ich glaube, Dot hat sich jetzt in der Wohnung in der Dalgas Avenue an ihren Tisch gesetzt. Der Verkehr donnert unten auf der Straße so schwer vorbei, daß ab und zu die Scheiben klirren. Sie zieht den Reißverschluß an einem beigen Koffer auf und nimmt eine kleine Reiseschreibmaschine heraus, eine Olivetti. Sie hat sie, seit sie jung war, auf ihr führt sie ihre ganze Korrespondenz. Nein, danke! Sie will nie eine andere haben, hat sie jedem mitgeteilt, der es hören wollte. Mit zusammengekniffenen Augen gegen den Rauch von der Zigarette, die in einem Aschenbecher daneben sich selbst raucht, spannt sie Papier in die Maschine und dreht die Walze. Sie will arbeiten. Sie will mit einem Brief an die Post anfangen. Der Nagellack blättert an ihren Händen, die so dünn sind, daß die großen Ringe sich mit den Steinen nach innen drehen, aber sie sind immer noch das erste, was sie morgens anzieht. An Helge Israelsen, schreibt sie. Sie wendet sich immer direkt an die Spitze, wenn sie ihre Briefe schreibt. Als sie sich neulich über Schreibfehler in Aufschriften in der Schokoladenabteilung des *Magasin* beschwert hat, hat sie den Brief an den geschäftsführenden Direktor gerichtet und danach eine kleine Aufmerksamkeit in Form ei ner Schachtel der hausgemachten Schokoladen des *Magasin* erhalten, mit Dank und Versicherungen, daß der Fehler korrigiert würde. Sie ißt keine Schokolade und hätte lieber eine Flasche Fernet Branca gehabt. Aber es war eben dieser Beschwerdebrief an das *Magasin*, den sie unterfrankiert hatte, und deshalb sitzt sie jetzt da und arbeitet an verschiedenen Formulierungen. »Zu meinem Erstaunen erhielt ich neulich eine sogenannte ›Erinnerung‹ von der Post«, schreibt sie und wiehert vor sich hin. »Nachdem ich das Schreiben gelesen hatte, begriff ich, daß es sich um eine Mahnung wegen einer Unterfrankierung handelt, und aus diesem Anlaß fühle ich mich dazu veranlaßt, in aller Freundschaft, ein paar Wörter und Begriffe klarzustellen. Als Erinnerung bezeichnet man etwas, woran sich der einzelne erinnert, oder ein Souvenir, ein Andenken, das man aus seinem Urlaub mitgebracht hat. Wogegen eine Mahnung darin besteht, *an* etwas zu erinnern. Ich gehe davon aus, daß die Post …« Sie hält inne, sie weiß, daß sie dabei ist, sich auf ein falsches Gleis zu begeben. Es ist nicht scharf oder inspiriert genug. Sie reißt das Papier aus der Maschine und knüllt es zusammen und schmeißt es auf den Boden, macht einen tiefen Zug an der Zigarette, so daß die Glut sich in den Filter frißt. Im selben Augenblick klingelt es an der Tür. Sie bleibt sitzen und lauscht. Ja, sie hört den Schlüssel im Schloß. Dann ist es Frederik, der kommt. Im selben Augenblick brechen die ganze Langeweile und Einsamkeit ihres Lebens in all ihrem Grauen über sie herein. Sie ist den ganzen Tag allein gewesen, und morgen und an all den folgenden Tagen wird sie wieder allein sein. Sie hat kein Makeup aufgelegt, ihre Haare müßten gemacht werden, und wenn sie sich umsieht, sieht sie, daß es hier nicht sauber ist. Sie schleicht über den Teppich zu dem tiefen Sessel am Fenster und sinkt darin zusammen, die dünnen Hände schlaff über den Armlehnen hängend, so daß er, wenn er hereinkommt, ihr blasses, krankes Gesicht sehen und begreifen wird, daß es ihr in Wirklichkeit gar nicht gutgeht.

»Du bist's?« sagt sie mit schwacher Stimme und wendet ihm eine welke, ungepuderte Wange zu, damit er sie küssen kann. »Was hast du da?«

»Sahne und etwas Porree und Kartoffeln«, sagt er, »auf dem Markt gekauft. Ich dachte, ich mache Kartoffelsuppe für dich.«

»Oh?« sagt sie kokett. Es ist schon etwas mehr Leben in ihr. »Meinst du denn, ich muß gemästet werden?«

Er brummt irgend etwas und geht in die Küche und fängt an. Es gibt so viele Zwischentöne, wenn sie zusammen sind.

Früher hatte er die Gewohnheit, hoch und schrill zu pfeifen, als wollte er Dämonen aus ihrer Wohnung jagen, dachte sie damals etwas bitter, aber jetzt pfeift er nicht mehr. Er ist stiller geworden, und sie findet im Grunde, daß ihm das steht, denn sie denkt, daß er dadurch vielleicht verständnisvoller, empfänglicher für Kummer geworden ist, den *sie* ja auch hat. Welcher Kummer? Der Kummer des Lebens, denkt sie, schon allein darüber, am Leben zu sein, unbeachtet, allein, allein und allein. Er pusselt da draußen still herum. Er hat das Fenster geöffnet, die Geräusche von der Straße und dem Nachtmittagsverkehr dringen herein. Sie sitzt da und versucht, froh und dankbar zu sein, daß er gekommen ist, aber sie kann nicht, und schließlich wird sie wütend darüber, daß sie sich so anstrengt, ganz umsonst. Keiner ist dankbar für all das Gute, das sie zu tun versucht. »Soll euch alle miteinander der Teufel holen«, zischt sie vor sich hin und stemmt sich aus dem Stuhl hoch. Früher am Tag ist sie herumgelaufen, aber jetzt ist es, als könnte sie kaum gehen.

»Frederik«, ruft sie. »Kann ich irgend etwas machen? Willst du nicht, daß ich den Tisch decke?«

»Nein, das mache ich«, er steckt den Kopf ins Zimmer und sieht sie kurz an. »Wir essen in zehn Minuten.« Als hätte er es sich noch einmal überlegt, fügt er hinzu: »Aber du kannst die Bücherstapel vom Eßtisch räumen und die Aschenbecher ausleeren und die alten Kaffeetassen einsammeln und hierher in die Küche bringen.« Sie sieht ihn gekränkt an. So viele sind es nicht. Ein paar Kaffeetassen da und dort. Auf allen sind Kaffeeflecken und Abdrücke ihres ceriseroten Lippenstiftes. Steifbeinig bewegt sie sich mit vollen Händen durch die Zimmer und kommt in die Küche, wo er vor dem offenen Schrank steht und mit kritischer Miene ihr Porzellan inspiziert. Es dampft aus dem Topf. Die Dunstabzugshaube brummt. Sie weiß, er wird vergebens nach Tellern suchen, die keinen Sprung haben und nicht angeschlagen sind.

»Wo ist die Suppenterrine geblieben?« Er dreht sich um und sieht sie fragend an. »Als ich zuletzt hier war, stand sie hier neben der kleinen Deckelschüssel. Die ist auch nicht da.«

»Mir zittern ja so sehr die Hände«, erklärt sie entschuldigend, und er schnaubt.

»Das klingt beinah, als ob du stolz darauf wärst«, sagt er. Als wäre es etwas besonders Feines, das Beste, was man hat, zu zerschlagen. Fast rasend schiebt er sie wieder ins Wohnzimmer und ruft erst, als er das Essen im Esszimmer angerichtet hat. Zögernd und vorsichtig setzt sie sich. Er sieht sie mit einem kleinen entschuldigenden Lächeln, das ihre innere Überheblichkeit kaschieren soll, die Serviette über den Schoß ausbreiten, und schon jetzt weiß er, daß es ein Fiasko werden wird. Sie räumt ihm zu viel Platz ein. Sie gibt ihm zu viel Recht. Sie läßt ihn herumtrampeln und herumkommandieren, Fenster aufreißen und mit Schranktüren knallen, um sich dann, wenn die Schlacht wirklich beginnt, zurückzuziehen, denn alles ist ja, letzten Endes, seine Idee. Sie hat es nicht zu verantworten.

Sieht sie, wie cremig die Kartoffelsuppe ist, sieht sie das kleine Büschel Brunnenkresse, das auf einer flachen Insel aus Schlagsahne ruht? Sieht sie das goldene knusprige Brot? Nein. Sie muß durch das höllische Ritual mit dem Teewagen, auf dem die Pillendosen und die Frühstücksteller stehen, die er ihr jetzt nicht hingestellt hat und die selbst zu holen, weil er in seiner Sturheit sie ihr nicht holen *will*, sie jetzt hinaushinkt. Er hört, wie sie da draußen sucht. Wenn er essen will, solange die Suppe dampfend heiß ist, muß er ohne sie anfangen. Sie quält ihn, und obwohl er schlimmere Sorgen hat, kann sie ihn immer noch treffen. Wenn sie gleich darauf zurückkommt, wird sie den Suppenteller etwas beiseite schieben und den Frühstücksteller vor sich hinstellen, den Teewagen heranziehen, und dann werden die Tabletten auf dem blauen Porzellan zu tanzen anfangen.

»Sieh mal!« Sie öffnet ihre Hand und zeigt ihm eine große rote Tablette. »Solche hier, sagt der Arzt, muß ich jetzt auch nehmen. Die sind gegen die Schmerzen in meinem Knie.« Ihre andere Hand ruht auf dem Teewagen. Darauf wogt das Medizinmeer. Sie hat Pillen genommen, solange er sich erinnern kann. Zuerst waren es Abführtabletten und Kopfschmerztabletten. Jeden Tag seiner Kindheit hat er sie den obersten Küchenschrank öffnen und die Medizindosen herausnehmen sehen. Später brach sie sich ja den Rücken, und da ergab sich das mit den Pillen gewissermaßen von selbst. Mit zwei Fingern bugsiert sie die Tabletten auf den Tellerrand und erzählt dabei, wogegen sie alle sind. Herzklopfen, Schmerzen hier und da und überall, Verdauungsstörungen, Cholesterinspiegel, Kalkmangel, Nerven, Pillen gegen diverse Nebenwirkungen. Sie nennt die Tabletten beim Namen. Es ist, als würde er einer Gruppe Menschen vorgestellt, einer Reihe ihrer liebsten Freunde. Er muß sich an den Kopf greifen angesichts ihres chemischen Elends.

»Iß jetzt«, sagt er nur und nimmt selbst einen Löffel nach dem anderen, um ihr zu zeigen, daß man es so macht. Das Ganze ist eine einzige Inszenierung.

»Du machst es so schön für mich«, sagt sie klagend und taucht endlich ihren Löffel ein. »Daß du so herkommst und für deine alte Mutter kochst.«

»Es ist auch das letzte Mal, wenn du jetzt nichts ißt.«

Niemand sieht sie, und niemand, vor allem nicht Lisa, kann sich vorstellen, wie es ist, wenn sie allein sind. Es ist so intim.

Sie stöbern irgendwo tief auf dem Grund ihrer Seelen herum. Sie nippt an der Suppe und tupft sich mit der Serviette die Lippen und fängt an, von ihrer Sozialrente zu sprechen. Er unterbricht sie irritiert:

»Du ißt nichts.«

»Es schmeckt wunderbar. Ganz wunderbar, Frederik. Aber ich bin so satt.« Sie legt mit einem gekünstelten kleinen Seufzer den Löffel weg. »Ich habe gegessen, kurz bevor du gekommen bist.«

Frederik sieht auf seine Uhr. Es ist schon fast sieben. Er muß nach Hause. Er hat eine lange Fahrt vor sich, und er weiß, sobald er zu Hause durch das Hofgatter einbiegt, wird alles wieder präsent sein. Im Augenblick ist es ein wenig aus dem Weg geräumt. Er steht auf und trägt ohne ein Wort die Teller in die Küche. Er gießt Dots Portion aus und spült mit kaltem Wasser nach, bevor er die Spüle füllt und mit dem Abwasch beginnt. »Du willst doch wohl nicht schon gehen?« ruft sie aus dem Wohnzimmer, und gleich darauf: »Warum antwortest du nicht?«

Jetzt hört er ihre Schritte im Korridor. Die Müdigkeit überkommt ihn, er kann sich nicht wehren. Er wischt sich mit dem Unterarm über die Stirn, während es von den nassen Händen tropft. Dann steht sie in der Tür. »Was ist mit dir?« sagt sie scharf. »Stehst da und spielst die abgearbeitete Hausfrau über einem lumpigen Abwasch? Laß den Rest stehen. Mach den Rücken gerade und komm ins Wohnzimmer. Ich habe einen Fernet Branca für dich.«

Er weiß nicht recht. Er will nach Hause. Er sehnt sich danach, auf dem Sofa zusammenzusinken, danach, Lisas Hand zu spüren, die sich an seine Wange legt, während er ihr immer weiter erzählt, was er in seinem Zorn auf sie getan hat. Seine Zurückweisungen, der Seitensprung mit der Jugendfreundin.

Ach, die kühle Hand, die sich dort hinlegen wird. Aber als seine Mutter ihn mit ins Wohnzimmer nimmt, hat er nicht einmal die Energie zu protestieren.

◦ ◦ ◦

26.

Gegen sieben radelt Manne auf ihrem roten Großmutterfahrrad vorbei. Ich habe eine Decke in den Gartenstuhl vor der Tür gelegt, wo ich mit einem Teller Spaghetti auf dem Schoß und freiem Blick über die Straße und die Einfahrt zum Pfarrhof sitze. Sie stellt das Fahrrad an die Hauswand. Marie kommt auf die Treppe und empfängt sie, und sie gehen zusammen hinein. Ich stelle den Teller auf die Steinplatte unter dem Stuhl und hülle die Decke dichter um mich. Der Rauch von meiner Zigarette steigt gerade auf. Lange Zeit passiert nichts. Alle Türen und Fenster dort drüben sind geschlossen, keine Geräusche werden über die Straße getragen, aber kurz vor acht biegt ein silberfarbenes Auto in die Einfahrt zum Pfarrhof ein.

Der Kies knirscht unter den Reifen, als es langsam auf den Hofplatz verschwindet, hinter dem Flügel mit dem Gemeindesaal. Eigentlich interessiere ich mich nicht besonders für Autos, aber in der letzten Zeit habe ich gelernt, sie mir zu merken, und dieses habe ich schon gesehen. Ein Audi, flüstere ich vor mich hin.

Ich warte einige Zeit. Das Licht in Maries Zimmer ist hinter einer hinuntergerollten Jalousie angemacht worden. Blitzschnelle Schatten überqueren den Himmel. Es sind die Fledermäuse, die aus ihren Verstecken unter der Dachrinne der Küsterwohnung gekommen sind. Nachts kann ich ihre pfeifenden Flügel und das Kratzen ihrer Klauen irgendwo hinter der Wand, wo mein Bett steht, hören. Ihr Flug ist chaotisch und abrupt. Mein Vater, der sonst nicht ängstlich war, fürchtete die Fledermäuse, und es half nichts, daß man ihm von ihrem avancierten Radarsystem erzählte und wie gut sie navigieren können. Er wollte nicht sagen, was ihm angst machte, und die wenigen Male, die ich ihn fragte, schwieg er immer. Jetzt streichen sie über meinen Kopf, und ich bin nicht besser als er, es gefällt mir nicht. Ich stehe jäh auf und gehe zum Auto und nehme eine Jacke aus dem Gepäckraum. Es ist das erste Mal während meiner Zeit hier, daß das nötig ist. Die Abende waren so lau. Ich knöpfe sie ganz bis zum Hals zu und lege mir ein Tuch um die Schultern, und dann gehe ich über die Straße.

Die Gartenpforte am oberen Ende ist angelehnt, und ich schlüpfe hindurch und gehe um den Giebel und die Längsseite entlang, hin zu dem Licht, das aus Lisas Büro strömt. Die Glastür steht offen, und selbst von weitem kann ich Stimmen hören, Lisas und die einer anderen Frau. Ich gehe langsamer und warte kurz. Ich wollte Jens nicht anrufen und habe es trotzdem getan. In so einer Situation bin ich jetzt auch. Es ist ein Gefühl wie Fieber. Lisa hat sich mit dem Rücken zum Fenster gesetzt, und ihr gegenüber auf dem Sofa sitzen Albin und Ninette. Ninette hat einen Teddy auf dem Schoß, ihre roten Haare scheinen unter der Lampe zu brennen. Zu ihren Füßen liegt der Junge auf einer hellblauen Decke. Albin sitzt mit abgewandtem Gesicht da. Seine Haare, blank und schwarz, liegen dicht am Kopf, seine Kleidung ist tadellos. Heute ein Hemd mit chinesischen Schriftzeichen und langen Manschetten, die halb seine Finger bedecken. Auf dem Tisch stehen benutztes Porzellan und eine Glasplatte, auf der zwischen einem Meer von Krümeln ein einsames Stück Kuchen liegt. Auf den ersten Blick sieht es aus wie das, was es sein sollte: ein freundliches Gespräch mit der fürsorglichen und entgegenkommenden Pastorin, die nur hören will, wie es ihnen nach dem schweren Tod von Ninettes Mutter geht.

Ich setze mich lautlos auf den Fußschemel eines Liegestuhls. Es ist Viertel vor neun, und es ist völlig dunkel. Falls jemand da drinnen aus dem Fenster gucken würde, würde er nichts weiter sehen als das eigene Gesicht und den Widerschein der Lampe im Glas.

Sie reden darüber, was es bedeutet, jemanden zu haben, an den man sich anlehnen kann. Das heißt, Ninette tut es. Albin betrachtet schweigend seine dünnen Finger, die er ins Licht hält.

»Wir sind sehr froh darüber, daß wir mit dir reden konnten«, sagt Ninette und gibt ein erstes Signal zum Aufbruch, indem sie den kleinen braunen Teddy des Jungen streichelt. »Und wir werden nicht vergessen, was du gesagt hast.«

»Ihr wollt doch nicht schon gehen«, protestiert Lisa. »Ihr seid doch gerade erst gekommen. Will niemand das letzte Stück Kuchen essen? Albin, was meinst du? Morgen ist das nichts mehr.« Sie richtet sich halb auf dem Stuhl auf und befördert das Stück hinüber auf Albins Teller, bevor der auch nur blinzeln kann.

»Danke«, sagt Ninette verlegen. »Aber ich glaube, wir sollten lieber … Wir sind sehr froh und sehr beeindruckt«, sie betont das Wort und lacht leicht verlegen, »daß du genug Energie hast, an uns zu denken. Wir wissen, daß du es selbst nicht leicht hast.«

»Oh, so macht man das auf dem Land.« Lisa beugt sich über ihre Tasse. »Daran könnt ihr euch genausogut gewöhnen.«

»Ja, aber ich glaube trotzdem, wir müssen zusehen, daß wir mit dem Jungen nach Hause kommen«, entschuldigt sich Ninette und streichelt wieder den Teddy, aber Lisa ist unerbittlich und sagt, er sei doch gar nicht müde. Er habe es doch so schön auf der Decke. »Ihr seid die ersten, die herkommen, nachdem Gustav überfahren worden ist«, beharrt sie. »Das erste Mal, daß mein Büro in Funktion ist. Das fühlt sich für mich wie ein ganz neuer Start an.«

Ninette nickt mitfühlend, Albin lächelt leicht ironisch. Lisas Stimme wird spröde:

»Aber du hast selbstverständlich recht, die letzte Zeit ist nicht so leicht für mich gewesen«, sagt sie. »Als ich meinen kleinen Jungen verloren habe, bin ich kaputtgegangen.« Sie wirft den Kopf zurück, wie um sich Mut zu machen. Sich durchzusetzen. »Arbeit, andere Menschen, all das, man wünscht es nur zum Teufel«, fährt sie fort. »Wie soll man sich um all das kümmern? Dazu hat man gar keine Kraft. Andere Menschen können nicht begreifen, wie es einem geht, und selbst kann man nicht davon erzählen. Mitten in seiner Trauer steht man mit einer überwältigenden Einsamkeit da. Wie soll man die Trauer anderer verstehen?« fragt sie. »Können wir das? Können wir diese Last auf uns nehmen?« Sie schüttelt langsam den Kopf. »Ich glaube nicht, daß man es kann«, antwortet sie sich selbst. Sie schweigt. Ninette sitzt da und streichelt immer noch den Teddy des Jungen. Albin hat den Kopf gedreht und guckt hinaus zu den lichtgeblendeten Fenstern, beide Arme über die Rückenlehne des Sofas ausgestreckt und die schmalen Handgelenke nach unten gebeugt, als wollte er irgend etwas demonstrieren. Aber Lisa ist es egal. »Trauer ist wohl für die Eingeweihten«, sagt sie. »Und für Gott.« Sie beugt sich über die Armlehne nach unten und guckt den Jungen auf der Decke an. Er steht auf allen vieren und schaukelt mit einem konzentrierten Ausdruck in den Augen, und jetzt, in der plötzlichen Stille, kann man hören, daß er leise vor sich hin schnauft. »Bendix ist jetzt acht Monate alt?« fragt sie.

»Achteinhalb«, antwortet Ninette mit großen Augen. »Er hat ab Oktober einen Platz in der Kinderkrippe.«

»Darf ich ihn ein bißchen halten?« fragt Lisa. Sie steht auf und beugt sich über das Kind. Er ist ein kräftiger Junge mit rundem Kopf und großen blauen Augen, und als er Lisas feste

Hände um seine Brust spürt, fängt er an zu lächeln und zu strampeln. Sie drückt ihn dicht an ihren Körper und setzt sich.

»Wir müssen zusehen, daß wir nach Hause kommen, Albin, leider«, sagt Ninette und schickt ihm ein schlecht verborgenes Signal mit den Augen, aber Albin beißt nicht an.

»Ich finde genau das Gegenteil, Ninette«, antwortet er langsam. »Es passiert ja nicht jeden Tag, daß man etwas lernen kann. Oder?« Sie sieht ihn an und kneift die Augen zusammen, und er lächelt schwach und schließt ebenfalls halb die Augen. In bestimmten kurzen Augenblicken ist es, als lebe er, worauf er sich plötzlich in einen halbtoten Zustand zurückzieht, bei dem ich kaum glaube, daß er anderes registriert als sein eigenes wechselndes Behagen und Unbehagen.

»Habt ihr euer altes Auto verkaufen können?« fragt Lisa unschuldig, während sie dem Jungen über die Schienbeine streichelt und die Hand um einen seiner kleinen Füße schließt. »Killekill«, sagt sie. »Bist du kitzlig, Bendix?«

Ninette schüttelt den Kopf. »Wir wissen nicht recht, was wir damit machen sollen«, sagt sie. »Ich wollte es eigentlich gern behalten, falls ich jetzt einen Job finde, aber im Moment steht es ja einfach nur da, und Albin meint …« Sie unterbricht sich plötzlich erstaunt. »Woher weißt du das eigentlich? Daß wir versucht haben, das Auto zu verkaufen, meine ich.«

»An einem Ort wie Hvium kann man nichts verbergen«, lacht Lisa. »Das gehört zu den Vorteilen, wenn man hier wohnt.«

»Das klingt ja fürchterlich«, gähnt Albin. Lisa überhört ihn einfach.

»Aber es ist vielleicht sehr praktisch, zwei Autos zu haben?«

»Es hat meiner Mutter gehört«, erklärt Ninette. »Sie hat es uns hinterlassen. Wir haben die ganze Zeit versucht, es loszuwerden, aber das ist nicht so leicht. Du hast es ja auch bei ihr versucht, wie heißt sie noch mal, Albin? Doch, Albin. Die mit dem merkwürdigen Namen? Trunte, oder Sille …« Sie runzelt die Stirn, sucht. »Manne«, sagt sie mit Nachdruck, erleichtert darüber, das Richtige getroffen zu haben.

»Das, muß man wohl sagen, hat mit der Sache nichts zu tun«, murrt Albin, als schäme er sich seiner schönen Frau, wie man sich auch schämen würde, von seinen heißesten und primitivsten Tagträumen zu erzählen. Sie mußte für ihn privat sein, er kann sie sicher nicht in Ruhe lassen, sondern muß sie ständig berichtigen und korrigieren.

»Na ja«, sagt Lisa. »Ich wollte euch ja auch nicht aufhalten, um über Autos zu reden.«

»Warum wolltest du uns aufhalten?« fragt Ninette.

◦ ◦ ◦

Lisa zieht den Jungen noch dichter an sich und steckt ihre Nase in sein flaumiges Haar. »Es gibt nichts, was so wunderbar duftet wie kleine Kinder«, sagt sie und schließt die Augen. »Daran erinnere ich mich auch von meinen eigenen. Merkwürdig, was der Duft mit der eigenen Erinnerung machen kann, nicht?« wiederholt sie, »alle spielen wohl mit dem Unglück, während sie immer noch glücklich sind. Glaubt ihr nicht?«

Keiner antwortet. Selbst hier draußen kann ich spüren, daß im Büro eine gewisse Unruhe aufkommt, sie ist nicht greifbar, aber spürbar, auf dieselbe Weise wie ein leichtes Unbehagen, das man nicht wahrnehmen will. Als würde man in der Menge auf einer Straße voller Menschen einen unbekannten Mann sehen, der Kurs auf einen hält. Man weiß, daß er wahrscheinlich vorbeigehen wird, aber dennoch fühlt man sich bedroht. Vielleicht ist es die Nichtübereinstimmung zwischen Körper und Gedanken, die einen unsicher macht. Ninette räuspert sich.

»Habt ihr jemals daran gedacht, daß ihr zum Beispiel Bendix verlieren könntet?« fragt Lisa.

»Selbstverständlich«, antwortet Albin scharf.

»Ja, daran denken wohl alle Eltern. Selbstverständlich tut man das. Das gehört dazu. Man spielt immer mit dem Furchtbaren. Wie zur Absicherung.« Während sie spricht, nimmt sie ihre Armbanduhr ab und läßt sie vor Bendix baumeln, der sofort danach greift. »Aber man betrügt sich selbst. Es ist viel schlimmer, als man sich vorstellen kann. Habt ihr daran gedacht, daß jemand kommen und euch Bendix wegnehmen könnte?«

»Nein«, sagt Albin und preßt seine weißen, biegsamen Daumen und Zeigefinger aneinander.

»Aber es kann passieren. Er kann als Anderthalbjähriger Krebs bekommen und als Zweijähriger kaum die Kraft haben, in eine Pfütze zu treten. Habt ihr daran gedacht? Er kann auch überfahren werden. Das ist wohl in Wirklichkeit schlimmer, glaubt ihr nicht? Krankheiten sind eines, Unfälle etwas anderes. Unfälle lassen sich vermeiden, Krankheiten nicht. Da muß man sich sozusagen dem Schicksal beugen.«

»Ich glaube, wir sollten jetzt gehen«, sagt Ninette mit bebenden Lippen, während Lisa Bendix aufs Ohr küßt. »Nein, mit dir wird nichts passieren, stimmt's?« flüstert sie ihm zu. »Es wird nichts passieren, gar nichts, stimmt's?« Er nagt an ihrem Uhrarmband und hebt den Kopf, als er sie so dicht bei sich spürt. »Aber wenn man sich jetzt vorstellen würde, daß er einen Unfall hätte, sagen wir einfach, einen Autounfall, ja, ein Autounfall, bei dem der Fahrer nachher abhaut, wie würdet ihr dann reagieren?«

»Warum willst du, daß wir darauf antworten?« fragt Albin.

»Weil es mich interessiert.«

»Aber uns interessiert es nicht.«

»Es wäre einfach eine freundliche Art, sich zu revanchieren.«

»Aha«, sagt Albin langsam. »Und wer ist es, der sich revanchieren soll?«

»Kannst du dir das nicht denken?«

»Das ist mir nicht ganz klar.«

»Das sollte es sein.«

»Du meinst vielleicht uns?«

»Ich finde wirklich, das wäre jetzt an der Zeit.«

»Du meinst also, wir stehen in deiner Schuld?«

»Das ist eine sehr unvorteilhafte Ausdrucksweise. Ich habe eben von Freundlichkeit gesprochen, Albin.«

Er starrt sie an. Eine Zeitlang ist es still im Büro. Dann stößt Bendix einen lauten, ungeduldigen Laut aus, ich setze mich ein wenig auf dem Schemel zurecht, und im selben Augenblick geht mir auf, daß ich nicht allein im Garten bin. Dort steht jemand und sieht hinunter zu dem erleuchteten Büro und zu mir.

Ich spüre, daß sich da ein Mensch bewegt. Es ist zu dunkel, als daß ich sehen könnte, wer es ist, und ich stehe nicht auf. Kurze Zeit danach höre ich ein kleines Klicken in der Pforte, die zugezogen wird, und im nächsten Augenblick kommt aus dem Dunkel das Geräusch schwach singender Reifen, um sehr schnell wieder zu verhallen. Es klingt wie ein großes, schweres Damenfahrrad, das in Richtung Kirche verschwindet. Das Ganze ist in Sekunden vorbei, und drinnen im Büro geht es mit den Stimmen weiter.

»Ja«, sagt Albin leise und auf eine unangenehme Art. »Ich weiß nicht recht, was für eine Selbstbeweihräucherung hier passiert. Du, Ninette?«

»Albin!« ruft Ninette wütend aus. »Du solltest dich wirklich schämen! Warum mußt du immer so sein?«

Aber er tut es mit einer Handbewegung ab. Er sieht nur Lisa an. »Bedaure«, sagt er zu ihr. »Aber hier kriegst du keine Revanche. Ich weiß, daß du Ninette damals, als ihre Mutter starb, geholfen hast, ich weiß, daß du diesen klitschigen Himbeerkuchen gebacken hast, ich weiß, daß du dich auf die unterschiedlichste Weise ins Zeug gelegt hast, und du machst uns Geschenke.« Er spricht das Wort mit höhnisch verzerrter Stimme aus – Geschääänke, äfft er sich selbst nach. »Aber das ist die Natur von Geschenken. Man läßt sozusagen los. Manchmal bekommt man nichts zurück, und dann laß es dir, um in der salbungsvollen Terminologie zu bleiben, eine bittere Lehre sein!«

»Es geht hier nicht um den Austausch von Geschenken, sondern darum, wer mir mein Kind weggenommen hat«, faucht Lisa und macht eine so heftige Bewegung, daß der Junge die Uhr fallen läßt und zu weinen anfängt. Ninette zuckt zusammen. Sie will aufstehen und ihr Kind nehmen, aber sie besinnt sich, sie sind ja Gäste, und sie muß Albins Frechheit wiedergutmachen, und das hier ist ja kein Problem, sieh mal, jetzt beugt sich Lisa vor und greift nach der Uhr, die sie dem Jungen hinhält. »Hier, kleiner Schatz«, haucht sie ihm ins Ohr, während sie ihm die Uhr reicht, und das bringt den Tränenstrom augenblicklich zum Erliegen. Ninette lehnt sich wieder auf dem Sofa zurück.

»Ja, jetzt geht es wohl ganz in die falsche Richtung«, sagt Albin ruhig. »Es ist schade, daß es dir schlechtgeht, aber ich glaube nicht, daß wir dir helfen können.«

»Ich muß in meiner Seele Frieden finden«, ruft sie und versucht gleichzeitig, den Kleinen, der wieder erschrickt, zu beruhigen.

»Da kann ich dir nicht widersprechen«, sagt Albin eiskalt. »Und du tust sicher am besten daran, andere möglichst in Ruhe zu lassen, bevor es soweit ist.« Inzwischen sitzt Ninette auf dem Sofa wie auf Nadeln. Ihre Unruhe ist wieder geweckt, sie wendet den Blick nicht von ihrem Jungen, der warm und rotbackig, verschwitzt und immer noch mit Spuren von Tränen an den Wangen an Lisas Zifferblatt herumnagt. Aber sie weiß noch nicht genau, welchen Kurs der Unbekannte im Gewimmel nimmt. Kommt er wirklich hierher? Und sieht er nicht eigentlich ganz normal aus? Sie sitzt da und kostet ihren Zweifel, und langsam sickert er in ihren Körper, lähmt sie.

Dann ergreift Lisa wieder das Wort.

»Als ich euch heute hierher eingeladen habe«, ächzt sie, weißglühend vor Anspannung, denn jetzt kostet sie jedes Wort die größte Anstrengung, »habe ich es getan, weil es etwas gibt, worüber wir nicht geredet haben. Ich möchte mit euch darüber reden, wer meinen Sohn getötet hat.« Ich kenne sie, ich weiß, sie würde gern vorpreschen, aber sie beherrscht sich, damit sie weitersprechen kann. »Von der Polizei habe ich gehört, daß es ein roter Ford Escort war, der Gustav angefahren hat. Das wissen sie. Dafür haben sie technische Beweise. Von mehreren Personen hier in der Gemeinde habe ich von eurem roten Auto gehört, das zu diesem Zeitpunkt, am fünften August gegen sechs, in der Nähe der Berge hier in Peterslund gesehen worden ist. Ich sage: von mehreren!« Sie schweigt, sieht von Albin zu Ninette, und über das Büro legt sich eine lähmende Stille, die so groß ist, daß ich hören kann, wie der Junge seinen Gaumen an der Uhrkante reibt.

Dann fängt Albin an zu lachen.

»Hör auf mit der Komödie«, ruft Lisa. »Ich will mit dir reden.« Sie senkt sofort wieder die Stimme. »Du kannst vor dem hier nicht davonrennen. Ich habe das Auto gesehen! Ich will es dich sagen hören.«

»Was?« sagt er. »Was willst du mich sagen hören?«

»Daß du Gustav angefahren hast, daß du danach weggefahren bist, aus einem Grund, den ich hören will. Hast du verstanden?«

Langsam, wie einstudiert verschränkt Albin die Arme. »Ja, ich habe verstanden, aber du wirst mich nie dazu bringen, das zu sagen.«

»Doch, das werde ich!«

»Was hat das zu bedeuten?« keucht Ninette. »Albin, was passiert hier? Was sagt sie da?«

»Jetzt werde ich dir erzählen, was ich da sage«, braust Lisa auf. »Ich hatte gehofft, daß wir so eine unangenehme Szene wie die, in der wir jetzt stecken, vermeiden könnten. Ich hatte gehofft, daß du kommen und es mir selbst erzählen würdest. Dann wäre es nie so peinlich geworden wie jetzt. Nie, das kann ich dir versprechen! Ich hätte versucht zu verstehen. Ich wäre sehr, sehr weit gegangen! Ich hätte alles für dich getan! Begreifst du das? Alles! Viel mehr, als man von einem Menschen verlangen kann.« Sie schürzt die Lippen nach unten, während sie spricht, auf ihrer blassen Stirn ist der Schweiß ausgebrochen. »Und du sollst wissen, daß du es immer noch erreichen kannst. Nur ein paar Worte von dir, dann fangen wir von vorn an. Nur ein paar Worte, Albin!« Der Junge fängt laut zu weinen an, sie hebt ihn hoch, legt seine Wange an ihre. »Schon gut, schon gut«, murmelt sie, während sie mit aufgesperrten Augen zu Albin hinüberstarrt.

»Das ist ja absurd!« Er zuckt die Schultern. »Völlig absurd!«

»Ich habe das Auto gesehen«, sagt Lisa leise. »Ich bin heute morgen zu euch rausgefahren. Ich habe das Auto im Carport gesehen. Hör auf mit dem Lügen!«

»Warst du das?« Ninette sieht verwirrt Lisa an und dann Albin. »Dann war sie es, die ich gehört habe. Ich habe ja gesagt, da war jemand.« Es ist, als suche sie nach einzelnen greifbaren Brocken, um sich an ihnen festzuklammern, als verstehe sie überhaupt nicht, was Lisa sagt. Aber Albin beachtet sie nicht.

»Was ist mit dem Auto?« fragt Ninette schließlich, während ihr Blick unruhig von einem zum anderen flackert.

»Es hat Gustav überfahren«, antwortet Lisa mit beinah milder Stimme, und das verursacht eine merkwürdige Reaktion bei Ninette, denn sie wirft sich auf dem Sofa zurück, die Hände vor dem Gesicht, während die roten Haare vornüberfallen, wie ein Kind, das anfängt zu treten, wenn es etwas nicht hören will. »Was hast du *getan*, Albin?« klagt sie hinter ihren Händen. »Was ist denn mit dir?«

»Mit mir ist weiß Gott nichts«, fertigt er sie ab. »Verstehst du das, Ninette? Die ist voller Pisse, die gute Pastorin hier. Voller Bullshit. Sie will nur Aufmerksamkeit. Etwas Rampenlicht. Sie findet nämlich, daß sie nicht genug kriegt.«

»Sind Beulen im Auto, Albin?« Sie setzt sich mit einem Ruck auf, wirft die Haare zurück. »Ich verstehe nichts«, sie guckt bittend Lisa an, als wären sie so etwas wie Freundinnen, die ein Mißverständnis ausräumen müssen, als hätte sie die Seite gewechselt. »Das Auto hat nur dagestanden, seit Mutter gestorben ist. Ich weiß das, ich bin ja zu Hause gewesen, die ganze Zeit …« Sie runzelt die Stirn und denkt nach. »Ausgenommen die Zeit, als ich in Kopenhagen war, um die Beerdigung zu organisieren«, fügt sie hinzu.

»Und wann war das?« fragt Lisa.

»Anfang August.«

»Wann?«

»Mutter wurde am siebten August begraben. Ja, vom fünften bis zum siebten.« Ninette fängt an zu weinen, und jetzt fängt der Junge auch noch an. Sie will aufstehen und ihn nehmen, aber Lisa macht eine Bewegung mit dem Körper, die bedeutet, bleib da weg! Sie steht auf und stellt sich mit Bendix auf dem Arm mitten in den Raum, wiegt ihn auf und ab. »Ich will nur ein Wort«, sagt sie. »Ein Wort von dir, Albin.«

»Bullshit«, sagt er schleppend und höhnisch.

»Ich warte immer noch, Albin«, fährt sie fort, wiegt den Jungen, wiegt und wiegt. »Warum gibst du es nicht zu? Ich biete dir ja alles an.«

»Du bist geisteskrank«, sagt er eiskalt, und ich höre Lisa einen pfeifenden Atemzug tun. Einen Augenblick ist es ganz still im Büro, nur der Junge wimmert schwach. Dann beginnt Lisa zu sprechen.

»Du bist sehr arrogant«, sagt sie ruhig. »Das weißt du sicher selbst, du bist vielleicht sogar stolz darauf. Nein, jetzt sollst du mir zuhören, Albin, denn das hier ist wichtig. Du kannst nicht die Ohren verschließen, meine Stimme findet hinein, egal, was du tust. Selbst wenn du aufstehst und gehst, wird meine Stimme dir folgen. Aber das, was ich sagen will, ist nicht schlimm. Denn du tust mir leid. Ich merke, daß es dir nicht gutgeht.« Ihre Stimme wird jetzt insistierender, es ist, als wäre eine darunterliegende Saite angeschlagen worden. Es ist etwas Physisches. Es passiert da drinnen, und ich kann es bis nach hier draußen spüren. »Es geht dir sogar richtig dreckig«, sagt sie. »Du versuchst, uns andere wegzujagen, damit wir es nicht merken, denn du hast Angst vor den Konsequenzen, die das haben wird. Du hast Angst vor der Veränderung, davor, dich selbst und das, was du kennst, loszulassen. Du bleibst an deiner Furt stehen, mehr und mehr unsicher, mehr und mehr krank innerlich, und guckst hinaus, du denkst, ich bin feig, ich bin feig, ich bin feig, ich bin feig. Das flüstert eine kleine Stimme in dir, und selbst, wenn du versuchst, sie zu überhören, ist sie die ganze Zeit da. Dein Instinkt, alles in dir, sehnt sich danach, loszulassen, aber du hast Angst, denn du glaubst, es ist gefährlich. Du weißt nicht, daß Loslassen eine Erlösung sein kann. Du weißt auch nicht, was Loslassen heißt, du glaubst, es ist etwas Furchtbares, du siehst es wie eine Art Untergang. Aber so ist es nicht. Loslassen ist etwas Phantastisches, etwas völlig Einleuchtendes. Loslassen ist dasselbe wie die Wahrheit sagen.«

Ninette hört zu, den Blick starr auf Lisas Gesicht gerichtet, während der Junge wimmernd an der Uhr nagt.

»Deine Schuld macht dich krank, Albin, krank und arrogant, weil du versuchst, von ihr abzusehen. Du versuchst zu leben, als ob du nicht schuldig bist. Aber du bist schuldig, und das Paradoxe ist, daß du es weißt und es gleichzeitig leugnest. Jeden einzelnen Tag, an dem du dich selbst im Spiegel siehst, weißt du, daß du einen anderen getötet hast. Diese Schuld kannst du nie loswerden, und diesen Gedanken solltest du loslassen. Du mußt die Schuld zulassen. Ja, ich sehe, daß du nicht hören willst, was ich sage, aber ich weiß, daß du zuhörst, denn du kannst dich nicht mehr verstecken.«

»Nichts als Pisse von dir«, unterbricht er müde, aber sie hört ihm nicht zu. »Nein, du kannst dich nicht mehr verstecken«, fährt sie unerschütterlich fort, nur ein ganz leichtes Zittern verrät, wie erregt sie ist, »du mußt dich selbst sehen, wie du bist. Dir selbst in die Augen sehen. Leg deinen Hohn ab. Das wird dein Leben verändern. Von jetzt an wird es nur vorwärtsgehen, Albin. Das hier ist dein Weg zu Echtheit und Liebe, nach dem du, ebenso wie alle anderen Menschen, dich sehnst«, sagt sie mit fürchterlicher Stimme. »Du weißt nicht, daß du für diese Liebe nichts leisten mußt. Es reicht, du zu sein, ein Sünder und ein Totschläger! Das reicht, Albin. Du wirst geliebt werden für das, was du bist. Ich werde dich lieben. Und vor allem wird Gott dich lieben. Seine Liebe ist grenzenlos, Albin! Ich werde dich lehren, wie du zu ihm beten sollst.« Sie sieht ihn über den Kopf des Jungen an.

»Herr, erhöre mich!« sagt sie eindringlich.

»Ich bin eingesperrt in mich selbst,
Mein eigner Gefangener,
Ich höre nur meine eigne Stimme,
Ich sehe nur mich selbst,
Und rund um mich leben die Menschen.
Herr, ich will hinaus.
Ich weiß, die Freude gibt es,
Ich ahne sie in den Gesichtern einzelner,
Ich weiß, das Licht gibt es.
Du läßt es mich sehen in den Blicken mancher Menschen.
Aber, Herr, ich komme nicht hinaus.
Ich liebe mein Gefängnis, obwohl ich es hasse,
Denn mein Gefängnis bin ich selbst.
Herr, zeig mir, wo der Weg ist,
Der Weg zu den Menschen.
Zur Freude und zum Licht.«

Sie macht eine Pause. Keiner sagt etwas. Albin sitzt blaß auf dem Sofa, er hat die Augen geschlossen, es ist, als hätte alles Blut sein Gesicht verlassen, als könnte er ohnmächtig werden. Schweigend setzt Lisa den Jungen auf den Boden und geht zu ihm, hockt sich neben die Armlehne. »Albin«, sagt sie leise.

Er antwortet nicht.

»Es gibt einen Weg aus alledem«, flüstert sie beinah. »Du wirst nicht allein gehen. Wir gehen zusammen. Ninette kommt auch mit.« Seine Arme liegen auf seinen Schenkeln, die Handflächen nach oben gedreht. »Laß uns zusammen das Vaterunser beten.« Sie wirft Ninette, die ratlos daneben auf dem Sofa sitzt, einen Blick zu. »Du willst Albin auch helfen, nicht?« fragt sie, und Ninette nickt starr und schockiert. Einen Augenblick ist es still im Raum.

»Vater unser«, beginnt Lisa. »Der Du bist im Himmel.« Daneben murmelt Ninette ein paar unverständliche Worte. Die Haare fallen wieder über ihr Gesicht, und wo Albin blaß ist, ist sie flammend rot, mit merkwürdig verdickter Haut. Auf dem Fußboden stößt der Junge einen scharfen, fast fragenden Schrei aus und wird dann wieder still. Er ist in eine sitzende Position gelangt und schaukelt mit dem Oberkörper vor und zurück. »Geheiligt werde Dein Name.« Lisa sitzt halb hinter der Stehlampe verborgen, ich kann nichts weiter von ihr sehen als ihren Nacken und Rücken und ihre Beine, die aufgrund der ungeschickten Haltung unter ihr zittern. Aber ihre Stimme ist fest und klar. »Dein Reich komme.« Ninette murmelt hinter ihren Haaren stotternd mit, aber Albin ist still und verschlossen. »Dein Wille geschehe, wie im Himmel also auch auf Erden. Unser täglich Brot gib uns heute. Und vergib uns unsere Schuld.« Plötzlich, in einer jähen Bewegung, steht er vom Sofa auf, leichenblaß, beugt sich über den Jungen und hebt ihn auf. Ninette schweigt verwirrt, aber Lisa betet weiter.

»Führe uns nicht in Versuchung, sondern erlöse uns von dem Übel«, sagt Lisa still. Es entsteht fast ein Tumult im Büro. Die Decke des Jungen und seine Kleidung werden im Handumdrehen im Raum zusammengesammelt. Dann sind sie aus der Tür, die sich lautlos schließt. »Denn Dein ist das Reich und die Kraft und die Herrlichkeit.« Sie weint jetzt. Ich sehe, wie sich ihre Hand um die Armlehne des Sofas schließt, sehe sie weiß werden, als sie sich hochzieht. »In Ewigkeit«, flüstert sie. Sie steht jetzt da und atmet heftig ein. Unter den Armen des hellblauen Hemdes sind zwei große Schweißflecken hervorgetreten. Ich will zu ihr hineingehen, aber ich kann nicht, und kraftlos starre ich sie an, während sie durch den Raum geht und sich in den Sessel fallen läßt. Draußen auf dem Hofplatz gibt ein Auto Gas.

Mir ist übel.

»Ich kann nicht mehr«, flüstert sie da drinnen. »Geht einfach, alle miteinander.« Langsam dreht sie den Kopf zur Gartentür. »Das gilt auch für dich, Birgitte.«

◦ ◦ ◦

27.

Als die Küsterwohnung instand gesetzt wurde, hat man das alte Schließsystem beibehalten. Man kann es mit einem Stück gebogenem Stahldraht öffnen. Ich schließe die Türen ab und sehe mich nach einer Stelle um, wohin ich den Schlüssel hängen kann. Schließlich entscheide ich mich für den Fahrradschuppen. Ein Vogel fliegt hinaus, als ich eintrete. Die Lampe ist kaputt, aber ich weiß, daß es einen Nagel direkt hinter der Tür gibt, wo ich ihn hinhängen kann. Ich mache noch eine Runde, um mich zu vergewissern, daß alle Fenster geschlossen sind und daß nicht irgendwo Licht brennt. In Wirklichkeit ist es nicht so wichtig. Lisa wird bald herüberkommen und dafür sorgen, daß ordentlich abgeschlossen ist. Vor zwanzig Minuten ist Frederik durch das Hofgatter eingebogen, und seitdem habe ich nicht über die Straße geguckt. Ich gehe davon aus, daß sie ihm erzählt, was passiert ist, und daß er sie überreden kann, die Polizei anzurufen.

Die nicht abgebrannten Stoppelfelder leuchten schwach im Dunkeln, und im Osten, bilde ich mir ein, kann ich einen Streifen Wasser unter dem Mond sehen. Als ich mich ins Auto setze, ist es knapp halb zehn. Um diese Zeit ist fast kein Verkehr, und wenn ich keine Pausen mache, kann ich gegen drei zu Hause sein. So denke ich in einem Augenblick, im nächsten Augenblick fahre ich nach Norden statt hinein nach Peterslund und Hvium. Das ist eigentlich kein Umweg, denn alle Straßen auf der Halbinsel hier führen rundherum. Man kann nach Norden, nach Osten oder nach Westen fahren und landet dennoch hier an der Kreuzung bei der Kirche oder unten bei Hvium. Ich fahre langsam, wie um all die letzten Eindrücke mit nach Hause zu nehmen. Im Licht der Scheinwerfer wird die Straße zu einem Tunnel, in dem durchsichtige Insekten dem Tod an der Windschutzscheibe entgegengetaumelt kommen. Der August ist ein gefährlicher Monat für Menschen und Tiere. Ich passiere einzelne Häuser, Kieswege und eine Tannenpflanzung. Oben auf dem Hügel bei Lundsager ist das ganze Wohnhaus beleuchtet, und ich lenke das Auto durch die Allee hinauf und halte oben an der Scheune, denn ich kann hier nicht wegfahren, ohne mich von einem bestimmten Menschen zu verabschieden. Die Tür zum Kücheneingang ist nie verschlossen, und ich klopfe nur ein einziges Mal, bevor ich sie öffne. Der Hund liegt in einem Korb unter dem Heizkessel. Er hebt den Kopf, als er mich sieht, sein langer Schwanz schlägt schwer an die Seiten des Korbs. »Bist du allein zu Hause, Molly?« frage ich und kraule ihn leicht an der Lende. »Warum ist denn überall Licht?« Im selben Augenblick geht die Tür auf, und Gert steht auf der Schwelle zur Küche. Sein Körper ist schwer, seine Haut ist immer noch dunkel und rot, und die Haare sind strubbelig, als habe er gerade geschlafen.

»Du bist's?« sagt er.

»Ja.«

Wir sehen einander an. »Ich wollte mich nur verabschieden«, sage ich.

»Fährst du nach Hause?«

»Ja.«

»Du möchtest vielleicht eine Tasse Kaffee, bevor du fährst?«

»Wenn es paßt …«

»Komm mit«, er dreht sich um und geht in die Küche. Die Tür zum Wohnzimmer ist geschlossen. Da steht eine Kanne mit Kaffee. Er schenkt mir und sich selbst einen Becher ein, und wir setzen uns an den Tisch. Es herrscht eine seltsame

Stille im Haus. Es fühlt sich fast an, als ob hinter den Wänden etwas atmet, aber wenn ich müde und überspannt bin wie jetzt, kann ich Dinge erleben, die es nicht gibt. Ich trinke von dem Kaffee und frage, wie es mit der Ernte geht. Wir reden kurz über dies und das.

»Du«, sagt er plötzlich und fährt sich mit der Hand über den Scheitel. »Diese Lackierkabine, die ist also nicht in Gebrauch.«

»Das hat Lisa gesagt.«

»Nur für den Fall, daß du darüber nachdenkst.«

»Aber das tu' ich nicht.«

Er sieht mich einen kurzen Augenblick mit seinen blauen Augen an. Wieder ist da dieses Gefühl, mit dem ich nichts anfangen kann. Es ist, als gäbe es nebenan ein Gemurmel, aber obwohl ich angestrengt lausche, sind da nur die Stille und das Geräusch, das zu hören ist, als er den Deckel von einer Dose Kekse abnimmt und sie mir anbietet, und die Pfoten von Molly, die aus dem Hauswirtschaftsraum angetrottet kommt.

»Du wirst also nicht länger hier sein?« sagt er, und ich lächle ihm zu.

»Ist Ellen nicht zu Hause?«

»Doch.«

»Ist sie schon ins Bett gegangen?«

»Nein, sie ist hier nebenan.« Er zeigt mit dem Daumen und trinkt einen Schluck Kaffee.

»Kann ich reingehen? Ich will ihr gern Tschüs sagen.«

»Nein, das ist wohl nicht so gut.«

Ich sehe ihn an und warte auf eine Antwort, aber sein Gesicht verrät nichts. »Warum nicht?« frage ich.

»Manne ist gekommen. Es geht ihr nicht so gut. Sie ist traurig.«

Er steht auf und ich auch. »Wir warten gerade auf jemanden«, erklärt er. Er kommt zu mir und legt mir einen Arm um die Schultern, führt mich zur Tür. Auf diese Weise sagt er, daß ich nicht mehr fragen soll. Er ist ein großer Mann, und ich lehne mich ein wenig zurück an das weiche Kissen seines Oberarms, stehle diese Sekunde, bevor er mich hinaus auf die Treppe begleitet. Aber kurz vor der Tür kann ich mich doch nicht beherrschen.

»Was ist passiert?« frage ich. »Warum ist Manne traurig?«

»Das wirst du noch früh genug erfahren«, antwortet er.

Es ist ein sternenklarer Abend. Ich stehe auf dem Steinpflaster und lege den Kopf in den Nacken. Kein Licht stört den Himmel hier. Ich bin so unendlich einsam, daß nichts etwas daran ändern kann. Aber ich lebe ja, ich bin auf dem Weg zu meinem Auto, und ich werde nach Hause fahren und Dinge anpacken, von denen ich noch nichts weiß. Plötzlich durchfährt mich eine wilde Hoffnung. Ich gehe über den Hofplatz, öffne die Tür und setze mich hinters Lenkrad. Dann werde ich aufmerksam auf ein Paar Autoscheinwerfer, die hüpfend durch die Allee hier herauf unterwegs sind.

Ich stecke den Schlüssel ins Zündschloß, aber drehe ihn nicht um, denn zwei Autos kommen auf der schmalen Straße nicht aneinander vorbei. Langsam fährt es über den Hofplatz und hält an der Haupttreppe. Es ist ein Polizeiauto.

Im Fahrerraum wird das Licht angemacht. Darin sitzen zwei Beamte, der eine jung, der andere alt, mager und grau. Ohne sich zu beeilen, gehen sie die Treppe hinauf und klingeln, und während ich durch das Hofgatter hinausfahre, sehe ich, wie die Tür aufgeht und Ellen herauskommt. Da steht sie, das Licht im Rücken, während sie sich leicht vorbeugt, als ob sie sagt: »Kommt rein.«

Mehr sehe ich nicht.

◦ ◦ ◦

28.

Es ist knapp anderthalb Jahre später und Anfang Dezember, die Zeit des Jahres, wo das Licht von unten kommt. Die Morgen in der Stadt sind blank und naß. Ab und zu kommt im Laufe der Nacht vom Wasser der Nebel herein und mischt sich mit dem Dunkel. Man hört den fernen Verkehr, die Stimmen der Leute und Schritte auf dem Trottoir, wenn sie unter der Straßenlaterne unterhalb der Fenster auftauchen, während wir uns anziehen, aber auf jeden Fall strömt das Licht von Straßen und Läden herauf, und wenn man am Fenster steht und über die Stadt hinausguckt, sieht man, daß der Himmel orangegelb ist. Wie das Licht von einem gigantischen Treibhaus, eines von denen, die man aus dem Weltraum sehen kann.

Samstagmorgens kommt die Post immer spät. Ich höre das Klappern in der Diele und stehe vom Tisch im Arbeitszimmer auf. Die Briefe liegen verstreut auf dem Fußboden. Ich trage den Stapel in die Küche und setze Wasser für Tee auf. Ein Schreiben von meinem Zahnarzt und mehrere Weihnachtskarten, und dann ist da noch ein dicker roter Umschlag mit einem Goldstern in der Ecke. Obwohl sie im Grunde genommen ganz unpersönlich ist, erkenne ich sofort die akkurate, kindliche Schrift. Letzte Weihnachten kam nichts aus Hvium, Peterslund, aber dieses Jahr hat mir Lisa geschrieben. Ich lasse den Umschlag auf dem Tisch liegen. Ich habe keine Lust, ihren Brief zu öffnen, und doch brenne ich darauf, ihn aufzureißen. Schon die ersten Sätze werden verräterisch sein. Ich lese die anderen Karten und trinke meinen Tee, bevor ich mich mit aller Kraft zusammennehme und den Umschlag öffne.

Darin ist ein Bild von einer rotwangigen Marie auf einem Bobschlitten, mit Frederik und Lisa in der Hocke daneben.

Sie sind auf einer Rodelbahn. Man sieht nichts anderes als diese drei rotwangigen Menschen, den Schnee und die Bahn, die hinter ihnen ansteigt.

Da ist auch ein Brief, auf dem Computer geschrieben. Mein Name steht mit blauem Kugelschreiber darüber.

»Liebe Birgitte.
Richtig fröhliche Weihnachten und ein gesegnetes neues Jahr wünschen wir alle in Peterslunds Pfarrhof. Noch ein Jahr ist vergangen, und es ist wieder Zeit, eine Bilanz des vergangenen zu ziehen.«

Die nächsten Passagen überfliege ich rasch und halte erst inne, als ich auf Frederiks Namen stoße. Lisa schreibt, daß Frederik im Institut schuftet und daß sie selbst mit ihrer Arbeit ein gutes Jahr gehabt hat, obwohl sie aufgrund von Schmerzen in den Beinen eine Zeitlang krank geschrieben werden mußte. Marie geht gern in die Schule, jetzt, wo sie mit der Vorschulklasse angefangen hat. Und dann schreibt sie:

»Wir erwarten mit Glück im Juni was Kleines. Zum Glück haben wir viel Hilfe von unser aller Manne, die ja, wie viele von euch wissen, immer noch wie ein Mitglied der Familie ist. Für Manne ist es eine schwere Zeit gewesen, mit all dem, was damals passiert ist, als Gustav starb, mit dem nachfolgenden Urteil und, das allerschlimmste, der damit verbundenen Schuld. Aber wir kämpfen jeden Tag, um nach vorn zu sehen, und versuchen jetzt, sie zum Februar in der Vorschullehrerausbildung in Århus unterzubringen, und wenn das gelingt, kann sie jeden Tag mit Frederik fahren, jedenfalls zumindest auf dem Hinweg. Mitten in unserer eigenen Trauer hat es mir ganz entscheidend geholfen, daran beteiligt zu sein, ihr wieder Lebensmut einzuflößen, zu spüren, daß sie das Leben zurückbekommen hat …«

Ich höre Schritte hinter mir. Du beugst dich über den Tisch, betrachtest das Bild.

»Wer ist das?« fragst du.

»Das ist meine Jugendfreundin Lisa und ihre Familie. Ich werde dir von ihr erzählen, wenn du willst.«

Das Erste, woran ich denke, ist Schnee.

Ich war zu Hause in Ådalen, um Mutter zu besuchen. Das war im Januar oder Februar vor sechs, sieben Jahren. Vater war ein paar Monate vorher gestorben, und sie versuchte, den Hof zu verkaufen. Jeden Tag machten wir lange Spaziergänge über die Felder und entlang den Windschutzhecken. Der Boden war holperig und hart in der Kälte. »Weißt du, daß Lisa heute mit den Kindern hier ist«, sagte sie unverhofft auf einem dieser Spaziergänge. »Du solltest eigentlich rübergehen und guten Tag sagen.«

Es schneite an diesem Nachmittag, wie es das in den Tagen davor getan hatte. Der Himmel war schwer und grau. Ich ging den Hügel hinauf, und schon in der Windschutzpflanzung hörte ich Stimmen. Lisa und die Kinder waren hinten an der Scheune. Ich sah sie von weitem, Lisa trug einen weiten Schaffellmantel und einen runden Brokathut mit Pelzbesatz, und sie lief dem kleinen zweijährigen Gustav durch den Schnee nach. Sie war dick, fast vierschrötig, und bewegte sich schwer, und den Kinderwagen schob sie vor sich her. Sie lachte und lachte, während sie in ihren schwarzen Stiefeln dahinschwankte. Ich stand da und sah ihr nach. Ich konnte es nicht lassen, denn da begriff ich wohl zum ersten Mal, daß ihr Lebensfunke entzündet war. Den man mit allen Mitteln davor schützen will, wieder gelöscht zu werden.

○ ○ ○

Dank an

Niels Smedegaard Andersen
Gerda Neergaard Jessen
Marianne Koester
Iver Krogh
Anne-Marie Nybo
Nina Raunkjær
Kirsten Sveinbjørnson
Sorø Akademis bibliotek